Anna Martens

Engelsschmerz

Die Autorin
Als Kind stand Anna Martens am liebsten in der Dorfkneipe ihrer Großmutter hinter dem Tresen, um den kleinen und großen Geschichten zu lauschen, die das Leben schreibt. Studium und Beruf führten sie zunächst in eine völlig andere berufliche Richtung, aber das Interesse an Menschen und ihren Erzählungen blieb. Mit vierzig erfüllte sich Anna Martens einen langgehegten Wunsch, verfasste ihre erste Shortstory und entschloss sich spontan, beruflich umzusatteln. Seither schreibt die Autorin, die in Süddeutschland und Nordholland lebt, Krimis und Psychothriller unter verschiedenen Namen.

Das Buch
Jule ist spurlos verschwunden. Die Studentin ist nicht verreist, nicht durchgebrannt. Sie ist in Gefahr! Davon ist ihre Mutter überzeugt, die alarmiert nach München reist und die Wohnung ihrer Tochter verwaist vorfindet. Doch die Polizei nimmt ihre Bedenken nicht ernst – außer Kommissarin Annette Kirchgessner, die schon immer einen Riecher für besondere Fälle hatte. Gemeinsam mit ihrem Kollegen Georg »Gigi« Gruber ermittelt sie auf eigene Faust. Ein Wettlauf gegen die Zeit beginnt. Werden sie Jule rechtzeitig finden?

Anna Martens

Engelsschmerz

Thriller

MIDNIGHT

MIX
Papier aus verantwortungsvollen Quellen
FSC® C083411
www.fsc.org

Originalausgabe bei Midnight
Midnight ist ein Digitalverlag
der Ullstein Buchverlage GmbH, Berlin
April 2016

Umschlaggestaltung:
ZERO Werbeagentur, München
Titelabbildung: © FinePic®
Druck und Bindearbeiten: CPI books GmbH, Leck
ISBN 978-3-95819-904-0

Prolog

Eisige Kälte ging von den verdreckten Fliesen des Küchenbodens aus. Getrocknetes Blut hatte bizarre Figuren darauf gemalt. Die Eisenfesseln hingen schwer an ihren wunden Handgelenken. Seit Stunden schon saß sie in dieser Haltung. Jeder Muskel schmerzte. Sie wartete. Fixierte mit ihrem Blick das Fenster. Minute für Minute. Dann sah sie die Farben des Sonnenuntergangs, der sich nun blutrot über Himmel und Berge ergoss. Wieder ein Tag vorbei.

Tränen flossen über ihre Wangen. Sie war sich sicher: Draußen funktionierte die Welt so, als wäre nichts geschehen. Die schöne Landschaft, die sie auf ihrer Fahrt hierher betrachtet hatte, schien sie noch zusätzlich zu verhöhnen.

Hier, wo sie war, war nichts schön. Nichts einzigartig. Hier regierten Dreck, Verzweiflung und Hunger. Und dieser penetrante Geruch nach Kot und Verwesung, der in jede Pore einzudringen schien.

Sie zog ihre Beine so nah an sich heran, wie sie konnte, um sich vor der Kälte zu schützen.

Sie war schrecklich müde.

Aber wie jeden Abend begannen ihre Gedanken sich wieder und wieder um diesen einen Punkt zu drehen: Sie allein trug die Schuld an ihrer Lage. Hätte sie doch nur besser nachgedacht!

Wie hatte sie nur so bescheuert sein können? So naiv!

Wütend trat sie mit dem Fuß gegen den Schrank. Sich selbst

wehzutun war der einzige Weg, mit der Misere umzugehen – zu spüren, dass sie noch lebte.

Immer hatte sie sich für ausgesprochen clever gehalten. Aber dieses Mal war sie das wohl nicht gewesen. Sie hatte einen verhängnisvollen Fehler gemacht.

Sie horchte in die Stille des Hauses hinein. Sie betete. Aber da war nichts. Kein Geräusch. Schon lange nicht mehr. Sie klopfte wie schon tausend Mal zuvor mit dem Topfdeckel gegen die Wand.

Keine Antwort.

Sie konnte nichts tun, was ihre Lage veränderte. Die Essensvorräte waren längst verbraucht – der Hunger mittlerweile ein ständiger Begleiter ihrer ereignislosen Tage. Hektisch riss sie jeden Schrank auf, den sie erreichen konnte. Obwohl sie wusste, dass sie nichts finden würde. Es war wie ein Zwang. Um wenigstens irgendetwas zu tun.

Um nicht verrückt zu werden.

Noch einmal blickte sie aus dem Fenster, in dem sich die Dunkelheit langsam wie ein Vorhang ausbreitete. Sie zog an der Fußkette und brachte sich in eine einigermaßen bequeme Position.

Vielleicht würde sie der Schlaf nun endlich von den stets gleichen Gedanken erlösen.

Für immer.

1. Kapitel

15. September 2014

Ulrike Ziegler eilte über den Gärtnerplatz. Dieses Mal hatte sie keinen Blick für die kleinen Geschäfte, die auf beiden Straßenseiten den Weg säumten. Wenn sie ihre Tochter Jule sonst besuchte, schlenderten sie stets hier entlang, nahmen sich einen Coffee to go und betrachteten die Schaufenster. Für ihren Geschmack viel zu selten. Warum hatte sie ihre Tochter nicht öfter besucht? Engeren Kontakt gehalten? Ulrike wusste es: Jules genervte Stimme war es, die sie in unsichtbaren Grenzen gehalten hatte. Ihr das Gefühl gegeben hatte, zu stören und letztlich nicht gebraucht zu werden. Deshalb wartete sie lieber ab, hoffte, Jule möge sich von selbst melden. Dann ließ sie sie reden, stellte kaum Fragen, sondern genoss ihre Stimme, ihre Lebhaftigkeit, ihr Lachen, die paar Minuten der Nähe. Heute hasste sie sich für ihre Passivität. Sie hätte alles dafür gegeben, noch einmal mit Jule sprechen zu können.

Ein kalter Schauer lief ihr über den Rücken und Übelkeit kroch ihre Eingeweide hinauf. Der Gedanke, der ein »Vielleicht nie wieder« durch ihren Kopf jagte, machte sie fertig. Sie schluckte trocken, schüttelte den Kopf, konzentrierte sich auf ihren Weg und eilte weiter.

Sie hatte Angst, Angst vor dem, was vielleicht bei ihrer Suche zutage kam, aber auch vor dem, was ihr jetzt bevorstand. Sie hasste Behördengänge. Trotzdem musste sie sich überwinden, durfte ihrer Scheu nicht nachgeben, denn eine Stimme in ihr flüsterte, dass nicht viel Zeit blieb, um ihre Tochter zu finden.

Konnte sie diesem Gefühl trauen? Oder reagierte sie über? Das und noch vieles andere hatte ihr Mann ihr gestern während eines Streits vorgeworfen. Sie sei eine Glucke, solle sich doch endlich um sich selbst kümmern, statt ewig um ihn und Jule zu kreisen. Sie schüttelte den Gedanken an den resignierten Blick ab, den er ihr zugeworfen hatte. Nein, sie war sich sicher, dass Jule etwas zugestoßen war. Sie musste zur Polizei. Jetzt.

2. Kapitel

19. Juli 2014

Betreff: Adieu
Von: Seelenfreund@tellnet.com
An: Jule91@hotmail.com
Datum: 19. Juli 2014, 21.25h

Mein Engel,

ich habe Dein Bild bekommen. Nun kann ich mich kaum mehr von Deinem Anblick lösen. Wie schön Du bist! Deine Augen scheinen direkt auf mich gerichtet zu sein und erinnern mich an Bergseen. Sie spiegeln Deine Seele: tief, klar und rein. Ich verneige mich vor Deiner Schönheit und danke Gott, dass ich Dich gefunden habe.

Doch seither erfüllt mich auch tiefe Trauer, denn ich musste erkennen, dass ich Deiner nicht würdig bin. Du erstrahlst – und ich bin nur ein Schatten. Du bist so voller echtem Leben. Und in mir wüten die Dämonen.

Vielleicht zog es mich deshalb von Beginn an so sehr zu Dir. Gegensätze ziehen sich an, sagt man. Ich hoffte vielleicht, Du könntest meine verwirrte Seele retten.

Aber nun weiß ich nicht mehr ein noch aus. Will zu Dir hin, möchte Dich in meine Arme schließen, Dir nahe sein, nicht nur in Worten. Deine weiche Haut, Dein Haar berühren. Und weiß doch, es soll nicht sein. Und es darf nicht sein. Du bist so viel mehr als ich. So viel erhabener. So klug. Ich würde neben Dir in ein Nichts entschwinden. Dich eher noch mitreißen in die Dunkelheit, statt neben Dir zu leuchten.

So schwer es mir fällt, liebe Jule, ich sage Dir leb wohl. Weil ich Dich anbete und Dich liebe. Um Deinetwillen. Und weil das alles ohnehin nur in unserem Kopf gelebt hat und keine Chance hat, in der echten Welt zu bestehen.

Dein Seelenfreund

P.S. Dein Bild möchte ich dennoch behalten, um mich daran zu erinnern, was wir gehabt haben. Auch Dir möchte ich eine Erinnerung an unsere Freundschaft geben. Bitte verstehe, dass ich zu stolz bin, Dir ein Bild von mir zu schicken. Aber ich schicke eine Aufnahme von den Bergen, in denen ich lebe. Sie sind wie Du: eigen und wild, sanft und weich zugleich.

Auf ewig Dein.

3. Kapitel

15. September 2014

Nervös strich sich Ulrike den langen Pony aus dem Gesicht. Sicher sah sie fürchterlich aus. Bevor sie morgens den Zug bestiegen hatte, war ihr bei einem kurzen Blick in den Spiegel ihr grauer Scheitel aufgefallen. Sie hatte nicht einmal mehr daran gedacht, zum Friseur zu gehen. Seit Tagen schon hatte sie daheim in Münster tatenlos herumgesessen. Hatte Löcher in die Wand geschaut, während ihre Tochter …

Wieder begannen Ulrikes Knie zu zittern. Sie musste anhalten und lehnte sich kurz an eine Hauswand. Die Kühle des Mauerwerks half ihr, in die Realität zurückzufinden. Hoffentlich sprach sie jetzt nicht jemand auf ihr Befinden an. Das wäre ihr peinlich. Was sollte sie auch sagen? »Ja, mir ist gerade übel, weil meine Tochter verschwunden ist!« – wohl kaum.

Sie blickte auf die vorbeifahrenden Autos und versuchte sich zu beruhigen. Aber ihre Gedanken rasten, ihr Atem ging flach und schnell. »Mama!«, hörte sie in Gedanken die ärgerliche Stimme ihrer Tochter. »Mama, du nervst voll! Hör' endlich auf, mich ständig zu bemuttern. Ich bin kein Kleinkind mehr.« Plötzlich sehnte sie sich nach einer von Jules Standpauken. Sie hätte sie gerne über sich ergehen lassen und nie wieder darüber geklagt, wenn sie doch nur wieder da wäre.

Sie betete, dass Jule nichts zugestoßen war. Alle Verbrechen, die sie je in den Nachrichten gesehen hatte, liefen vor ihren Augen ab. Aber das durfte nicht ihr Kind sein! Nicht Jule! Sie musste diesen Gedanken, soweit es ging, verdrängen. Sonst würde sie nicht mehr die Kraft finden, weiterzugehen. Aber sie musste. Sie brauchte Hilfe, um Jule wiederzufinden.

Langsam schob sie sich von der kühlen Hauswand weg und sah sich um. Ein Blick auf die Uhr zeigte ihr, dass sie schon eine halbe Stunde lang durch die Gegend gelaufen war. Ganz sicher war die Polizeiinspektion in der Beethovenstraße nicht die nächstgelegene gewesen und sie hatte bei ihrer Recherche schon wieder einen Fehler gemacht. Aber umzukehren machte noch weniger Sinn. Sie sah die Straße hinauf und entdeckte einen Polizeiwagen. Dort musste die Inspektion sein. Je näher sie kam, desto unsicherer wurde sie. Ihre alte Angst vor Behördengängen kam zurück. Ihr war schlecht, sie spürte kalten Schweiß in ihren Händen. Reiß dich zusammen, sagte sie sich, das muss jetzt sein und basta. Wie sonst sollte sie Jule wieder finden? Alleine würde sie das nie schaffen.

Ulrike versuchte langsamer zu atmen, wischte die Handflächen an ihrer Jacke ab, straffte ihre Schultern und klingelte. Als sie den Summton hörte, drückte sie mit zitternden Händen die Tür auf. Der junge Polizeibeamte hinter der Glasscheibe war intensiv mit seinem Computer beschäftigt und wandte die Augen nur zögerlich vom Bildschirm ab. Ulrike brach der Schweiß aus. Was sollte sie ihm sagen? Würde er die Dringlichkeit verstehen? Sie warf den Kopf in den Nacken. Ihren Mann konnte sie dieses Mal nicht vorschicken. Sie musste das schaffen, musste sich überwinden.

»Was kann ich für Sie tun?«, erklang die energische Stimme des Polizisten über die Sprechanlage.

»Ich möchte eine Vermisstenmeldung machen«, antwortete sie mit einer fremden, kehligen Stimme. Sofort kam Bewegung in den jungen Mann.

Er telefonierte, öffnete Ulrike die Tür, führte sie durch einen kurzen Flur und dann in einen anderen Raum, wo ein Beamter in Zivil saß, der Ulrike kurz vorgestellt wurde. Er flößte ihr schon durch seine Leibesfülle Respekt ein.

»Guten Tag, Herr …« Verdammt, wie war nur sein Name gewesen? Konzentrier dich, Ulrike, ermahnte sie sich und nahm auf der vordersten Stuhlkante Platz.

»Mein Kollege hat mir bereits mitgeteilt, dass Sie jemanden suchen. Um welche Person geht es?«, fragte der Mann mit den buschigen Augenbrauen, der sie intensiv musterte. Ulrike befürchtete, dass er die Panik in ihrem Gesicht ablesen konnte. Sicher war sie mit hektischen Flecken übersäht. Aber er durfte sie nicht für überspannt halten. In bemüht ruhigem Ton presste sie schließlich hervor: »Meine Tochter. Sie ist verschwunden.«

»Seit wann?« Sein Blick richtete sich auf das Blatt Papier, auf dem er vermutlich ein Datum notieren wollte.

»Das weiß ich nicht genau. Vermutlich schon einige Wochen«, antwortete Ulrike. Sie rieb ihre Handflächen an der Jacke trocken.

Der Polizeibeamte bewegte sich etwas von seinem Schreibtisch weg, seine Brauen rückten enger zusammen und bildeten einen haarigen Balken über seinen Augen.

»Etwas genauer bitte. Wann haben Sie sie zum letzten Mal gesehen?«, hakte er sichtlich genervt nach. Sein Blick machte allzu deutlich, dass er sie bereits in eine Schublade gesteckt hatte: in die der gefühlsduseligen, weinerlichen Mutterglucke.

Ulrike zögerte. Sie hatte sich nicht wirklich darauf vorbereitet, was man sie hier fragen würde. Röte stieg in ihr Gesicht und ihr wurde unglaublich heiß.

»Ende Juli«, erwiderte sie schließlich wahrheitsgemäß.

4. Kapitel

20. Juli 2014

Betreff: Bitte verlass' mich nicht!
Von: Jule91@hotmail.com
An: Seelenfreund@tellnet.com
Datum: 20. Juli 2014, 8.27h

Was redest Du denn? Ich bin Deiner nicht würdig? Das stimmt einfach nicht! Ich habe mich nie einem Mann so nahe gefühlt. Niemand hat mich je so in sein Innerstes blicken lassen, wie Du es in den letzten Tagen getan hast. Du bist traurig und stehst dazu. Kein Gehabe, keine Show.

Ich will nicht nur das Schöne und Gute von Dir! Gib mir alles, lass mich Deine Zweifel wissen. Schreib mir, welche Schatten Dich quälen. Bisher ist das, was ich kennenlernte, so faszinierend anders, so gut, dass ich einfach nicht verstehen kann, was Du meinst. Ich sehe nichts, das mich auf Distanz gehen lässt. Ganz im Gegenteil. Du bist das Gegenstück, das ich so lange gesucht habe.

Du bist älter, ja, aber das stört mich nicht. Auch nicht, wenn andere über uns reden. Das hat mich nie interessiert und ich pfeife darauf! Und Deines Äußeren musst Du Dich nicht schämen. Ich weiß doch, wie Du bist! DAS ist wichtig und nichts sonst.

Lass mich Deine Tränen trocknen. Dir Hoffnung sein. Auch ich möchte Dir nahe sein. Und wenn ich Licht in Dein Dunkel bringen kann, dann umso mehr.

Bitte sag nicht leb wohl. Ich könnte das nicht ertragen. Ziehe Dich nicht zurück. BITTE!

Dein Dich liebender Engel

5. Kapitel

15. September 2014

Der Beamte schaute irritiert auf. Ulrike Ziegler spürte, wie ihr bei diesem Blick erneut kalter Schweiß ausbrach. Mit ihren Fingerspitzen wischte sie über die Taschenränder ihres Blazers. Der leicht nachgedunkelte Stoff zeigte, wie häufig sie zu dieser Unsicherheitsgeste neigte.

»Und warum melden Sie das ausgerechnet jetzt?«, fragte der Mann hinter dem Schreibtisch. Er lehnte sich zurück und stemmte die Hände in die Hüften. Er wirkte wie ein Bollwerk.

»Ich weiß, wie das für Sie klingen muss«, sagte Ulrike und blickte zu Boden, um nicht vor lauter Nervosität den Faden zu verlieren. »Meine Tochter studiert hier. Und wir leben in Münster. Mein Mann und ich … Naja, wir sind so weit weg. Und sie ruft halt nicht jeden Tag an. Ist ja auch in Ordnung, ich meine …« Ulrike sah den Mann an, der immer noch regungslos dasaß. Verzweifelt suchte ihr Blick nach einem Familienbild auf seinem Schreibtisch. Da stand eines und glücklicherweise waren Jugendliche darauf zu sehen. Sicher seine Kinder. »Sie kennen doch die jungen Leute. Die wollen keine Einmischung. Wollen ihr Leben leben, sich abheben … so war auch Jule.« Ulrike erschrak, als ihr bewusst wurde, dass sie gerade die Vergangenheitsform benutzt hatte. Sie rückte noch weiter auf dem Sitz nach vorne. »Wir haben schon regelmäßig telefoniert. Eine so lange Pause ist bei uns einfach nicht üblich. Als sie auf meine Anrufe nicht reagierte, habe ich dennoch erst abgewartet. Man denkt ja nicht gleich an das Schlimmste. Aber mit der Zeit wurde ich unruhiger … und dann bin ich hergefahren. Ich habe einen Schlüssel für die Wohnung. Den habe ich bisher natürlich noch nie benutzt, aber in der Situation … Es war alles ordentlich, wie immer eigentlich, aber mit einer feinen Staubschicht überzogen … und ihre Pflanzen trugen schon braune verwelkte Blätter. Die vertrocknete Erde hat sich im Topf zusammengezogen, daran sieht man, wie lange dort niemand mehr war. Sie hätte doch jemandem Bescheid gesagt, wenn sie verreist wäre. Hätte sie doch, oder?« Ulrike hob den Blick und sah ihn flehentlich an. Er musste einfach verstehen, dass etwas nicht stimmte.

»Dass Ihre Tochter weg ist, glaube ich Ihnen, Frau Ziegler. Ich frage mich eher, warum *Sie* erst heute hier sitzen, wenn sie schon so lange fort ist und Sie sich tatsächlich solche Sorgen gemacht haben.«

Ulrike zuckte bei seinen Worten zusammen. Er hatte recht: Sie hatte auf ganzer Linie versagt, hatte sich zu lange still verhalten. Dann zog der Beamte ein Blatt Papier zu sich heran. »Beginnen wir ganz von vorne. Wann hatten Sie das letzte Mal Kontakt mit Ihrer Tochter?«

»Das war vor sechs Wochen. Sie rief an einem Montag am Nachmittag an. Das weiß ich so genau, weil sie da sonst immer arbeitet. Darüber hatte ich mich gewundert«, antwortete Ulrike. Sie hörte selbst, wie seltsam das klang. Langsam wurde sie wütend. Wieso rief er nicht einfach Hundertschaften an und ließ nach Jule suchen? »Ich weiß, was Sie denken: Eine Mutter sollte sicher besser wissen, was ihre Tochter tut. Aber auf so große Entfernung geht das einfach nicht. Was soll ich denn auch tun, wenn sie nicht zurückruft? Wenn ich mich da jedes Mal gleich auf den Weg nach München gemacht hätte …«

Der Polizeibeamte unterbrach sie: »Sie wollen sagen, das ist schon öfter vorgekommen?«

»Nein.« Ulrike musste sich zusammenreißen, um ihn nicht anzuschreien. »Ich meine lediglich, dass ich ein paar hundert Kilometer entfernt wohne und nicht jede Bewegung meines

Kindes kontrollieren kann!« Sie hielt inne. Sie spürte, dass es genau das war, was sie immer schon gerne getan hätte. Das Kind an der Hand halten. Nur dass das Kind eben kein Kind mehr war, sondern eine erwachsene Frau. Sie seufzte und fuhr fort: »Jule ist seit geraumer Zeit nicht mehr in ihrer Wohnung gewesen. Das sieht man. Ich weiß nicht, seit wann sie weg ist. Ich weiß nur, dass sie verschwunden ist. Könnten wir uns jetzt bitte damit befassen und nicht damit, wann ich sie zuletzt gesehen habe?«

»Verstehen Sie mich nicht falsch«, entgegnete er eine Spur milder, »aber wenn jemand als vermisst gemeldet wird, muss ich die näheren Umstände kennen. Und Ihre Geschichte wirkt im Moment etwas merkwürdig. Wo könnte Ihre Tochter denn sein? Was sagen ihre Freunde? Wann hat sie sich bei denen zuletzt gemeldet?«

Ulrike spürte, wie sich Tränenseen in ihren Augen bildeten. Nicht heulen, dachte sie. Wieso hatte sie daran nicht gedacht? Warum hatte sie niemanden angerufen? Sie schämte sich. Die einfachsten Dinge gingen ihr durch. So war es einfach immer! Sie sackte noch mehr zusammen, wollte aufgeben. Ulrike fühlte eine riesige Last, die auf ihren Schultern lag. Bleischwer.

Beherrsche dich, schalt sie sich und bemühte sich, bei der Sache zu bleiben. Doch dann platzte es einfach aus ihr heraus: »Wissen Sie eigentlich, wie das war, in die Wohnung zu kommen? Ein überquellender Briefkasten, überall Staub, die abgestandene Luft. Ich war so schockiert, dass sie offenbar wirklich seit Wochen nicht dort gewesen ist. Ich hatte doch noch gehofft … Und jetzt … Wer weiß, was mit ihr ist … Außerdem wusste ich nicht was ich anfassen durfte. Wegen der Spuren …« Ihre Stimme krächzte und auch um ihre Beherrschung war es nun geschehen. Sie weinte hemmungslos.

Der Beamte wühlte in seinem Schreibtisch und reichte ihr ein Taschentuch.

»Beruhigen Sie sich, Frau Ziegler. Lassen Sie uns erst einmal klären, wieso Sie glauben, Ihre Tochter sei verschwunden. Kann sie denn nicht auch verreist sein? Wir sind doch mitten in den Semesterferien, wenn ich nicht irre. Vielleicht hat der Nachbar sich einfach nicht um die Blumen gekümmert, wie er es versprochen hatte."

Ulrike zog die Nase hoch, zerknüllte das Taschentuch in ihrer Hand und versuchte krampfhaft, die Nerven zu behalten. Sie spürte, dass der Mann hinter dem Schreibtisch ihr nicht glaubte.

»Wie gesagt, ich habe vor sechs Wochen das letzte Mal mit ihr gesprochen. Da hat sie nichts erwähnt, was darauf hindeuten könnte, dass sie München verlassen wollte. Sie arbeitet während der Ferien. Glauben Sie nicht auch, sie würde mir erzählen, dass sie in den Urlaub fährt? Und auf ihrem Handy meldet sich immer nur die Mailbox. Auf die habe ich schon so oft gesprochen, dass sie mich bestimmt angerufen hätte, wenn sie die abgehört hätte.«

»Nicht, wenn sie so unabhängig ist, wie Sie sagen. Passen Sie auf: Wir nehmen jetzt Schritt für Schritt die Daten auf, und dann überprüfen wir, wie wir weiter vorgehen können.«

Ulrike richtete sich wieder auf. Das war gut. Sehr gut. Sie nickte, putzte sich energisch die Nase, wischte sich die Tränen weg und beugte sich nach vorne.

»In Ordnung, dann fangen wir mal an. Zunächst die persönlichen Daten: Name, Wohnort, Personenstand, Beruf.«

Ulrike beantwortete alle Fragen gewissenhaft. Doch wieder hakte es an der Stelle, an der es um den Zeitpunkt und die Umstände des Verschwindens ging. Und darum, dass sie viel zu wenig über Jules Leben wusste.

»Gut, Frau Ziegler, dann hätten wir so weit alles. Wir geben das an unsere Kollegen vom Kommissariat K 14 weiter, die für die Vermisstenfälle im Raum München zuständig sind. Wir melden uns dann wieder bei Ihnen. Geben Sie mir bitte noch Ihre Handynummer?«

»Ich habe keins.« Sie schaute auf den Boden. Sicher kam sie

ihm jetzt endgültig wie der letzte Hinterwäldler vor. Rasch fügte sie hinzu: »Aber Sie können mich unter der Telefonnummer meiner Tochter in ihrer Wohnung erreichen. Wird jetzt eine Vermisstenanzeige geschaltet oder wie geht es weiter?«

Wieder zog der Beamte seine Augenbrauen hoch. »Sie sollten jetzt erst einmal die Freunde Ihrer Tochter anrufen. Sicher können die Ihnen schon weiterhelfen.«

Ihre Frage hatte sich somit erübrigt. Nichts würde geschehen. Er hatte den Fall schon abgehakt, dachte, ihre Tochter sei nur irgendwo zu Besuch und hätte vergessen, sich zu melden. Aber er kannte Jule nicht. Sie hätte sie nie so lange auf ein Lebenszeichen von sich warten lassen. Bestimmt nicht. Doch das hatte sie ihm schon gesagt. Eine Wiederholung konnte sie sich sparen. Mechanisch stand sie auf und verabschiedete sich. Immerhin hatte der Beamte ihr einen Rat gegeben, was weiter zu tun wäre. Dann musste sie eben selbst versuchen, Hinweise zu finden, was vor sechs Wochen geschehen war. Als erstes würde sie Jules Freund Tim kontaktieren.

6. Kapitel

27. Juli 2014

Jule rannte zu einem freien Platz, warf sich auf den Stuhl und startete ihr Emailprogramm. Ihre Finger bewegten sich ungeduldig über die Tischplatte, so als könnte sie mit dieser Geste den Computer dazu bringen, schneller zu arbeiten.

Dann endlich sah sie ihren Mailbriefkasten. Und wie befürchtet, war dieser auch heute leer. Sie raufte sich die Haare. Klickte auf »Empfangen«. Nichts. Sie fuhr das Programm noch einmal herunter. Vielleicht hatte sie einen Fehler gemacht.

Aber auch beim nächsten Versuch blieb der Eingang leer.

Sie konnte es nicht glauben. Vorbei? Das konnte doch nicht sein.

Er hatte von Liebe gesprochen und sie wusste, dass er es auch gefühlt hatte. Genau wie sie. Zwar war ihr alles wie im Traum vorgekommen, als wäre sie Hauptdarstellerin in einer Hollywood-Romanze. Aber sie hatte sich das nicht eingebildet! Sie war in der Lage, den Kern einer Sache zu erfassen und die unzähligen Mails sprachen eine andere Sprache.

Sie schaute zum Fenster hinaus. Beobachtete die Menschen, die eilig vorbeihasteten. Sie hatte seit dem vergangenen Sonntag jeden Tag geschrieben. Mehrmals sogar. Ihn gebeten, sich zu melden. Erst nett, dann drängender, verzweifelt und schließlich hatte sie gebettelt, wie es zuvor nie ihre Art gewesen war. So durfte es nicht enden. Zu viel war ungesagt geblieben. Zu wenig, was sie versucht hatten. Sie schüttelte den Kopf, schaute erneut nach draußen und stutzte. Doch bevor sie wusste, wen sie vor sich hatte, war die Kontur, die sie zu kennen glaubte, wieder in der Menge verschwunden. Egal. Wer auch immer es war, konnte ihr hier auch nicht helfen. Sollte sie noch eine Mail schicken? Aber wozu, wenn er schon die anderen nicht beantwortete.

Jule hämmerte ungeduldig auf die Tastatur ein. Nichts passierte. Dann fiel ihr eine letzte Möglichkeit ein. Sie schrieb rasch eine Nachricht. Aber bereits nach wenigen Sekunden sah sie einen Eingang. »Test« leuchtete ihr die Nachricht mit ihrem eigenen Absender entgegen. Kein technischer Fehler. Sie würde ihn vergessen müssen.

7. Kapitel

16. September 2014

Kriminalhauptkommissarin Annette Kirchgessner nickte dem Beamten im Hausflur des Geschäftshauses kurz zu und rannte dann die Stufen hinauf, immer zwei auf einmal nehmend. In den dritten Stock, hatte die Frau von der Leitstelle gesagt. Sie folgte den Stimmen und war gespannt, was sie dieses Mal zu sehen bekommen würde. Sie betrachtete das Treppenhaus, die Eingangstür und den Flur, in dem schon ein weiterer Polizeibeamter stand und mit der Hand auf die nächste Tür wies.

Annette passierte ein weiteres Büro, aus dem sie das Schluchzen einer Frau vernahm. Das war sicher die Sekretärin, die die Leiche gefunden hatte. Arme Frau. Annette wusste, wie sehr ein solcher Fund einen Menschen traumatisieren konnte. Sie brauchten meist unendlich lange, um sich von dem Geschehen zu distanzieren, es zu verarbeiten.

Sie ging weiter, machte sich innerlich bereit, den ersten Eindruck in sich aufzunehmen. Das war wie immer das Wichtigste bei ihrer Arbeit. Jeder Tatort hatte eine eigene Atmosphäre. Wie eine Kulisse, die der Täter der ganzen Szene bewusst zugedacht hatte.

Dieses Mal war es weit weniger schrecklich, als sie gedacht hatte. Der Mann saß in seinem ledernen Schreibtischstuhl, sein Kopf hing nach vorne und sein Hemd wies einen großen Blutfleck auf. Annette sog die Luft tief ein. Binnen weniger Sekunden hatte sie ein Gefühl dafür, was möglicherweise geschehen war. Nichts wies auf eine Auseinandersetzung hin. Alles wirkte gediegen und aufgeräumt. Annettes innere Kompassnadel schlug prompt in Richtung »kein Mord« aus. Ob sie damit richtig lag, würden die Ermittlungen zeigen.

Vorerst hatte sie genug gesehen. Sie nickte dem Kollegen zu, der als erster am Tatort gewesen war. »Und, Stöckl? Was verschafft mir die Ehre?«

In den Mann, der sich bisher ruhig verhalten hatte, kam Bewegung. Annette bemerkte, dass er sie wie so oft nicht direkt ansah. Sie kannte ihn schon von anderen Fällen – und teilte nicht immer seine Meinung. Zudem spürte Annette, dass Stöckl zu der Sorte Mann gehörte, der immer noch den Zeiten nachtrauerte, als die Polizei ohne Frauen auskam.

»Alles sieht nach einem Suizid aus. Aber wir haben die Waffe, die auf dem Schreibtisch lag, überprüft. Sie ist nicht auf den Mann registriert. Da wollte jemand ganz schlau sein und einen Selbstmord inszenieren.«

Annette zog die rechte Augenbraue hoch. »Wie kommen Sie zu der Annahme?« Sie bewegte sich näher auf den Toten zu und betrachtete das Einschussloch.

»Welcher Selbstmörder würde sich denn in die Brust schießen? Das macht doch keiner. Die nehmen immer alle den Kopf. Ist ja auch viel sicherer.«

»Für wen?« Annette konnte nicht anders.

»Was meinen Sie …?«

»Egal«, unterbrach sie ihn. Stöckl würde im Leben nicht verstehen, was sie meinte. »Haben wir Fingerabdrücke auf der Waffe?«

»Ja. Die des Opfers.«

Annette schaute hilfesuchend zur Decke. »Und wo ist das Problem?«

Der Kollege drückte die Schultern nach hinten durch, so als wolle er bei seinem Vortrag eine ganz besonders gute Figur machen. »Meine Theorie ist, dass sich jemand Zutritt zum Büro verschafft und den Mann kaltblütig ermordet hat. Der Täter trug Handschuhe, um keine Spuren im Gebäude und an der

Waffe zu hinterlassen. Dann hat er dem Opfer die Pistole in die Hand gedrückt und ist auf gleichem Weg verschwunden.«

Welchen Kurs hat der denn gerade belegt, dachte Annette und schaute sich weiter um.

»Ist das nicht ein bisserl weit hergeholt?« Sie sah dem Kollegen direkt in die Augen, der noch immer wie ein Musterschüler dastand.

»Ich glaube nicht, dass das hier ein Mordfall ist. Aber wir können das ganz schnell klären. Ich schau mir jetzt mal die Eintrittswunde genauer an.«

»Was machen Sie da? Das geht doch nicht!« Stöckl machte einen großen Schritt auf sie zu, als wolle er sie von dem Toten wegzerren, hielt dann aber inne. »Der Rechtsmediziner ist schon unterwegs. Sie können nicht einfach selbst …«

»Kann ich nicht?«, fragte sie provozierend und konnte sich ein unverschämtes Grinsen nicht verkneifen.

»Nein! Außerdem spricht seine korrekte Kleidung gegen einen Suizid. Er hätte doch sicher sein Hemd geöffnet, um den Revolver besser aufsetzen zu können.«

»Damit es nach seinem Tod noch jemand tragen kann?«

»Ich weiß wirklich nicht, warum Sie immer so biestig sein müssen, Kirchgessner. Ich verbitte mir das!«

Fehlte nur noch, dass er wie ein Kleinkind wütend aufstampfte.

»In Ordnung. Jetzt erzähle ich mal, was ich denke, Stöckl. Das Hemd hat er so gelassen, weil er ein ordentlicher Mensch ist. Schauen Sie sich mal hier um. Außerdem wusste er, dass ihn die Sekretärin finden würde. Sicher arbeiten die schon seit Jahren zusammen. Da wollte er sie bestimmt nicht mehr als nötig schocken. Wo war sie überhaupt, als es passierte?«

»Er hatte sie losgeschickt, um persönlich einen Brief bei einem Mandanten abzugeben.«

Wieder wanderte Annettes Augenbraue nach oben. Anerkennend schaute sie den Toten an. Sich selbst zu töten war zwar immer eine schlechte Entscheidung, aber der hier hatte wenigstens alles gut geplant.

»Stöckl, denken Sie nicht auch, er hätte sich gewehrt, wenn hier jemand eingedrungen wäre? Trotzdem gibt es keine Anzeichen eines Kampfes oder einer Auseinandersetzung. Einbruchspuren ebenso wenig, wenn der Kerl gewaltsam hier hereingekommen wäre.«

»Der konnte das doch ganz in Ruhe aufräumen. Es war schließlich keiner hier. Und einen Abschiedsbrief gibt es auch nicht.« Stöckl wippte auf den Zehenspitzen. »Oder sie kannten sich und er hat ihn hereingelassen ...«

Annette hielt die Luft an und beschloss nicht weiter zuzuhören. Sie zählte langsam von zehn runter bis null. Sie musste aufpassen, dass sie nicht platzte. Wo blieb eigentlich Gigi? Der hätte doch schon längst hier sein müssen. Sie ging hinter das Opfer. Kein Austrittsloch in dem Möbelstück. Sicher steckte die Kugel in der Rückenlehne des Stuhls. Ein Mann, der solchen Wert darauf legte, seriös zu wirken, würde sich nicht das Hemd ausziehen. Selbst dann nicht, wenn er mit dem Leben abgeschlossen hatte. Annette war sich sicher, dass sie in der Hand des Toten Schmauchspuren finden und die Eintrittswunde eine Stanzmarke aufweisen würde.

Sie betrachtete den Wochenkalender. Ihr Blick fiel auf den heutigen Tag. Alle Termine waren durchgestrichen. Ebenso wie für den Rest der Woche. Sie nahm mit einem Taschentuch den Brieföffner und blätterte damit zur nächsten Seite um. Wie erwartet sah sie dort weitere gestrichene Termine. Der Tote hatte das alles sauber geplant und sich zuvor brav abgemeldet. Alles passte zusammen.

Sie wies mit dem Finger auf den Kalender. »Stöckl, schauen Sie. Das ist kein Mord, sondern eine Selbsttötung. Es sei denn, er hatte Urlaub geplant. Wenn Sie mir nicht glauben, können Sie das gerne bei seiner Sekretärin überprüfen. Jede Wette, dass das nicht der Fall war.«

»Wenn Sie meinen. Ich werde in meinem Bericht etwas anderes schreiben.«

»Bitte?« Annette ging auf ihn zu. Langsam reichte es ihr. »Warum? Weil der Mann keinen Waffenschein gemacht hat, bevor er sich selbst Blei in die Brust gepumpt hat? Die hat er vermutlich auf anderem Wege bekommen. Bei solchen Finanzleuten gibt es genug Mandanten, die Kontakte zum Milieu haben.«

»Zweifeln Sie meine Kompetenz an, Kirchgessner? Ich bin genauso lange im Dienst wie Sie.«

Annette schwieg. Sie musste dringend aus diesem Raum heraus. »Was auch immer, Stöckl. Das hier geht mich nichts an. Und die Obduktion wird meine Theorie bestätigen. Jede Wette.«

Sie nickte Stöckl noch einmal zu und machte dann auf dem Absatz kehrt. Sie hatte das Knattern von Gigis Harley gehört und wie erwartet kam er gerade die Treppe hinauf. »Herzblatt, da haben wir nichts zu suchen. Ein Suizid. Schau in den Kalender. Ich hau jetzt besser ab, sonst wird das hier wirklich ein Tatort!«

»Wer wäre das Opfer?«

»Stöckl. Wer sonst.«

Während sie eilig die Treppe hinunterlief, hörte sie das kehlige Lachen ihres Kollegen. Wenigstens der hatte Humor.

8. Kapitel

16. September 2014

Das erste, was Tim Kruse an diesem Morgen wahrnahm, war der rasende Schmerz in seiner Schläfe und seiner Stirn. Er rieb sich die Augen und hoffte, dadurch den Stichen entgehen zu können, die sich durch sein Gehirn zu bohren schienen. Aber das half nichts, im Gegenteil. Während er neben dem Bett nach irgendetwas Trinkbarem suchte, klingelte das Telefon. Egal. Sollte es doch klingeln. Seit er Jule verloren hatte, war für ihn nichts mehr von Belang. Eine Frauenstimme dröhnte viel zu laut durch sein WG-Zimmer.

»Verdammt!“, jammerte er, denn diese Stimme schien sich tausendfach in seinem Kopf zu vervielfältigen. Erst mit einigen Sekunden Verzögerung war er urplötzlich hellwach. *Jule.* Hatte er richtig gehört oder es sich nur eingebildet, dass jemand gerade diesen Namen genannt hatte? Entschlossen setzte er sich auf, schüttelte den Kopf und wuschelte durch seine Haare, die schon vor ein paar Tagen eine Dusche vertragen hätten. So wie er selbst auch.

Er sprintete an den Telefonhörer und meldete sich mit seinem Namen.

»Oh mein Gott, Tim, bin ich froh, dass ich dich am Telefon habe. Als der Anrufbeantworter ansprang … “

Tim wusste, dass er die Stimme kannte. Doch der nebelige Zustand seines Gehirns verhinderte, sogleich den Tonfall einem Gesicht zuordnen zu können.

»Wer ist denn da?«, fragte er und stöhnte gleichzeitig auf.

Seine eigenen Worte hallten wie ein Echo durch seinen Kopf. Trinken. Flüssigkeit. Er taumelte zum Kühlschrank, nahm eine halbvolle Flasche Orangensaft heraus und leerte sie in einem einzigen Zug, während die Stimme am anderen Ende sich umständlich entschuldigte und ihren Namen nannte. Ulrike Ziegler. Jules Mutter.

»Tim, bist du noch dran?«, fragte sie nach einer Weile.

»Entschuldigung, ja, bin noch dran. Aber ich fürchte, ich bin ... krank.«

»Das tut mir leid, Tim. Und normalerweise würde ich dich unter diesen Umständen sicher nicht belästigen. Aber es ist wichtig. Ich muss unbedingt wissen, wo Jule steckt«, sagte Ulrike Ziegler eine Spur leiser.

Tim lachte auf. Wie kam die Ziegler darauf, dass ausgerechnet er eine Ahnung haben könnte, wo sich Jule gerade herumtrieb?

»Wieso sollte sie mir sagen, wo sie ist, Frau Ziegler? Verstehen Sie mich jetzt nicht falsch, aber ich würde mich gerne wieder hinlegen.« Verdammt, wieso war er überhaupt rangegangen? Was um Himmels willen wollte die denn noch von ihm?

Als es am anderen Ende weiter ruhig blieb, setzte er mit mürrischem Unterton nach: »Richten Sie Jule einen schönen Gruß von mir aus. Ich habe verstanden und werde sie in Zukunft in Ruhe lassen.« Er wollte das Gespräch rasch beenden und gerade den Knopf drücken, da bemerkte er, dass Frau Ziegler am anderen Ende der Leitung schniefend ihre Nase putzte. Weinte die etwa?

»Entschuldigen Sie, ich wollte nicht ... Sie können ja nichts dafür. Aber warum lassen Sie sich auch einspannen und mischen sich in unsere Angelegenheiten ein?«

»Wo hinein? Ich verstehe gar nichts mehr. Jule ist weg, die Polizei glaubt mir nicht und ich dachte, ich hoffte ...«

»Polizei? Wie, was ...«, unterbrach er sie. Die Worte wirbelten wild durch Tims Kopf. Hätte er gestern bloß die Hälfte des Wodkas stehen lassen. Dann könnte er dem, was Frau Ziegler am anderen Ende der Leitung sagte, vielleicht irgendwie folgen.

»Ist etwas mit Jule?«, fragte er zögernd und wusste nicht, welche Antwort er sich auf diese Frage erhoffte. Einerseits wünschte er, sie möge in einer miesen Situation stecken, damit sie nachempfinden könnte, wie es ihm jetzt ging. Andererseits konnte er den Gedanken nicht ertragen, Jule könnte nur einen einzigen Kratzer abbekommen haben.

»Ich weiß es nicht.« Frau Zieglers tränenerstickte Stimme hätte selbst einen Stein erweichen können.

»Und ich verstehe gar nichts mehr. Wenn sie nicht einmal dir etwas gesagt hat … Sie liebt dich doch.«

»Leider nicht mehr, Frau Ziegler.« Es beschämte ihn fast, das sagen zu müssen. Jule hatte selbst ihrer Mutter verschwiegen, dass es mit ihrer Beziehung aus war. So wenig hatte er ihr bedeutet. Er schob die leere Saftflasche zur Seite und setzte die mit dem Wodka an die Lippen. Ein winziger Tropfen brannte auf seiner Zunge. Zu wenig, um den Schmerz zu lindern.

»Was sagst du? Davon weiß ich ja gar nichts.«

Wie von so vielem, dachte Tim, sprach es aber nicht aus. Er hatte nie verstehen können, warum Jule sofort die Stacheln ausfuhr, wenn ihre Mutter sich bei ihr meldete. Die Frau war immer nett und geduldig. Und sie liebte ihre Tochter abgöttisch. Tim hätte sich eine solche Mutter gewünscht. Seine hetzte nur von einem Termin zum anderen, hinterließ ihm von Zeit zu Zeit kurze Nachrichten auf dem Anrufbeantworter und schickte Schecks zum Geburtstag. Aber mit Jule darüber zu diskutieren, wie sie mit ihrer Mutter umging, grenzte an Wahnsinn. Sofort unterstellte sie ihm, er hätte sich mit ihrer Mutter verbündet und wolle sie ebenfalls beglucken. Dabei hätte er das gar nicht tun können. Jule wehrte sich grundsätzlich gegen jede Form von Vereinnahmung. Sie kontrollierte genau, was sie nach außen zeigte. Die Beweggründe für ihr Handeln behielt sie für sich, ließ die Menschen um sie herum völlig im Dunkeln. Und gerade das war es gewesen – und war es noch immer – was er so an ihr bewundert und geliebt hatte. Denn sie hatte tiefgründige Gedanken und Gefühle. Nur teilte sie die ungern. Jetzt vermisste er das alles: Ihre Unabhängigkeit, ihre Klugheit – und ihre bedingungslose Loyalität, die so gar nicht zu diesem freiheitsliebenden Menschen zu passen schien. Verdammt, und genau die hatte er ihr gegenüber missen lassen. Dabei hätte er wissen müssen, was er riskierte, als er mit Lena ins Bett gestiegen war. Vor allem, nachdem es nicht bei einem Mal geblieben war.

9. Kapitel

29. Juli 2014

Jule war so aufgeregt wie schon lange nicht mehr. Sie tänzelte von einer Ecke der Wohnung zur anderen. Das Radio spielte dröhnend laut »Dark Horse« von Katy Perry. Die Sonne schien durch das offene Fenster und ließ ihre kleine Wohnung noch bunter wirken. Die Farben waren satter, wenn die goldenen Strahlen auf sie fielen.

Sie liebte den Sommer. Draußen sein. Frische Luft tanken. Dann lebte sie auf. Die Menschen waren entspannter, saßen in den Biergärten, die man nun auf jeder Freifläche Münchens finden konnte. Wie Bienenschwärme fielen sie im Englischen Garten ein, der dann beinahe wie ein Vergnügungspark wirkte.

Zu dieser Jahreszeit fuhr sie gerne mit dem Fahrrad dorthin. Einfach nur, um die Menschen zu beobachten. Sich Geschichten auszudenken zu fremden Gesichtern. »Heiteres Berufe-Raten« hatte ihr Freund das immer genannt. Stunden hatten sie damit verbracht. Sie seufzte. Er war jetzt ihr Ex-Freund. Ob sie sich jemals wieder vertragen würden? Sie wunderte sich, dass sie ihn nicht hasste. Nach allem, was geschehen war. Sollte sie mit ihm Frieden schließen, um der guten Zeiten willen, die sie miteinander gehabt hatten?

Sie richtete ihren Blick nach draußen, so, als könne sie dort die Antwort auf diese Frage finden. Nein. Das würde sie später entscheiden. Ganz spontan auf ihrem Weg in ein neues Leben. Sie trat vor ihre Pinnwand und strich zärtlich mit dem Finger über die schöne Landschaft, die sie auf der Postkarte vor sich sah. Sanfte Hügel, die vor Hunderten von Jahren entstanden waren und die so gar nichts Unwirtliches hatten. Dort würde sie sich wohlfühlen. Dessen war sie sich ganz sicher. Seufzend drehte sie sich um und betrachtete den Kleiderberg auf ihrem Bett. Mit neuem Elan begann sie, ihre Tasche zu packen. Sie nahm jedes Kleidungsstück noch einmal prüfend in die Hand. Alles, was gut wirkte, sie schöner oder strahlender machte, kam zum Reisegepäck. Die langweiligen Sachen verstaute sie gleich wieder im Schrank. Praktische Dinge mussten natürlich auch mit. Jeans, T-Shirts. Vor allem die engen. Und eine Klamotte, die sexy war, brauchte sie natürlich auch. Oder nicht? Egal! Hochhackige Schuhe passten allerdings wirklich nicht dorthin. Sie verzog den Mund. Aber in Gummistiefel und Friesennerz würde sie auch niemand bekommen. Sie warf die Schuhe kichernd in die Tasche. Man konnte ja nie wissen. Ein Buch für die Fahrt, den iPod, das Handy. Ob sie noch kurz ihrer Mutter Bescheid sagen sollte? Sie entschied sich dagegen, trotz ihres schlechten Gewissens. Gestern hatten sie noch miteinander gesprochen. »Geht es dir auch gut? Isst du genug? Und nimmst du auch abends immer ein Taxi, wenn du spät nach Hause fährst?« Jule hatte genervt die Augen verdreht. Ewig diese Sorgen. Wann würde ihre Mutter endlich begreifen, dass sie mittlerweile 23 Jahre alt war und ihr Leben allein im Griff hatte? Sie konnte sich bei ihr melden, wenn sie heil angekommen war. Mutti würde ihr diese Tour sonst sofort ausreden. »Du kannst doch nicht einfach zu einem wildfremden Menschen fahren«, würde sie sagen. Und recht hatte sie: Es war absolut unvernünftig, was sie tat. Und dennoch das Einzige, was sie tun wollte. Sie brauchte das jetzt einfach. Basta. Manchmal musste man eben alles auf eine Karte setzen.

Sie stopfte die Sachen in die prallvolle Tasche und zog den Reißverschluss zu. Nun musste sie nur noch schnell zu ihrem Nachbarn rüber, um ihn zu bitten, nach der Post zu sehen. Dann würde sie sich eine Portion gebratene Nudeln mit Gemüse von ihrem Lieblingsasiaten in den Fünf Höfen holen und früh ins Bett gehen und von ihrem neuen Leben träumen.

10. Kapitel

29. Juli 2014

Du streichst über das Gesicht, das dir auf dem Bildschirm entgegenstrahlt. Diese Brüste. Diese Augen. Makellose Haut. Du kannst sie beinahe fühlen. Sicher riecht sie wie eine Blume, wie der Frühling. Du willst dieses Gesicht berühren. Diesen Körper. Nichts anderes hat mehr Platz in deinem Kopf.

Aber du kannst nicht an sie ran. Diese Tatsache macht dich schier verrückt, seit du zufällig zum ersten Mal in diese türkisblauen Augen gesehen hast. Wie wunderschön würden sie erst sein, wenn sie voller Tränen wären. Es drängt dich, zu lesen, was sie schreibt. Immer wieder.

Du musst sie haben, kennst keinen anderen Gedanken. Sie ist wie dein Herzschlag. Etwas, das dich am Leben erhält. Ein Bildschirmschoner, der dich magisch anzieht – wie banal und so lächerlich. Und doch interessiert dich nur noch eins: Diese Frau! Du bist fasziniert. Verführerisch schaut sie. Selbstbewusst. Und doch unschuldig. Die muss sich mit ihrem Aussehen nicht verstecken. Oh nein. Das sagt sie sogar selbst, dieses kleine Luder. Sicher ist sie klein. Ist zierlich und schlank und biegsam und …

Den ganzen Tag willst du über sie reden, alles wissen, was in ihrem Kopf vor sich geht, wie sie lebt. Und dann in ihrem Blick versinken. Und dir vorstellen, wie du sie ganz für dich hast. Du willst sie. Am liebsten für immer. Bei diesem Gedanken wird dein Hunger größer. Übermächtig groß.

Du musst ihn stillen.

Bald.

11. Kapitel

16. September 2014

Der junge Mann war in einem erbarmungswürdigen Zustand. Ulrike sah ihn erwartungsvoll an und hörte geduldig zu, als Tim ihr die ganze Geschichte erzählte. Zwischendurch führte sie immer wieder ihre Kaffeetasse an den Mund, ohne zu merken, dass sie längst leer war. Tim schilderte, wie es zum Bruch zwischen ihm und Jule gekommen war. Andauernd unterbrach er den Fluss der Geschichte, indem er sich selbst Vorwürfe machte, seine große Liebe wegen einer Dummheit verloren zu haben.

Ulrike nahm nicht wirklich auf, was Tim ihr erzählte. Vielmehr wartete sie nur auf ein Stichwort, das ihre Suche voranbringen würde. Einen Hinweis darauf, was geschehen war und Jule dazu gebracht hatte, ohne jede Nachricht aus München zu verschwinden. Konnte die Trennung von Tim sie dazu gebracht haben? Das wäre eine Möglichkeit. Aber sie schien ihr nicht wahrscheinlich. Weglaufen war nicht Jules Art.

Mittlerweile hatte Ulrike es gewagt den Anrufbeantworter ihrer Tochter laufen lassen, obwohl sie sich dabei wie ein mieser Schnüffler vorkam. Sie hörte Tim, der immer wieder um ein Treffen bat. Mal vernünftig, mal betrunken, zuletzt spielte er einen Song ab, der offenbar für die beiden wichtig gewesen war. Außerdem gab es einige Anrufe von Jules Arbeitgeber. Zunächst mit der Bitte, sich zu melden. Später drohten sie, sich eine andere studentische Aushilfe zu suchen, wenn sie sich nicht umgehend melden würde. Und schließlich, dass sie doch ihre persönlichen Sachen am Empfang abholen möge. Ulrike konnte es nicht fassen. Nicht einmal dort sorgte sich jemand um Jule. Alle dachten, sie verhalte sich absichtlich so. Hätte doch nur irgendjemand früher reagiert.

Zuletzt gab es noch ein Gewinnspiel, bei dem Jule angeblich das große Los gezogen hatte, und mehrere Anrufer, die aufgelegt hatten, ohne etwas zu hinterlassen. Das wirkte auf Ulrike zunächst mysteriös. Wieso sagten die nichts? Aber nach einigem Nachdenken kam sie zu der Überzeugung, dass einige dieser »stillen« Botschaften durchaus auf ihr eigenes Konto gehen konnten. Genau wie die vielen besorgten Nachrichten, die sie ihrer Tochter hinterlassen hatte.

Als nächstes hatte Ulrike sich Jules Post vorgenommen, dort aber ebenfalls keinen Anhaltspunkt für weitere Nachforschungen gefunden. Es handelte sich ausschließlich um Werbung, einige Rechnungen und die fristlose Kündigung ihres Arbeitsplatzes in der Werbeagentur. Außer einigen Notizen von Tim gab es keine persönlichen Nachrichten oder Mitteilungen, die ihr hätten helfen können, Jule zu finden. Sie hatte kurz überlegt, bei den Nachbarn zu klingeln. Aber von ihren Besuchen wusste Ulrike, dass ihre Tochter mit den anderen Bewohnern im Haus nur oberflächliche Höflichkeiten austauschte. Die wussten sicher nichts und so konnte sie sich einen peinlichen Auftritt dort ersparen. Ebenso wie die seltsamen Blicke, die sie sicher danach ernten würde. Ulrike letzte Hoffnung lag vielmehr bei den wenigen Freunden, die sie aus Erzählungen ihrer Tochter kannte. Deren Nummern hatte sie glücklicherweise im Telefonspeicher gefunden.

Tim lamentierte endlos weiter, schien nicht zu merken, dass sie ihm nur mit halbem Ohr zuhörte. Er verlor immer wieder den Faden – was vermutlich den Folgen der letzten Nacht zuzuschreiben war. Erneut hob sie die Tasse an und registrierte endlich, dass sie ihren Kaffee schon längst ausgetrunken hatte. Immer wieder ertappte sie sich bei solchen sinnlosen Dingen. So hatte sie nach dem Misserfolg bei der Polizei und der vergeblichen Suche in der Wohnung erst einmal begonnen zu putzen. Sie folgte einem inneren Instinkt: Wenn sie die Wohnung schön herrichtete, dann würde Jule sicher bald zurückkommen. Sie hatte eingekauft und aus dem Supermarkt einen gelben Blumenstrauß mitgenommen. Jules Lieblingsfarbe. Anschließend hatte sie weinend in der Wohnung gesessen. Niemand war gekommen. In ihrer Hilflosigkeit hatte sie angefangen, Jules Tücher zu falten. Eines nach dem anderen, Ecke auf Ecke. Ihre Tochter hätte das gehasst – aber Ulrike musste sich irgendwie beschäftigen, um nicht durchzudrehen.

Jetzt saß sie hier mit Tim in diesem kleinen Eckcafé und fragte sich, warum sie seine selbstmitleidige Arie nicht unterbrach. Warum stellte sie nicht die Fragen, die ihr unter den Nägeln brannten? War sie immer schon so gewesen? Oder hatte sie nur irgendwann im Laufe der Jahre ihre eigenen Bedürfnisse und Wünsche komplett vergessen? Sie spürte sich selbst nicht mehr. Und so sehr, wie sie sich immer selbst in die zweite Reihe gestellt hatte, so sehr sah Tim ausschließlich sich selbst. Warum hatte er ihr eigentlich so gut als künftiger Schwiegersohn gefallen? Seine Darstellung der Geschichte beruhte nur auf *seinen* Gefühlen, *seinen* Beweggründen. Das, was Jule fühlte und wollte, schien gänzlich Nebensache zu sein. Dabei konnte sie es Jule keineswegs verübeln, dass sie den Vertrauensbruch ihres Freundes mit einer sofortigen Beendigung der Beziehung beantwortet hatte. Im Gegenteil.

Was sollte man auch sonst tun, wenn der eigene Freund mit der besten Freundin fremdging? Und statt Jule von seiner Reue zu überzeugen, versuchte Tim zu begründen, was *sie* getan hatte, um *ihn* zu diesem Verhalten zu treiben. Tim war ein solcher Egoist! Ulrike selbst hätte wahrscheinlich Verständnis gezeigt und wäre geblieben. Und hätte gelitten. Unter der Erniedrigung, dem schleichenden Misstrauen. Glücklicherweise verhielt Jule sich in dieser Hinsicht völlig anders. Und gerade darum konnte Ulrike nicht verstehen, was in den letzten Wochen passiert sein sollte. Jule war kein Opfer. Sie war eine Macherin. Sie würde nach einer Erniedrigung erst recht Stärke beweisen wollen und sich ihre verletzten Gefühle nicht anmerken lassen. Einfach zu flüchten, das passte nicht zu ihr.

Ulrike nahm wieder ihre Tasse hoch, hielt dieses Mal auf halbem Weg zum Mund inne und knallte sie dann resolut auf die Untertasse. Sie zuckte bei dem lauten Geräusch zusammen und befürchtete, das Geschirr sei zerbrochen. Auch Tim schaute sie irritiert an.

»Ist dir eigentlich schon einmal aufgefallen, dass du ausschließlich von dir redest? Jule ist weg. Die Polizei tut nichts. Und du hast nichts anderes im Kopf als deine verletzte Eitelkeit. Welche Art Mann bist du eigentlich? Müsstest du nicht sofort aufbrechen, um ganz München nach ihr abzusuchen? Du kennst ihre Freunde, Orte, an die sie gerne geht. Herrje, tu doch was, Tim! Hör endlich auf zu jammern!« Ulrike horchte erstaunt ihren eigenen Worten nach. In diesem Tonfall hatte sie seit langer Zeit mit niemandem mehr gesprochen. Sie betrachtete Tim, der auf einmal gar nicht mehr erwachsen wirkte. Er hatte einen beleidigten Gesichtsausdruck aufgesetzt, woraufhin sie gleich bedauerte, dass sie ihn so hart angegangen war.

»Daran habe ich noch gar nicht gedacht«, antwortete er schließlich kleinlaut.

»Nun, dann versuch es doch einfach mal«, fügte Ulrike sanfter hinzu. »Oder gibt es noch etwas Wichtiges, das du zu erzählen hast?«

»Ja, also … ich meine nein. Ich wollte sagen: Klar mache ich das.« Er blickte offen in ihr Gesicht.

»Na, also«, sagte Ulrike und gab der Bedienung ein Zeichen, dass sie zahlen wollte. »Wohin gehen wir als erstes?«

»Eigentlich lege ich keinen gesteigerten Wert darauf, ihr gegenüberzutreten, aber mit Ihnen zusammen würde ich doch sagen, wir fangen mit Lena an«, antwortete Tim verlegen.

12. Kapitel

16. September 2014

Mit voller Wucht knallte Annette Kirchgessner die Tür ihres Cabrios zu, was sie gleich darauf bedauerte und sanft mit der Handfläche über den Fensterrahmen fuhr. Ihr Auto konnte schließlich nichts für diese Situation.

»Halt Dich fest, Dr. Carter. Es geht ab«, sagte sie zu ihrem Basset, der sie hechelnd vom Beifahrersitz aus anblickte.

Mit quietschenden Reifen fuhr sie los. Sie schlug mit der flachen Hand auf das Lenkrad. *So ein Vollidiot*! Sie konnte sich einfach nicht beruhigen. Sie vergewisserte sich mit einem raschen Blick in den Spiegel, ob ihr irgendwo ein Pickel gewachsen war, so groß war ihre Abscheu gegenüber diesem übereifrigen Kollegen. *Instinkt*, das Wort kannte Stöckl nur aus dem Kreuzworträtsel. Es wunderte sie nicht, dass er seit Jahren geschieden war. Und seine letzte Freundin, das arme Ding, hatte gut daran getan, ihm den Laufpass zu geben. Niemand würde es über längere Zeit mit einem solchen Besserwisser aushalten.

Wieder schlug sie auf das Lenkrad. Das ausgerechnet Stöckl diesen Tatort als Erster betreten musste! Nicht genug, dass ein Mensch genug von dieser beschissenen Welt hatte und den Freitod wählte – dann kam auch noch dieser Möchtegernpolizist und nahm ihm die letzte Ruhe! Als ob die Familie nicht genug damit gestraft war, diesen schrecklichen Verlust zu verarbeiten, nein, jetzt musste Stöckl auch noch Unruhe stiften und im Leben der Familie wühlen. Was für ein Mist!

Annette setzte spontan an der nächsten Ecke den Blinker, gewillt diesen verkorksten Tag zu guter Letzt zu einem passablen Ende zu führen. Sie würde für heute Feierabend machen. Den Bericht konnte sie genau genommen auch morgen schreiben, denn der Fall war gelöst und es gab definitiv keinen Täter, den sie eilig suchen mussten. Dessen war sie sich sicher. Die Obduktion würde das schon beweisen.

Zielstrebig fuhr sie auf den mittleren Ring und bog dann auf die Autobahn 96 Richtung Lindau. Sie würde die Zeit nutzen und noch einen kurzen Spaziergang um den Weßlinger See machen. Zu dieser Jahreszeit war es dort wunderschön und nicht so überlaufen wie in der Stadt.

Sie genoss den Fahrtwind, der ihr langsam den Kopf frei pustete.

Manchmal hasste sie ihren Job. Eigentlich hätte sie froh sein müssen: Nur ein Suizid, keine neuen menschlichen Abgründe. Eigentlich – aber sie fühlte keine Erleichterung. Sie spürte das Adrenalin, das immer noch durch ihre Adern lief. Ein neuer Fall war stets eine Herausforderung, die sie zur Bestleistung anstachelte, alle fünf Sinne in ihr weckte. Das war der Grund gewesen, weshalb sie zur Mordkommission gegangen war, bei der sie nun schon seit zehn Jahren arbeitete. Dort fühlte sie sich gut aufgehoben und war an dem Platz, an dem ihre Talente voll zur Entfaltung kamen. Auch wenn viele Fälle sie emotional sehr berührten. Seit ihrer Kindheit wusste Annette, wie Verluste sich anfühlten. Sie wusste, wie sehr sie schmerzten. Auch sie hatte ihre Eltern ihr Leben lang vermisst. Sie seufzte und sog die Luft tief in ihre Lungen. Doch gerade diese Erfahrung trieb sie bei ihrer ständigen Suche an. Sie konnte die Opfer zwar nicht zurückbringen, aber wenigstens herausfinden, wer für den Verlust der Hinterbliebenen verantwortlich war. Und welcher irrsinnige Gedanke den Täter dahin geführt hatte.

Nicht so bei diesem Fall. Bei dem gab es nichts mehr zu klären. Wenigstens für sie nicht. Bei den Angehörigen, die den plötzlichen Tod zu verarbeiten hatten, sah das natürlich ganz anders aus. Sie seufzte. So wie sie den Kollegen Stöckl kannte, würde der ihnen keine Ruhe geben und weiter Zweifel säen. Sie hatte einfach keinen Bock auf diesen Fall.

Annette änderte ihre Sitzposition, wollte sich entspannen, fühlte jedoch nichts außer mörderischem Hunger. Sie schaute ihren Basset an, der ihren Blick mit treuen Hängeaugen erwiderte.

»Dr. Carter: Planänderung. Wir besorgen uns erst einmal etwas Essbares und gehen danach Gassi.«

13. Kapitel

16. September 2014

Ulrike öffnete die Eingangstür zum Haus in der Baaderstraße. Mit müden Schritten ging sie zu den Briefkästen im Flur des Mietshauses. Sie schloss den zweiten von rechts auf, strich mit dem Finger über das Namensschild, auf dem »Ziegler« stand. Sie hoffte, heute etwas zu finden, das ihr helfen könnte.

Behutsam ließ sie die Klappe aufgehen, sah hinein und fühlte, wie sich eine kalte Hand um ihr Herz legte. Nur ein geschäftlich aussehender Brief und ein Exemplar der »CaZe«, der Campus-Zeitung der Münchner Universität. Ulrike spürte, wie sie merklich zusammensackte. Der zweite Tag schon und sie hatte nichts ausrichten können. Vermutlich würde sie am folgenden Tag erneut hier stehen. Genauso hilflos und ohne eine Ahnung, was zu tun war. Tränen stiegen in ihre Augen. Ulrike hatte keine Kraft mehr und ließ sie einfach laufen. Sie fühlte sich wie amputiert, als fehlte ein Teil von ihr. Und so war es ja auch.

Vorhin war sie noch mit Tim bei Lena gewesen, Jules ehemals engster Freundin. Doch die war nicht zu Hause und hatte sich auch auf ihrem Handy nicht gemeldet. Tim zählte noch ein paar Kommilitonen auf, die er fragen konnte, aber da Jule sehr verschlossen war, erwartete er kaum, dass sie etwas wüssten. Sie teilte wenig mit ihren Freunden, insofern war die Wahrscheinlichkeit gering, dass diese Befragung irgendeine neue Information zutage bringen würde. Ulrike hatte Tim daraufhin erst einmal nach Hause geschickt, damit er seinen Rausch ausschlafen konnte. Mit klarem Kopf nutzte er ihr mehr. Er hatte versprochen, sich zu melden, wenn er etwas Neues wusste. Ulrike blieb nichts anderes übrig, als zu warten.

Heftig schlug Ulrike den Briefkasten zu und erschrak selbst von dem lauten Echo, das durch den Flur hallte. Dann schlurfte sie zur Treppe und schleppte sich die unzähligen Stufen hinauf. Je näher sie der Wohnungstür kam, desto stärker gab sie dem Bedürfnis nach, sich all ihre Verzweiflung und Hoffnungslosigkeit mit den Tränen aus dem Körper zu waschen. Mittlerweile war es ihr völlig egal, ob jemand sie hörte. Als sie gerade den Schlüssel in das Türschloss steckte, entfuhr ihr ein lautes Schluchzen. Gleichzeitig öffnete sich die Tür der gegenüberliegenden Wohnung mit einem leisen Knarren. Ein junger, sehr dünner Mann mit blonden Haaren, deren Ponyfransen fast die Hälfte seines Gesichts bedeckten, stand ihr gegenüber. Er rückte seine Brille zurecht und musterte sie.

»Ist etwas nicht … oh, Entschuldigung. Ich dachte, es wäre Jule.«

Bei der Erwähnung von Jules Namen entfuhr Ulrike erneut ein Klagelaut.

»Oje, was ist mit Ihnen? Kann ich irgendwie helfen?«, stammelte er vor sich hin und schaute sie besorgt an. »Sie sind sehr blass. Vielleicht möchten Sie sich einen Moment setzen? Ich hole Ihnen etwas zu trinken. Ach, nein, Sie wollen sicher da rein …« Er deutete auf Jules Appartementtür, trat dabei nervös von einem Bein auf das andere.

Ulrike wischte die Tränen weg.

»Ich bin Ulrike Ziegler, Jules Mutter.« Sie reichte ihm die Hand. »Und Sie sind?«

»Martin. Görner. Ich wohne schon seit zwei Jahren neben Jule«, erwiderte er. Dann drehte er sich um, ging in sein Appartement und übergab ihr einen sorgfältig geordneten Stapel Post. »Die habe ich hier aufbewahrt, weil der Kasten unten kurz vor dem Überlaufen war.« Dabei errötete er und schaute zu Boden.

Dieser junge Mann, der so höflich und gleichzeitig unbeholfen war, gefiel Ulrike. Seine Unsicherheit lockte ihr ein schwaches Lächeln auf die Lippen. Und er war der erste, der sich ernsthaft für Jule zu interessieren schien.

»Es tut mir leid, Herr Görner, dass Sie mich in dieser Verfassung sehen müssen, aber es geht mir gerade nicht besonders gut.«

»Nennen Sie mich ruhig Martin, Frau Ziegler. Ist schon gut. Ist Jule eigentlich verreist?« Erwartungsvoll schaute er auf ihren Mund, so als könne er damit ihre Antwort beschleunigen.

Ulrike seufzte resigniert.

»Wenn ich das wüsste! Ich habe seit Wochen nichts von meiner Tochter gehört.« Ihre Beine zitterten merklich. Sie musste dringend etwas trinken und sich hinsetzen.

»Würden Sie, ich meine, haben Sie noch Lust, kurz mit hineinzukommen? Vielleicht könnten Sie mir erzählen, wann Sie Jule zuletzt gesehen haben. Wissen Sie, ich wäre für jede Idee, wo sie stecken könnte, dankbar.«

Sie hatte zunächst nicht bemerkt, dass Martin Görner ihr nicht folgte. Er stand wie angewurzelt im Flur und starrte sie ungläubig an. Seine Gesichtsfarbe war von dem tiefen Rot zu einer ungesunden Blässe gewechselt und Ulrike sorgte sich, er könne gleich in Ohnmacht fallen.

»Kommen Sie. Kommen Sie doch rein.«

Sie zog Martin durch den kleinen Flur in Richtung des Wohnzimmers, an das sich eine kleine Küchenzeile anschloss und bugsierte ihn auf einen Stuhl.

Da er nicht sprach und sie nur weiterhin merkwürdig anschaute, stellte sie den Wasserkocher an und bereitete eine Tasse Rotbuschtee zu. Wenn ihn diese Nachricht so mitnahm, musste er Jule besser kennen, als sie geglaubt hatte. Er wirkte beinahe, als stünde er unter Schock. Ihre eigene Schwäche schien vergessen und sie bemühte sich um den jungen Mann. Sie hatte eine Ahnung, dass dieser Nachbar vielleicht etwas wusste. Vielleicht war er der Strohhalm, an den sie sich klammern konnte. Hatte sich Jule ihm anvertraut, nachdem ihre Freunde sie so betrogen hatten? Mit irgendjemandem musste sie doch geredet haben nach dieser Geschichte.

Als der Tee durchgezogen war, setzte Ulrike sich Martin gegenüber an den Tisch. Sie rührte einen Löffel Zucker in beide Tassen und hoffte, keine Fragen stellen zu müssen. Ein süßes Getränk war in solchen Situationen äußerst hilfreich. Sie wusste zwar nicht, ob Martin Görner ihr Informationen bieten konnte, aber einen Versuch war es allemal wert. Und dann tat sie wieder das, von dem sie wusste, dass sie es am besten konnte: schweigen und warten.

»Glauben Sie, Jule ist etwas geschehen? Ich meine, ich habe ja gemerkt, dass sie länger nicht da war. Und vorhin, da habe ich Sie gehört und dachte, das wäre sie endlich. Ich hatte mir schon Sorgen gemacht, dabei ... eigentlich geht es mich ja gar nichts an.«

»Kennen Sie denn meine Tochter besser? Sie hat mir nie von Ihnen erzählt.« Ulrike setzte sich auf die Kante ihres Stuhls und konnte die Antwort kaum abwarten.

»Das wundert mich nicht«, sagte er und lächelte verkrampft.

Ulrike sah ihm die Enttäuschung an. Einem Impuls folgend, legte sie ihm die Hand auf den Arm.

»Naja, wie soll ich sagen«, Martin suchte nach den richtigen Worten. »Richtig befreundet sind wir nicht. Sie ließ ja außer Lena und Tim niemanden wirklich an sich ran.«

»Aber Sie haben sich doch offenbar öfter unterhalten? Ich habe vorhin gesehen, wie Sie reagierten, als ich Ihnen von Jules Verschwinden ...«

Er unterbrach sie abrupt. »Glauben Sie etwa, Jule ist etwas zugestoßen? Das kann ... vielleicht hätte ich ... das darf nicht sein!«

Ulrikes Nerven waren zum Bersten gespannt. Er verschwieg etwas. Das spürte sie. Sie musste klug und behutsam vorgehen, damit er nicht einfach aufsprang und fortlief. Sie durfte ihn nicht unter Druck setzen, musste zurückhaltend bleiben. »Ich weiß es nicht, Martin. Aber vielleicht kannst du mir helfen.« Sie wechselte rasch die Anrede, um die Distanz zwischen ihnen zu verringern. »Ich will offen zu dir sein: Die Polizei glaubt, sie sei nur für ein paar Tage ausgebüxt, würde ihre Freiheit ausnutzen. Aber ich kann mir nicht vorstellen, dass Jule verreist sein könnte, ohne mir etwas davon zu sagen. Nicht einmal ihr Freund Tim hat eine Ahnung, wo sie steckt.«

»Pah, der soll sich besser von ihr fernhalten!«, platzte es aus Martin heraus. Unruhig wanderte sein Blick durch die Wohnung, so als sei ihm dieser Ausbruch peinlich.

»Du meinst, wegen seiner Affäre mit Lena? Du weißt also davon?« Ulrike Ziegler spürte kurz einen Stich von Eifersucht. Selbst Jules Nachbar wusste offenbar über die Trennung Bescheid. Sie selbst schien die Einzige zu sein, die keine Ahnung hatte, was in Jules Leben geschah. Wie so oft.

»Nein, deshalb nicht. Der soll es nur ja nicht noch einmal wagen, sie so hart anzupacken wie neulich. Richtig blaue Flecken hatte sie an ihrem Arm.«

Ulrikes Gedanken waren schlagartig wieder im Hier und Jetzt. »Tim hat Jule verletzt? Woher weißt du das? Hat sie dir das erzählt? Was ist passiert?«

»Nein, also ja …«, er rutschte unruhig auf dem Stuhl herum und schob die Tasse von sich weg.

»Was? Sag schon, Martin.« Sie bemühte sich, ruhig zu bleiben.

»Sie hat mir nichts erzählt. Ich habe sie an dem Abend gesehen. Erst hat Tim sich mit Jule gestritten. Als sie sich schließlich umdrehte, um zu gehen, packte er sie brutal am Arm und wollte sie mit sich ziehen.«

Ulrike Ziegler atmete stoßweise. Endlich hatte sie eine erste Spur.

14. Kapitel

30. Juli 2014

Jule parkte direkt neben dem Haus, das sie unschwer als das gesuchte erkannt hatte. Ein Briefkasten stand etwa 500 Meter weiter vorne an der Straße und trug in verblassten Buchstaben die Aufschrift »Neuenhaus«. Der kleine Schotterweg verschwand hinter Bäumen. Als sie die Auffahrt entlangfuhr – im Schritttempo, denn der Zustand der Straße mit tiefen Schlaglöchern erlaubte keine schnellere Fahrweise – empfand sie die Umgebung als wild und romantisch. Genau so hatte sie es sich in ihren Tagträumen vorgestellt. Wie auf der Postkarte, die er ihr geschickt hatte.

Als die Bäume den Blick auf das Haus freigaben, veränderte sich dieser Eindruck jedoch schlagartig. Das Gebäude war völlig heruntergekommen. Kaum vorstellbar, dass in dem alten Kasten tatsächlich jemand wohnen sollte. Ihr Blick fiel auf einen verrotteten Traktor mit platten Rädern. Auch anderer Unrat lag zwischen dem Haus und der Scheune, deren Dach mit Moos bewachsen und an einer Stelle bereits eingebrochen war. Alles sah so trostlos aus, dass sie am liebsten auf dem Absatz kehrt gemacht hätte. Aber war sie den ganzen weiten Weg gefahren, um kurz vor dem Ziel aufzugeben? Sie überging das ungute Gefühl, das sich einschleichen wollte.

Drinnen würde es sicher nicht verwahrlost aussehen, redete sie sich ein. Jemand wie Bernd hatte eben keinen Sinn für profane Arbeiten in Haus und Garten. Dreckig war es ganz sicher nicht, höchstens chaotisch. Sie stellte ihn sich vor, zwischen Büchern und Papieren in einem kreativen Durcheinander. Um den Rest könnte sie sich in den nächsten Tagen kümmern, während er an seiner Dissertation arbeitete. Dann hätte sie gleich etwas zu tun.

Obwohl es ihr gelang, sich die Umgebung schön zu denken, verpuffte das euphorische Gefühl, das während der Fahrt beinahe wie ein Aufputschmittel gewirkt hatte. Sie fühlte die Anstrengung der langen Reise. Gerade bei dem letzten Stück der Wegstrecke, die sie mit dem Leihwagen zurückgelegt hatte, musste sie sich sehr konzentrieren, denn sie war schon seit Jahren nicht mehr Auto gefahren.

Bleiern überfiel sie die Müdigkeit. Und sie zweifelte, ob die Idee, ohne vorherige Anmeldung hierherzufahren, wirklich so gut war. »Papperlapapp! Ich klinge ja schon wie meine eigene Mutter.«

Sie nahm den Gang heraus, streckte sich noch einmal und warf einen kurzen Blick in den Spiegel. Dann zupfte sie ihren Fransenschnitt zurecht, öffnete entschlossen die Tür des Wagens und stieg die drei Treppenstufen zur Haustür hinauf. Sie klopfte. Ihr Herzschlag beschleunigte sich. Wie bei dem ersten Rendezvous, das sie als Teenager gehabt hatte. Gleich würde sich die Tür öffnen und dann wüsste sie, ob er der Richtige war. Fast wie bei der Sendung »Herzblatt«: Die Tür fährt zurück und man steht seinem Traummann gegenüber. Sie kicherte nervös bei dem Gedanken.

Nichts passierte. Sie klopfte erneut. Lauschte in die Stille.

Verflixt! Er schien nicht da zu sein. Diese Möglichkeit war in ihrer Fantasie nie vorgekommen. Sie hatte ihn sich immer am Schreibtisch vorgestellt – sein verdutztes Gesicht, wenn er die Tür öffnete und sie sich zu erkennen gab. Ärgerlich kickte sie einen Stein vom Gehweg in die Wiese. Bei dem Wildwuchs, der dort herrschte, war die bestimmt voller Zecken. Sie öffnete erneut die Tür des Leihwagens, setzte sich hinein. Ihr Kopf arbeitete fieberhaft. Was sollte sie tun, wenn er verreist war? Er hatte zwar nichts von Urlaub oder Ähnlichem geschrieben, aber sie musste heute Nacht irgendwo bleiben. Aber wenn sie sich umschaute, war es vielleicht ohnehin besser, sich eine andere Unterkunft zu suchen. Sie nahm ihr Handy aus der Tasche, um bei der Auskunft die Nummer einer Pension zu erfragen. Aber das Display blieb dunkel. Mist! Sie hatte vergessen, den Akku zu laden. Sie wühlte in ihrer Tasche, aber da war kein Aufladekabel. Na toll! Das hatte sie wohl vergessen. Super, Jule! Sie schimpfte in sich hinein. Das hier hatte sie sich definitiv anders vorgestellt.

Zum Glück blieb ihr noch Zeit, bis es anfangen würde zu dämmern. Sie konnte sicher in der Gegend ein Zimmer finden. Und im schlimmsten Fall hätte sie das Auto. Sie würde noch eine halbe Stunde warten und sich etwas ausruhen. Jule machte es sich im Sitz gemütlich, ließ die Beine nach draußen baumeln und steckte sich die Ohrstöpsel in die Ohren. Während sie der Musik von »Silbermond« lauschte, schloss sie die Augen und versuchte sich zu entspannen. Es würde schon alles gut werden. Auch wenn es gerade ganz und gar nicht danach aussah.

15. Kapitel

16. September 2014

Tim lief auf und ab im Wohnzimmer der WG, in der er mit einem anderen Kommilitonen lebte. Er hatte Glück, denn sein Mitbewohner war ein echtes Muttersöhnchen und hielt sich eigentlich mehr zu Hause in Niederbayern auf als in München. So gehörte Tim die große Wohnung im Prinzip alleine. Während den Ferien sowieso. Normalerweise liebte er die Tage, an denen er alles für sich hatte und es sich gemütlich machen konnte. Aber heute war ihm nicht danach. Zum einen war die Wohnung in einem üblen Zustand. Aber noch schwerer wog, dass er den starken Drang verspürte, sich wie am Abend zuvor mit Alkohol zu betäuben. So, wie er das in den letzten Wochen andauernd getan hatte. Das Klingeln des Telefons riss ihn aus seinen Gedanken.

»Kruse?«

»Hallo Tim«, die Stimme war mehr gehaucht als gesprochen. »Du hattest mir einen Zettel hinterlassen, ich solle mich melden. Was gibt es denn?«

Tim verdrehte die Augen. Er hörte die Hoffnung in diesen wenigen Worten. Lena konnte offenbar nicht anders. Sie war immer so, wenn sie sich trafen: Sie versuchte zu erraten, was er sich wünschte, um es dann so schnell wie möglich wahr werden zu lassen. Wie ein Chamäleon nahm sie jede Emotion, jeden Wunsch auf und verhielt sich entsprechend.

Auf einer Ebene war ihr das besonders gut gelungen: Der Sex mit ihr war phänomenal. Bei der kleinsten Geste tat sie alles, was er brauchte. Und noch einiges mehr.

Er hasste sich dafür, dass ihn allein der Gedanke daran immer noch erregen konnte.

»Jule ist verschwunden!«, sagte er deshalb viel zu aggressiv. »Ihre Mutter hat seit sechs Wochen nichts mehr von ihr gehört. Sie ist absolut sicher, dass Jule etwas passiert ist und ...«

»Halt, halt, halt«, unterbrach ihn Lena mit schriller Stimme. »Was hat das bitte mit mir zu tun? Soll ich ihrer Mama jetzt Händchen halten, oder was?«

Tim verschlug es für einen Augenblick die Sprache. Hatte sie nicht zugehört? Wie konnte sie so reagieren, wenn er ihr mitteilte, dass ihre beste Freundin verschwunden war?

»Das ist doch wohl klar, oder? Wir müssen uns mit ihrer Mutter zusammensetzen und überlegen, wo sie sein könnte. Ich habe gerade gedacht, sie schwärmte doch immer so von Berlin ...«

»Tim, hör mir mal gut zu«, Lenas Stimme klang nun hart und unerbittlich. »Du musst das vielleicht. Als Jules kleiner Schoßhund, der alles mit sich machen lässt. Aber ich muss gar nichts. Sie wollte meine Freundschaft nicht mehr. Auch gut. Aber damit bin ich Jule zu nichts mehr verpflichtet.«

Tim verstand die Welt nicht mehr. »So bist du doch gar nicht, Lena. Was soll der Quatsch? Komm jetzt mal von deinem hohen Ross runter und spiel nicht mehr die Gekränkte. Was du ...«, er korrigierte sich, »... was wir gemacht haben, das war doch Mist. Und jetzt lass uns nachdenken. Hör mal, wenn ihr was passiert wäre, das wäre doch fürchterlich!«

»Madame soll was passiert sein? Recht so!«, Lena spuckte die Worte förmlich in den Hörer. »Ich wünsche ihr nur das Schlechteste! Ha, und wie ich Jule kenne, würde daraus auch wieder nur das Beste. Ich greife immer daneben. Siehst du, wie blöd ich war? Ich habe wirklich gedacht, du hättest mir den Zettel geschrieben, weil du zur Besinnung gekommen bist. Ich ...«, sie hielt inne. Tim hörte, wie sie die Nase hochzog. »Ich Idiotin habe tatsächlich geglaubt, nach so vielen Wochen hättest du sie vergessen. Oder wärst mit mir als Trostpreis zufrieden. Selbst das wäre mir recht gewesen! Wenn du nur zu mir zurückgekommen wärst.« Sie schnäuzte sich.

Als er nicht antwortete, atmete sie einmal kräftig durch und fuhr mit zorniger Stimme fort: »Aber weißt du was? Du kannst mich mal. Ihr alle beide! Wenn Jule wirklich weg ist – dann ist das für mich ein echter Grund zum Feiern. Denn ich hasse sie. Ich habe sie schon so lange gehasst, diese Miss Mir-gelingt-alles-und-trotzdem-bin-ich-so-arm-dran. Und zu dir: Leb wohl, Casanova!«

Tim hörte, dass Lena aufgelegt hatte. Er war wie vor den Kopf geschlagen. Er wusste, dass Lena impulsiv und launisch sein konnte. Aber nie hatte er so viel Hass und Bosheit in ihrer Stimme und in ihren Worten gehört. Er fragte sich, ob er jemals die wahre Lena kennengelernt hatte.

Sicher. Sie war enttäuscht. Das Gefühl kannte er und wusste, dass man sich damit leicht zum Depp machen konnte. Das hatte er genauso getan. Mit seiner Sauferei.

Aber dass Lena Jule gehasst haben sollte? Seit langem? Warum? Sie waren ihm immer so vertraut miteinander umgegangen. Gut. Sie hatten sich geneckt und aufgezogen. Aber dann waren sie sich wieder in die Arme gefallen und wie gackernde Hühner abgezogen. Das hatte Lena doch unmöglich alles schauspielern können. Oder doch?

16. Kapitel

30. Juli 2014

Ein echter Scheißtag heute. Deshalb hast du beschlossen, dir wieder ihr Bild anzusehen. Das wird dich auf andere Gedanken bringen. Du gehst die Wiese hinunter und siehst gleich, dass etwas anders ist. Leise und vorsichtig näherst du dich dem Auto, das mit seiner merkwürdigen Farbe nur ein Leihwagen sein kann. Du weißt, dass kein Mensch sich ein Auto in diesem scheußlichen Bordeaux-Ton bestellt. Du fragst dich, ob sich ein Tourist hierher verirrt hat. Das ist schon ewig nicht mehr vorgekommen. Wer würde schon in diese Auffahrt fahren? Und dann auch noch bleiben, wenn er sich hier umsieht? Du schaust über das ganze Grundstück. Du suchst den Mensch, der zu dem Fahrzeug gehört.

Du witterst.

Nichts.

Langsam setzt du deinen Weg um den Wagen herum fort. Du bist ein Indianer. Auf leisen Sohlen unterwegs. Das kannst du. Schleichen. Unbemerkt beobachten. Ob du auf dem Kriegspfad bist, weißt du noch nicht. Es wird sich zeigen, ob der Eindringling ein Feind ist. Willkommen ist er jedenfalls nicht. Außer dem Briefträger verirrt sich niemand hierher. Und das ist gut so.

Du bemerkst, dass eine Autotür offen steht. Dann fällt dein Blick auf ein schlankes Frauenbein in Jeans. Oho!

Ein Leinenturnschuh am Fuß, der in einem unhörbaren Rhythmus wippt. Da hört wohl jemand Musik. Gut so. Die wird dich nicht wahrnehmen, denn du bist ein guter Indianer. Du schleichst noch näher an die offene Türe heran und traust deinen Augen nicht: Blonde Haare, die ein friedliches Gesicht umrahmen. Schöne Haut. Weich. In der Sonne schimmern die feinen Härchen, die die Wange bedecken. Du kennst diese Schönheit! Das Bild ist Wahrheit geworden! Du spürst, wie dein Blut in Wallung gerät. Ein Grinsen läuft über dein Gesicht. Sie liegt hier, Fleisch gewordene Sehnsucht. Wenn du dich streckst, kannst du sie riechen.

Wie lange ist es her, dass du eine Frau berührt hast? Zu lange jedenfalls. Hier kennt man dich. Keine will noch etwas mit dir anfangen. Alle zeigen mit dem Finger auf dich. Scheißkaff. Die Dicke aus der Nachbarschaft war die letzte. So eine widerliche Kuh, die froh sein kann, dass sie überhaupt jemand will. Du hast sie gleich bestiegen, weil du weißt, dass es lange dauert, bis wieder eine bereit dazu ist. Sie heulte danach. Du warst nicht sanft genug. Wie schade aber auch. Pah. Trotzdem dachte die, das ist Liebe. Aber so viel Stress ist ein Fick nicht wert. Das hast du ihr gesagt, als sie wieder vor deiner Tür stand. Dann hörte sie auf dir nachzulaufen. Von wegen Liebe. Es gibt keine Liebe. Nur Befriedigung.

Aber so eine wie die hier hast du noch nie gehabt. Sie ist so … frisch. Du brauchst dich nicht umsehen, ob jemand schaut. Du wohnst lange genug hier und kennst die Angewohnheiten der anderen. Um diese Zeit kommt keiner her – höchstens Bernd. Du lässt deinen Blick über sie gleiten. Genüsslich. Merkst dir jedes Detail. Verweilst dort, wo der Reißverschluss ihrer Hose endet.

Und dann spürst du es: Die Gier auf diesen Körper. Dir läuft das Wasser im Mund zusammen. Obwohl sie schläft, ist sie so lebendig. Ihre Haare bewegen sich im lauen Wind. Die Brust mit den kleinen festen Nippeln, die sich durch das T-Shirt abzeichnen, hebt und senkt sich in regelmäßigem Rhythmus. Du musst nur die Hand ausstrecken, dann spürst du ihre Wärme. Du willst die Weichheit fühlen … aber du träumst von einem anderen Rhythmus.

Du willst so einen Körper haben. Diese Frau besitzen. Niemand könnte dich verurteilen. Weil es keiner weiß! Das Schicksal hat sie hergebracht. Deine Rufe wurden erhört. Du sollst sie haben! Sonnenklar!

Schnell richtest du dich auf, schleichst rückwärts, die Schöne nicht aus den Augen lassend, und dann kannst du rennen. Du bist fit und wirst schnell zurück sein. Du wirst ihren Empfang vorbereiten.

Du kannst ein Kichern nicht unterdrücken.

Vorfreude ist einfach die schönste Freude.

17. Kapitel

17. September 2014

Ulrike spürte deutlich ihren Herzschlag. Aber dieses Mal verursachte ihr die Aufregung keine Übelkeit. Im Gegenteil. Sie fühlte sich viel stärker und sicherer als bei ihrem letzten Besuch hier. Dieses Mal hatte sie einen Anhaltspunkt für die Polizisten. Sie hatte schon häufiger darüber gelesen, wozu Menschen imstande waren, wenn sie verlassen wurden. Verletzter Stolz, eine Handgreiflichkeit – das würde auch die Beamten überzeugen.

Sie war nicht wieder zu dem nächstgelegenen Revier gegangen, sondern wollte sich direkt an die Kriminalpolizei wenden. Das Polizeipräsidium mit dem großen Gitter wirkte allerdings alles andere als einladend auf sie. Dennoch. Das war sie ihrer Tochter schuldig. Sie war besser vorbereitet und dieses Mal würde sie Hilfe bekommen.

Sie passierte eine große Halle, nachdem sie sich bei dem Mann am Empfang nach dem zuständigen Bereich erkundigt hatte. Ihr Mut begann ein wenig zu sinken, als sie weiter in Richtung des K 14 ging, wo ein Ansprechpartner auf sie warten sollte.

Der junge Mann stand bereits an der Tür seines Büros. So hatte sie sich immer einen Gesetzeshüter vorgestellt: Er war groß und schlank, ordentlich in Jeans und Hemd gekleidet und lächelte freundlich unter seinem Schnauzbart hervor.

»Nehmen Sie doch bitte Platz, Frau …«, er wies auf einen Stuhl, der vor seinem Schreibtisch stand und nahm dahinter Platz.

»Ziegler«, antwortete Ulrike mit fester Stimme.

»Frau Ziegler, man sagte mir, Ihre Tochter sei verschwunden. Seit wann ist sie weg und was veranlasst Sie zu dieser Annahme?«, fragte der Mann freundlich und schob sich einen karierten Block und einen Bleistift zurecht.

»Also, ich habe seit ungefähr sechs Wochen nichts mehr von meiner Tochter gehört. Weil ich begann, mir Sorgen zu machen, reiste ich hier nach München. Und dann fand ich die Wohnung meiner Tochter in einer Art vor, dass ich sicher sein konnte, dass die seit Wochen unbewohnt war. Ich habe das schon bei einem anderen Revier erzählt, aber die nahmen meine Bedenken nicht ernst.«

Der Beamte fragte, wo das war, und notierte sich etwas. »Und wieso denken Sie, dass sie nicht von sich aus die Entscheidung getroffen hat, München für eine Weile hinter sich zu lassen? Gibt es irgendeinen Hinweis, dass ihr etwas passiert ist?«

»Allerdings. Sie verdient sich Geld für das Studium hinzu und dort hatte sie sich ein paar Tage Urlaub genommen. Aber danach ist sie nicht wieder aufgetaucht, hat sich auch nicht krank gemeldet oder entschuldigt. Das ist ganz und gar untypisch für meine Tochter. Und ein Nachbar von ihr hat erzählt, dass ihr Exfreund handgreiflich geworden ist. Danach hat er Jule weder gesehen noch gehört. Sicher hat dieser Vorfall etwas mit ihrem Verschwinden zu tun. Ihr Exfreund heißt Tim Kruse und ich habe ihn getroffen. Ich kenne ihn von früheren Besuchen. Aber dieses Mal war er stark angetrunken, ungepflegt, und wirkte auch sonst ganz verändert. So war er sonst nie. Er roch sogar ein wenig. Sie wissen, was ich meine. Die Telefonnummer habe ich Ihnen notiert.« Sie holte das vorbereitete Blatt aus ihrer Handtasche und schob es dem Beamten hin, der sie daraufhin aufmerksam anschaute. Dann schrieb er erneut etwas auf seinen Block.

»Wie alt ist Ihre Tochter genau, Frau Ziegler?«, fragte er.

»Jule ist 23 Jahre alt, geboren am 23. April 1991 in Münster.« Ulrike fand Sicherheit in dieser Frage. Mechanisch ratterte sie alle Daten herunter. Sie konnte schon nicht mehr zählen, wie oft sie diese Angaben über ihre Tochter heruntergebetet hatte.

Der Beamte notierte das Gesagte und legte dann den Stift nieder. »Wann war denn dieser tätliche Angriff auf Ihre Tochter? Und warum hat sich der Nachbar nicht eingemischt oder uns gerufen, wenn es für ihn so bedrohlich aussah? Immerhin würde man doch einer jungen Frau, die man kennt, zu Hilfe eilen, oder?«

»Dieser Martin ist ein schüchterner junger Mann. Ich glaube, er hat sich nicht getraut. Und Tim hat ja auch nur versucht, Jule mit sich zu ziehen. Mehr hat der Junge nicht beobachtet.«

Der Beamte zog die Augenbrauen zusammen. Dann lehnte er sich bequem in seinem Stuhl zurück und rieb seine Hände, bevor er erneut das Wort an Ulrike richtete.

»Wissen Sie, ich kann verstehen, dass diese Situation für Sie schwierig ist. Aber wenn eine Person über 18 Jahre alt ist, steht es ihr eigentlich frei zu machen, was sie will. Viele Menschen wollen dann nicht, dass sie von der Polizei gesucht werden. Nicht immer nur, weil sie etwas angestellt haben. Sie wollen einfach von vorne beginnen, ihr altes Leben hinter sich lassen. Wir würden eine richtige Suche nur dann durchführen, wenn konkrete Hinweise auf eine Straftat oder eine Suizidgefahr vorliegen. Wenn sie jedoch Urlaub genommen hat – das erwähnten Sie ja vorhin – liegt für mich doch die Vermutung nahe, dass sie sich aus eigenem Entschluss zurückgezogen hat. Für mich sieht es so aus, als hätte sie den vielleicht etwas verlängert.«

Nun sackte auch Ulrike gegen die Stuhllehne. Das konnte doch einfach nicht wahr sein. Warum wollte ihr eigentlich niemand glauben?

»Ihre Tochter hatte sicher von diesem lästigen Freund zu viel und genießt einfach ihre neue Freiheit im Urlaub. Und dann hat sie dort jemanden kennengelernt und ist einfach länger geblieben. Als Studentin kann man das doch. Und dann hat sie sich so bis über beide Ohren verliebt, dass sie vergessen hat, sich bei der Mama zu melden. Oder sie will ihrem Ex-Freund demonstrieren, dass sie sich auch ohne ihn gut amüsieren kann. Die jungen Leute sind dann oft in ihrer eigenen Welt und Ihre Tochter wird wahrscheinlich aus allen Wolken fallen, wenn sie hört, dass Sie sich solche Sorgen gemacht haben.«

»Und woher soll sie das Geld haben, so lange Ferien zu machen?«

Der Mann lächelte Ulrike freundlich an. Er zweifelte nicht an ihrer Glaubwürdigkeit. So, wie es der andere getan hatte. Aber das Mitleid, das aus seinen Augen sprach, war beinahe noch schlimmer.

»Frau Ziegler, Sie dürfen nicht vergessen, wie aufwändig eine solche Suchaktion ist, und da Sie nicht wissen, wohin Ihre Tochter gefahren ist, können wir das Gebiet nicht ohne Weiteres eingrenzen. Um zum Beispiel zu prüfen, wo Ihre Tochter Barabhebungen gemacht hat, müssten wir einen richterlichen Beschluss erwirken, der uns erlaubt, diese Daten zu prüfen. Und bei der Sachlage, die Sie mir geschildert haben, würden wir den vermutlich nicht bekommen.«

»Aber ich weiß, dass sie Probleme hat! Ich spüre das einfach! Und sie geht nicht an ihr Handy. Sie würde nie ohne dieses Ding irgendwo hinfahren.« Ulrike legte ihre ganze Wut und Verzweiflung in diese Worte.

»Ich verstehe, dass Sie nicht meiner Meinung sind. Aber glauben Sie mir, wir erleben solche Situationen hier häufiger. Und in den meisten Fällen klären sie sich ganz einfach. Gehen Sie jetzt am besten einfach nach Hause. Sie werden sehen, Ihre Jule wird sich bestimmt in den nächsten Tagen melden und eine plausible Erklärung liefern.«

»Aber …«, sie wollte protestieren. Sie wollte ihn schütteln, damit er verstand, dass es hier nicht um einen liebestollen Teenager ging. Dennoch gab sie nach. Ulrike hatte nicht gelernt aufzubegehren. »Wenn ich neue Fakten finde, kann ich dann noch einmal zu Ihnen kommen?«, vergewisserte sie sich.

»Selbstverständlich!«, er legte den Bleistift nieder und griff in seine Schublade. Dann ging er auf sie zu, legte ihr freundlich die Hand auf die Schulter und reichte ihr seine Visitenkarte. »Unter dieser Nummer können Sie mich erreichen. Aber ich bin sicher, sie wird sich schneller melden, als Sie glauben.«

Ulrike steckte die Karte in ihre Handtasche und verließ resigniert das Büro. Sicher war der Mann jetzt erleichtert. Nun könnte er wieder irgendwelche Spiele an seinem Computer machen oder mit seiner Frau besprechen, was es zum Essen geben würde. Aber nichts, rein gar nichts, würde von hier aus geschehen, um Jule zu helfen. Nun kam es allein auf sie an. Das Gewicht der Sorgen auf ihren Schultern schien sich noch zu verstärken. Es erdrückte sie beinahe.

18. Kapitel

17. September 2014

Martin ging nervös in seiner Wohnung auf und ab. Immer wieder schaut er auf den Digitalwecker, der neben seinem Bett auf dem Regal stand. Die Ziffern schienen sich, seit Frau Ziegler zur Polizei gegangen war, nur noch in Zeitlupe zu bewegen.

Er konnte es immer noch nicht fassen. Jule sollte verschwunden sein? So viele Tage hatte er darauf gehofft, irgendetwas von ihr im Flur zu hören. Aus Tagen wurden Wochen. Und er wusste nicht, was er tun sollte. Was war Jule geschehen? Er hätte besser aufpassen sollen! Das war alles seine Schuld.

Seit jener Nacht, in der er Tim und sie beobachtet hatte, war es drüben still geworden. Zunächst hatte seine Euphorie bewirkt, dass er ihre Abwesenheit gar nicht bemerkte. Es hatte ihn so glücklich gemacht, zu sehen, dass der Bruch zwischen Jule und Tim nun offenbar endgültig war.

Es schien, als sei endlich seine Chance gekommen. Vielleicht würde er Jule nun zeigen können, dass er der Richtige für sie war. Derjenige, der sie auf Händen durch ihr Leben tragen würde. Sie war für ihn das Einzige, was zählte auf der Welt. Seine große Liebe.

In der heutigen Zeit klang das ein wenig altmodisch und kitschig. Individualität und Unabhängigkeit, das waren die Werte, die zählten. Beständigkeit, Zuverlässigkeit und Monogamie waren uncool und langweilig. Aber was die anderen dachten, hatte Martin noch nie interessiert. Er war immer seinen eigenen Weg gegangen. Allerdings, das musste er sich eingestehen, indem er andere Menschen gemieden hatte und für sich blieb, was ihm nie schwer gefallen war.

Schon in der Schule war es nie aufgefallen, wenn er bei Schulfesten oder bei den Bundesjugendspielen nicht erschienen war. Niemand bemerkte, wenn er fehlte oder früher ging. Er schien beinahe unsichtbar zu sein. Und so konnte er eigentlich tun und lassen, was er wollte. Wenn man ihm irgendwo begegnete, prägte sich das nicht ein.

Manchmal stellte er sich heute noch vor, wie es wäre, wirklich unsichtbar zu sein: Einfach irgendwo auszuharren, ohne bemerkt zu werden. In seinen Tagträumen beamte er sich in die Wohnung von Jule. Wie gerne würde er ihr zusehen. Wie sie ihren Tag verlebte. Dem ersten Geräusch lauschen, wenn sie erwachte. Er wäre schon zufrieden, einfach nur in ihrer Nähe sein zu dürfen. Sie müsste nicht mit ihm sprechen. Er hatte gelernt zu schweigen. Das kam von selbst, wenn man viel allein war. Aber sie anzusehen, ihre anmutigen Bewegungen zu erleben, die Art, wie sie beim Lachen den Kopf in den Nacken warf, oder wie sie sich am Knie kratzte, wenn sie nachdachte. Wie sie errötete, wenn sie sich über irgendetwas aufregte. Und wie sie darüber stets in noch größere Wut geriet. Er kannte alle ihre Bewegungen. Ihre Gesten. Und es schien bei all dem nichts zu geben, dass er nicht an ihr liebte.

Er hatte sie auswendig gelernt. Wie andere sich Gedichte einprägten, so hatte er Jule studiert. Ihr in ihre Wohnung zu folgen blieb ein Traum. Einer, den er oft träumte. Aber in der Stadt konnte er ihr unbemerkt hinterherlaufen. Das hatte Martin getan, so oft es ging. Wie ein Schatten blieb er unbemerkt in ihrer Nähe und genoss es dennoch, bei ihr zu sein. Hin und wieder hatte Jule etwas gespürt, aufgesehen, war aber nie misstrauisch geworden. Für sie war Martin nur der hilfsbereite Nachbar. Der, an den sie sich wenden konnte, wenn etwas in der Wohnung nicht funktionierte. Immer, wenn die Klospülung kaputt war, sie etwas vergessen hatte einzukaufen, oder wenn sie einfach nur jemanden zum Reden brauchte, war sie zu ihm gekommen. Und er war für sie da gewesen, hatte sich der Dinge angenommen. Ganz selbstverständlich. Eigentlich hätte sie wissen müssen, dass er kein Handwerker war. Mit Computern kannte er sich gut aus. Das war aber schon alles. Doch für Jule lernte er Dinge von Grund auf, wenn es nötig war. Glücklicherweise konnte man sich heutzutage durch das Internet beinahe alles aneignen. Und die Begeisterungsstürme, mit denen sie ihm dankbar um den Hals fiel, entschädigten ihn für seine Mühen und die Zeit, die dafür drauf ging. Diese Momente waren die einzigen gewesen, in denen er Jule körperlich nah war. Wenn er daran dachte, war es ihm, als würde er sie immer noch spüren und riechen. Sie war so lebendig. Spontan. Und doch dünnhäutig und sensibel. Großherzig. Klug.

Er hatte Jule fotografiert. Oft. Heimlich. Wenn er ihr gefolgt war. Und mit einem dieser Bilder hatte er eines Nachmittags eine Fotomontage erstellt, bei der ihre beiden Köpfe aneinander lehnten. Er hasste dieses Bild. Was sollte Jule schon an ihm finden? Weder mit seinem Aussehen noch mit seiner Art hatte er je Chancen bei Frauen gehabt. Er war sogar noch Jungfrau. Nein, er machte sich nichts vor. Aber die Unmöglichkeit dieser Liebe änderte nichts an ihrer Intensität.

Im Gegenteil.

Sie wuchs. Mit jedem Tag, an dem er ihr Foto ansah, das neben seinem Bett im Regal stand. Oder wenn er die Nachrichten abhörte, die Jule irgendwann einmal auf seinem Anrufbeantworter hinterlassen hatte. Es waren kurze Sätze. Aber er liebte den Klang ihrer Stimme, der klar und hell war.

Vielleicht war er ein Teil ihres Lebens geworden, um ihr nun beizustehen. Eine solche Mission würde erklären, warum er sie so lange vergeblich lieben musste.

Er wusste stets, wohin sie ging. Und er hatte Tagebuch geführt. Wie sie ihre Tage verlebt hatte. Zumindest über die Dinge, die er hatte beobachten können. Einiges war ihm natürlich verborgen geblieben. Wenn sie Lena im Studentenwohnheim besuchte. Was sie bei der Arbeit tat. Oder bei Tim. Martin war stets nach Hause gegangen, wenn sie sich in Tims WG aufhielt. Dort vor der Tür zu warten, das ertrug er nicht. Vieles ging, aber das nicht.

Er sah erneut zur Uhr hinüber. Wie lange Frau Ziegler wohl noch brauchte, bevor sie zurückkehrte? Er würde warten. Das konnte er gut.

19. Kapitel

30. Juli 2014

Als der Musiktitel gerade verstummte, hörte Jule ein seltsames Geräusch. Sie nahm die Ohrstöpsel heraus und lauschte. Aber da war nichts außer Vogelgezwitscher und dem Wind in den Bäumen.

Sie stieg aus dem Auto, sah sich um. Fassungslos starrte sie zum Haus: Die Eingangstür stand weit offen. Also war er jetzt zu Hause. Warum hatte er sie nicht geweckt? Er musste doch ihr Auto gesehen haben. Sie schaute sich um. Es war kein weiteres Fahrzeug zu sehen. Wenn er zu Fuß gekommen war, dann konnte er sie keinesfalls übersehen haben – immerhin parkte sie mitten im Hof. Aber sie wischte das seltsame Gefühl weg. Vermutlich hatte er gedacht, sie würde schlafen und wollte sie nicht wecken. So musste es gewesen sein! Das passte zu ihrem Bernd.

Plötzlich schämte sie sich, weil sie überlegt hatte zu fahren, nur weil der Garten nicht so gepflegt war. Wie kleinlich und spießig sie sich doch manchmal benahm. Sie war ihn vielleicht wirklich nicht wert. Und doch … hier in dieser Umgebung kamen ihr ernsthafte Zweifel, ob sie in der Lage wäre, wirklich nur seine Seele zu lieben und über alles andere hinweg zu sehen. Wieder erinnerte sie sich an seine Briefe. Sie musste es einfach versuchen und jetzt diese verdammten Treppenstufen hinauflaufen. Verdammt, Jule, du bist gekommen, weil du ihn liebst! Also verhalte dich auch so. Wenn sie ihre Vorbehalte nicht zerstreuen könnte, dann würde sie auf einen Kaffee bleiben, sich dann eine Pension suchen und in Ruhe abwägen, was zu tun wäre. Im schlimmsten Fall würde sie ein wenig Urlaub in der Eifel machen. Das Wetter war großartig und die Landschaft auf der Herfahrt vielversprechend und wunderschön. Im besten Fall hingegen würde sie ihre zweite Hälfte finden. Ihren Mann fürs Leben.

Seufzend blickte sie in den Spiegel, richtete ihr Haar so, wie sie es vor einer guten Stunde schon einmal getan hatte, legte noch einen Hauch Lippenstift auf, klappte die Sonnenblende zurück und schloss die Wagentür. Dann drehte sie sich mit Schwung um und ging zielstrebig die Treppe hinauf. Ihre Turnschuhe machten kaum ein Geräusch auf den hölzernen Treppenstufen. Vorsichtig spähte sie hinein, konnte aber im Gegenlicht nur grobe Schemen ausmachen.

Sie hob die Hand, um zu klopfen und hielt kurz inne, als sie sah, wie ihre Faust zitterte. Dann schlug sie entschlossen an den verwitterten Türrahmen und wartete. Kurz darauf hörte sie schlurfende Schritte, die von rechts zu kommen schienen.

Sie hielt den Atem an.

Gleich würde sie ihn sehen.

20. Kapitel

17. September 2014

Annette Kirchgessner rauschte in die große Halle des Münchner Polizeipräsidiums. Mit ausladenden Schritten und klappernden Sohlen näherte sie sich dem Getränkeautomaten. Sie wollte sich erst einmal einen Kaffee holen. Der schmeckte zwar nicht, aber das Gebräu, das ihr Kollege Georg Gruber machte, war völlig ungenießbar. Sie drückte auf die Taste für den Milchkaffee. Der Pappbecher landete auf dem bräunlichen Gitter, dann floss ein bescheidenes Rinnsal hellbrauner Flüssigkeit hinein, die danach in eine milchige Variante überging. Man sah auf einen Blick, dass das Zeug keine Gaumenfreude war. Dazu brauchte sie unbedingt einen Schokoriegel. Oder besser gleich zwei. Sie wühlte in ihrer Jeans nach Münzgeld und drückte die gewohnte Kombination: erst fünf, dann sechs. Sie sah zu, wie die Spirale den Riegel nach vorne schob, bis er in die untere Schublade plumpste. Verdammt. Für einen zweiten hatte sie kein Kleingeld mehr. Sie wandte sich zu der Frau um, die mit dem Rücken zu ihr stand.

»Entschuldigen Sie, könnten Sie mir wohl einen Fünf-Euro-Schein wechseln? Ich brauche heute noch einen Riegel. Wird ein langer Tag.«

Die Frau reagierte zunächst nicht. Wie in Zeitlupe drehte sie sich nach einer Weile um. Annette Kirchgessner bemerkte die ungesunde Gesichtsfarbe und dunkle Ringe unter den Augen. Sie schien geweint zu haben. Die Frau hatte definitiv irgendwelche Probleme. Mechanisch begann sie in ihrer Handtasche nach dem Geldbeutel zu kramen. Als sie ihn herauszog, fiel ihr eine Streifenkarte aus der Tasche. Sie schien das nicht einmal zu bemerken. Annette kniete sich hin und hob sie auf.

»Oh! Danke«, erwiderte die Frau, gab Annette das Geld und nahm mit zitternder Hand den Schein an sich.

Ohne lange zu überlegen, wählte Annette erneut und hielt der Frau den Schokoriegel hin. »Hier. Nehmen Sie. Schokolade ist gut für die Nerven. Zwar schlecht für die Figur, aber Sie können es sich eher leisten als ich.« Sie lächelte Ulrike aufmunternd zu.

Ulrike Ziegler schüttelte den Kopf. »Das ist nett von Ihnen, aber ich kriege im Moment einfach nichts runter.«

»Vielleicht mögen Sie ihn später.« Annette drückte ihn der Frau in die Hand, die den bunten Riegel gedankenlos in die Jackentasche steckte, sich umdrehte und in Richtung Ausgang schlurfte.

Annette ging in Richtung des Treppenhauses weiter. Die Frau tat ihr abgrundtief leid. Sie wirkte total verloren und schien nicht einmal mehr die Kraft zu haben, ihre Füße richtig zu heben.

Seufzend drehte sie sich noch einmal um und sah, wie sie gebeugt durch den großen Flur schlich. »Arme Socke. Was der nur passiert ist«, murmelte sie völlig in Gedanken vor sich hin.

»Hoppla!«, schrie ihr Kollege. Leider eine Sekunde zu spät: Der Kaffee ergoss sich über ihr weißes T-Shirt. Na, toll. Der Tag fing ja wirklich hervorragend an! Frontalzusammenstoß mit dem Kollegen vom Vermisstendezernat.

»Musst schon nach vorne schauen, wenn du läufst«, sagte er statt einer Entschuldigung.

Ärgerlich wischte Annette mit einem Taschentuch über ihre Brust. Natürlich ohne etwas gegen den bräunlichen Fleck ausrichten zu können. »Das war wegen der Frau da drüben. Ich hatte Angst, die kippt aus den Latschen. Habe ihr einen Schokoriegel in die Hand gedrückt, damit der Blutzucker hoch geht, aber das hat die noch nicht einmal richtig registriert. Aber du, mein Lieber, musst auch nicht mit hundert Stundenkilometern um die Ecke laufen!« Verärgert steckte sie das Taschentuch in die Hosentasche und machte sich innerlich schon gefasst auf Georg Grubers dumme Sprüche, wenn er sie nachher so sehen würde.

Der Kollege blickte in die Richtung, in die Annette gewiesen hatte, und verschanzte sich dann hinter ihr: »Ach, du meine Güte, ist die immer noch hier? Dann verzichte ich lieber auf meinen Kaffee.«

»Wieso?«, fragte Annette. Sie konnte nicht verstehen, wieso ihr Kollege so eilig weg wollte. Die Frau wirkte doch völlig harmlos.

»Die glaubt, ihre Tochter sei verschwunden. Will, dass wir mit Hubschraubern und Hundestaffeln loslaufen. Dabei ist die Kleine nur im verlängerten Urlaub und schmeißt auf Mallorca 'ne tolle Party. Ich hau mal lieber ab, sonst heult die mir sicher noch einmal die Ohren voll.«

Bevor sie noch etwas erwidern konnte, war der Kollege schon um die nächste Ecke gebogen. Annette schüttelte den Kopf und schaute an sich herunter. Sie musste sich was anderes anziehen. So viel stand fest.

Kurz entschlossen machte sie auf dem Absatz kehrt und lief in Richtung Ausgang. Sie hielt der Frau, die noch immer dort stand, lächelnd die Tür auf: »Ich muss noch einmal schnell nach Hause, mir was anderes anziehen.« Sie wies auf ihr fleckiges Oberteil. »Kleiner Unfall … Kann ich Sie vielleicht irgendwo absetzen?« Annette lächelte ihr aufmunternd zu. Der Zustand der Frau war wirklich nicht der beste und im Gegensatz zu ihrem Kollegen verspürte sie Mitleid mit ihr.

»Das ist …«, die Frau mühte sich ein Lächeln ab, schüttelte dann aber doch den Kopf. »Das ist sehr freundlich von Ihnen, aber es geht schon.«

»Verzeihen Sie meine Offenheit, aber danach sehen Sie nicht aus. Und ein Schwächeanfall in der Bahn würde es auch nicht besser machen. Also, wo wohnen Sie?«

Endlich schien die Frau sie wahrzunehmen. »Ich wohne zurzeit in der Baaderstraße.«

»Sehen Sie, das liegt fast auf meinem Weg. Ich muss nach Obergiesing. Kommen Sie, mein Auto steht gleich hier vorne im Hof.«

21. Kapitel

30. Juli 2014

Langsam schälte sich die Kontur eines Mannes aus dem dunklen Hintergrund. Sie stand stocksteif im Türrahmen und starrte in den Raum, der wie ein bewohnbarer Flur aussah. Er war aus der Tür zu ihrer Rechten gekommen. Dort sah sie eine Art Anrichte. Vermutlich war das die Küche. Weiter hinten fiel seitlich ein Lichtstrahl aus dem nächsten Raum. Auf der anderen Seite konnte sie einen Flur erkennen, der vermutlich zu weiteren Zimmern führte. Ein großes Haus. Viel zu groß für jemanden, der hier alleine lebte. Ihre Gedanken fuhren Achterbahn. Gleichzeitig nahmen ihre Sinne alles auf, was sie umgab: den leicht aufwallenden Wind in ihrem Rücken, den abgestandenen Geruch nach Fett, ein Quietschen, das von einer offenen Tür am Stall zu kommen schien. Ihre Augen sogen das Bild auf, das sie in München so herbeigesehnt hatte und das sich nun langsam formte.

Er war groß. Deutlich größer als sie. Schlank. Die schlurfenden Schritte kamen von den heruntergetretenen Halbschuhen, die ihre besten Tage längst hinter sich hatten. Er trug eine braune Cordhose. Ein kariertes Hemd in passenden Tönen. Eine einigermaßen geschmackvolle Mischung, die auch zu seiner Haarfarbe passte, wäre das Hemd nicht völlig knitterig und die Hose an den Tascheneingriffen beinahe schwarz und an den Knien verbeult gewesen.

Seine Haare waren dunkel und kurz. Auch sie schienen nicht gewaschen zu sein. Er war unrasiert, seine Stirn glänzte leicht fettig. Seine braunen Augen schauten sie an, schienen nicht zu begreifen, wen er vor sich hatte.

Jule erfasste seine Gestalt nicht im Ganzen, sondern eher wie ein Puzzle, dessen einzelne Stücke sie betrachtete und zu analysieren versuchte. Unsympathisch war er nicht. Auch nicht unattraktiv. Aber was sie von der ersten Sekunde an abstoßend fand, waren seine Hände, die er immer wieder aneinander rieb. Keinen Moment hielten sie still, kreisten in immer neuen Variationen umeinander. Die Fingernägel strotzten vor Dreck und waren viel zu lang. Aber schön geformt, so als würde er sie feilen. Sie schauderte. Niemals wollte sie diese Hand auf sich spüren. Dessen war sie sich augenblicklich sicher.

Auch ihre Nase suchte Abstand von diesem Menschen. Sie hatte ihr Gesicht in eine andere Richtung gewandt, um so dem Geruch nach Unreinheit zu entgehen. Der entfaltete eine besonders unangenehme Wirkung, weil er sich mit einem beißenden Geruch frischen Aftershaves verband. Sie verstand nicht, was sie sah. Seine Mails waren so feinsinnig. Das musste sich doch auch irgendwie in seinem Äußeren widerspiegeln! Vielleicht hatte sie sich doch im Haus getäuscht.

Plötzlich veränderte sich sein Gesichtsausdruck. Seine Augen wanderten hektisch über ihren Körper, blickten weg, schauten sie wieder an.

»Was tust *du* hier?«, fragte er, verlagerte dabei ständig das Gewicht von einem Bein auf das andere.

Er war es. Kein Zweifel. Aber er war nicht der, den sie zu kennen geglaubt hatte. Sie fühlte beinahe Mitleid mit diesem Mann, der sich offenbar nicht ohne Grund in diese Einsamkeit zurückgezogen hatte. Er war so unsicher und fühlte sich sichtlich unwohl, wich jedem ihrer Blicke aus, traute sich aber nicht einmal, sie der Tür zu verweisen.

Deshalb war er so innig gewesen: Auf die Distanz konnte er lieben. Im Grunde war alles so einfach. So banal.

Sie betrachtete ihn von Neuem. Er war wirklich nicht unattraktiv. Nur ungepflegt. Und bevor sie sich einer Entscheidung bewusst war, flossen bereits die entscheidenden Worte aus ihrem Mund: »Ich wollte dich einfach sehen.« Leiser fügte sie hinzu: »Ich hatte dir geschrieben, ich könnte es nicht ertragen.« Sie lächelte ihn an, aber er suchte nur weiter den Boden mit den Augen ab.

»Und nun bin ich hier.«

»Aber warum?«, nuschelte er.

»Das fragst du wirklich?«

Sie ging ein wenig in die Knie, versuchte seinen Blick zu erhaschen. Bernd war nicht der, den sie sich gewünscht hatte. Aber in diesem Moment tat er ihr unglaublich leid. Sie spürte, wie sehr sie ihn verwirrte. Einem Instinkt folgend sagte sie: »Willst du mich nicht wenigstens hereinbitten? Die Fahrt war ziemlich lang, weißt du? Und vielleicht können wir wenigstens kurz reden, wenn ich schon einmal da bin.« Sie fügte noch ein »Bitte« hinzu.

Er sah ihr kurz ins Gesicht, dann machte er beinahe widerwillig einen Schritt zur Seite.

Drinnen war es nicht ganz so düster, wie sie erwartet hatte. Aber weitaus kühler als draußen, wo die Julisonne für eine angenehme Temperatur gesorgt hatte. Die dicken Mauern des alten Bauernhauses hielten die Wärme draußen. Das Zimmer war unordentlich und alles wirkte, als wäre eine Grundreinigung dringend nötig. Das Sofa hatte in der Mitte eine Senke und an dieser Stelle war der Stoff farblos und fadenscheinig. Nur der riesige Kamin war wunderschön. Ein alter schmiedeeiserner Topf hing an einem Gestell, das man früher sicher zum Kochen über ein Feuer gehängt hatte.

Sie gingen in die Küche, die mit einem großen Tisch in der Mitte eine gewisse Behaglichkeit ausstrahlte. Die abwaschbare Tischdecke mit den gelben Blumen darauf war allerdings vollkommen ausgeblichen und trug viele Ränder von Tassen, die einmal auf ihr gestanden hatten. Neben den Gasplatten des

Herdes sah sie festgebackene Flecken und das Spülbecken hatte einen widerlichen braunen Rand, der von fettigem, dreckigem Wasser stammte. Der Tee, an dem sie nun wohl oder übel nippen müsste, würde ihr sicher Ekelpickel bescheren. Aber die konnte sie in Ehren tragen. Als Erinnerung an ihre grenzenlose Dummheit! Sie hatte sogar ihr Erspartes angegriffen, um sich den Leihwagen leisten zu können. Wie konnte sie nur so dumm sein! Hätte sie sich doch nur ein Bild von ihm schicken lassen oder von diesem Haus. Nie wäre sie hergekommen, hätte instinktiv gezweifelt.

Stattdessen hatte sie sich wie ein naiver Teenager in eine Postkartenlandschaft verliebt und in ihre Illusion von einem Menschen.

22. Kapitel

17. September 2014

Kaum fünf Schritte waren es von einer Wand zur anderen. Martin hatte das Gefühl, mittlerweile Kilometer in seiner Wohnung abgeschritten zu haben. Es wunderte ihn, dass der Boden nicht schon Abnutzungserscheinungen zeigte. Er hielt es einfach nicht länger aus, hier untätig seine Zeit zu verbringen. Immer wieder horchte er in den Gang hinaus, allerdings ohne die ersehnten Geräusche eines Schlüssels an Jules Eingangstür. Wo blieb Frau Ziegler nur?

Als eine weitere Stunde vergangen war, blieb er abrupt stehen. Er hatte es jetzt satt. Er musste die Dinge selbst in die Hand nehmen. Schließlich wusste er, wo Tim wohnte. Kurz entschlossen nahm er sein Diktiergerät und rannte die Treppen hinunter. Das hätte er schon viel früher tun sollen. Er hatte die ganze Zeit fest daran geglaubt, Jule sei während der Ferien zu ihren Eltern gefahren. Aber nun stellte sich die Situation anders dar: Tim musste etwas mit ihrem Verschwinden zu tun haben. Jule wollte keinen Kontakt mehr zu ihm, hatte deutlich gesagt, es sei vorbei. Klar: Eine Abfuhr ertrugen Typen wie Tim nicht und so hatte er sie sich einfach geschnappt. Aber damit würde er nicht durchkommen!

Entschlossen schob Martin sein Fahrrad aus der Tür und fuhr in Richtung Lehel, wo Tim lebte. Den Weg kannte er genau. Plötzlich bemerkte Martin, dass sich etwas verändert hatte. Er fühlte sich wie ein anderer Mensch. Bisher war er immer derjenige gewesen, der im Hintergrund blieb. Der stillhielt. Der ertrug.

Aber für seine große Liebe würde er alles tun! Das hatte er immer gewusst und nie bezweifelt, doch wie sehr ihn das belebte und ermutigte, war ihm nicht klar gewesen. Seine Schüchternheit fiel einfach von ihm ab. Ganz leicht. Er trat fest in die Pedale und spürte bei jedem Meter, den er zurücklegte, wie er innerlich wuchs. Die Sonne schien ihm in den Nacken und er hatte endlich einen Blick dafür, wie wunderschön dieser Spätsommertag war. An solchen Tagen war München eine großartige Stadt. Er genoss die Fahrt und schaute die leicht bekleideten Menschen an, die lässig durch die Straßen schlenderten.

Kaum entspannte er sich, brach das schlechte Gewissen durch: Wie konnte er sich über den weiß-blauen Bayernhimmel freuen, wenn Jule in der Klemme steckte? Nicht gut. Er musste an sie denken. An nichts anderes. Gleich fuhr er hastiger und war schon bald vor Tims Haus angekommen. Er stieg ab, streckte seinen Körper noch einmal durch, kettete sein Fahrrad an ein Geländer und ging dann zielstrebig auf die Eingangstür zu. Nun wurde es doch schwierig, denn er kannte Tims Nachnamen nicht.

Er dachte kurz nach. Einmal hatte er Jule an einem Fenster im zweiten Stock gesehen. Er musterte noch einmal die Fassade, um sich zu vergewissern und klingelte dann bei dem Schild »Kruse/ Weinmann«. Wäre es nicht diese, dann eben die daneben.

Schneller als erwartet hörte er den Türöffner summen. Im Flur des Hauses empfing ihn eine angenehme Kühle.

«Zweiter Stock«, brüllte ihm eine Stimme entgegen.

Er rannte die Treppe hoch, immer zwei Stufen auf einmal. Er wollte keine Zeit verlieren.

Tim stand in der Wohnungstür und schaute ihn misstrauisch an. Offenbar hatte er jemand anderen erwartet. Martin bemerkte sofort die Veränderung an Tims Gestalt. Der sonst so gepflegte, selbstbewusste Mann war in den letzten Wochen dünner geworden und machte insgesamt einen verwahrlosten Eindruck. Kein Wunder: Sicher belastete ihn, was er getan hatte. Für Martin gab es keinen Zweifel, dass Tim etwas auf dem Kerbholz hatte. Er sah eindeutig schuldig aus. Und er hatte ein schlechtes Gewissen. Martin hatte so lange Menschen beobachtet, dass er in Gesichtern wie in einem Buch lesen konnte.

»Du kennst mich vermutlich nicht«, sagte Martin mit fester Stimme. »Ich bin Martin Görner, der Nachbar von Jule. Und genau wegen ihr möchte ich mit dir sprechen.«

Verblüfft sah ihn Tim an. »Was …«

Martin unterbrach ihn barsch. »Vielleicht wäre es besser, wenn wir drinnen reden?«

Tim nickte und wich ein Stück zur Seite.

Martin betrat die Wohnung, die hell und groß war, aber wie eine typische Männer-WG ausschaute. Die Zimmer waren nur notdürftig eingerichtet. Alles zum Leben Notwendige war zwar vorhanden, doch gab es kaum etwas, das Gemütlichkeit verbreitete. Der Spielplan des FC Bayern München für die aktuelle Saison hing im Flur, ein Motorradhelm lag herum.

»Hier lässt es sich sicher gut aushalten«, sagte Martin, um die Stille zu füllen.

»Ja, passt schon. Setzen wir uns doch. Worüber willst du mit mir reden? Hat Jules Mutter dich auch gebeten, bei der Suche zu helfen? Bei mir war sie schon, ich konnte ihr aber nicht weiter helfen.«

Martin sah ihn irritiert an. Frau Ziegler war hier gewesen? Und so schnell schon wieder weg? Sie hätte doch sehen müssen, dass mit Tim irgendwas nicht stimmte! Umso wichtiger, dass er jetzt versuchte aus ihm herauszukitzeln, was er mit Jule gemacht hatte.

»Ja, bei mir war sie auch. Aber das hat mit meinem Besuch hier nichts zu tun.« Martin versuchte, eine gewisse Schärfe in seinen Blick zu legen. Bisher hatte er nie bewusst mit Mimik gearbeitet und war sich unsicher, ob es gelang. Um den Druck zu erhöhen, machte er eine längere Sprechpause, wandte seinen Blick aber nicht von seinem Gegenüber ab.

»Ich habe euch gesehen in dieser Nacht. Als ihr gestritten habt, Jule und du.«

Tims Augen weiteten sich vor Entsetzen. Er war nicht dumm und hatte offensichtlich in Sekundenschnelle begriffen, wie die Polizei diese Beobachtung auffassen würde.

Sofort setzte Martin nach: »Du warst nicht gerade sanft.« Als der andere nicht reagierte, fügte er eine Spur lauter hinzu: »Du wolltest sie mit dir ziehen, egal wie ihr zumute war.« Martin war irritiert. Sein Gegenüber blieb völlig ruhig. Er hatte gedacht, Tim würde nervöser reagieren.

»Ja, wollte ich!«, sagte Tim schließlich nüchtern. »Aber wenn du alles gesehen hast, dann weißt du auch, dass Jule mir gesagt hat, dass ich der letzte Mensch wäre, bei dem sie sein wollte. Einen triebgesteuerten Schwächling ohne Rückgrat hat sie mich genannt!«

»Und das konntest du nicht ertragen! Was hast du ihr angetan?«, brüllte ihn Martin an. Er begann zu schwitzen, rieb seine feuchten Handflächen an seiner Jeans trocken. Alle Souveränität war mit einem Mal verschwunden. Wenn Tim Jule wirklich entführt oder ihr noch Schlimmeres angetan hätte, würde er sich davor scheuen, sich auch ihn vorzuknöpfen? Martin war zwar nicht klein, aber der andere war eine Sportskanone und hätte ein leichtes Spiel mit ihm. Martin hatte es stets vorgezogen, körperlichen Auseinandersetzungen aus dem Weg zu gehen. Jetzt wünschte er sich, er hätte seinerzeit mehr in dieser Richtung getan. Die Erfahrung wäre jetzt wichtig gewesen. Einfach gehen, das konnte er aber auch nicht mehr.

»Ich?«, erwiderte Tim leise. »Von mir will sie nichts mehr wissen. Glaubst du wirklich, ich könnte ihr etwas tun? Klar, für dich muss es so aussehen.« Resigniert schüttelte er den Kopf. Dann schaute er Martin fest in die Augen. »Aber ich hasse sie nicht. Ich hasse mich selbst und kann mir nicht mehr in die Augen sehen, seit ich sie verloren habe. Du verstehst das vielleicht nicht. Aber ich hatte die beste Frau der Welt gefunden.

Nur war ich einfach zu blöd, das zu kapieren. Und jetzt …«. Tim schüttelte den Kopf und ließ ihn zwischen die Schultern sinken. »Jetzt ist es zu spät und ich habe alles verbockt. Das ist es, was mich fertig macht!«

Martin senkte seinen Blick auf den ausgeblichenen Teppichboden. Durch die starke Beanspruchung waren die eisblauen Fäden des Gewebes deutlich zu sehen. Dann erhob er sich langsam und ging auf Tim zu.

Er konnte jetzt gehen. Musste nicht weiterbohren. Hier gab es keinen Verbrecher. Nur jemanden, dem es nicht besser ging als ihm. Der total verliebt in Jule war. Nur hatte Tim wesentlich stärker versucht, um sie zu kämpfen.

Martin stand auf und legte Tim eine Hand auf die Schulter. »Oh, doch, Kumpel. Das verstehe ich. Besser, als du denkst.«

23. Kapitel

30. Juli 2014

Er war mit dem Wasserkessel beschäftigt, aus dem bereits Dampf quoll. Einen Teller Kekse hatte er zuvor auf den Tisch gestellt. Jule rümpfte unwillkürlich die Nase. Sie hatten eine seltsame graue Färbung, so, als stammten sie nicht aus diesem Jahrhundert. Die würde sie definitiv nicht anrühren. Zwei Tassen standen auch auf dem Tisch. Sie linste hinein und war erleichtert, dass sie keine Ränder entdeckte. Bernd sprach kein Wort, konzentrierte sich völlig auf sein Tun. Jule musterte ihn und bedauerte zutiefst, dass er nicht der Mann war, den sie sich erträumt hatte. Sie hatte sich in diese fixe Idee verrannt hatte. Nicht zuletzt, um Tim zu zeigen, wie schnell sie über ihn hinweg war. Sie seufzte, fühlte sich kraftlos und ohne jede Energie.

Bernd kam zum Tisch und schüttete kochendes Wasser auf die Teebeutel. Er schaute sie nicht an, konzentrierte sich nur auf das, was seine Hände zu tun hatten. Dann brachte er den Kessel zurück, setzte sich jedoch nicht zu ihr, sondern stand unschlüssig vor der Anrichte, tapste von einem Fuß auf den anderen.

Wie in einem schlechten Film, dachte Jule. Sie schaute auf die Hügel, die sich am Horizont abzeichneten, als sie aus den Augenwinkeln eine Veränderung in Bernds Haltung wahrnahm. Er stand plötzlich gerade, wirkte nicht mehr so abweisend und brachte beinahe so etwas wie ein Lächeln zustande. Diese Veränderung kam nicht durch sie: Von draußen hörte sie eine Stimme, dann vernahm sie Schritte von jemandem, der schwungvoll die Treppe hinauflief.

»Jemand zu Hause?«, hörte sie eine angenehm tiefe Männerstimme. »Was ist denn das für ein Wagen ... Hallo, wen haben wir denn da? Bernd, ich wusste nicht, dass du Besuch erwartet hast.« Er deutete mit dem Kopf auf Jule und schaute Bernd fragend an.

Jule betrachtete den unverhofften Gast neugierig. Endlich – ein ganz normaler Mensch, der ungezwungen sprach und auch sonst völlig anders als Bernd war: Seine blonden, glänzenden Haare, die eine etwas zu hohe Stirn frei gaben, waren zu einem Pferdeschwanz gebunden. Das braungebrannte Gesicht und seine sportliche, muskulöse Figur gaben ihm eine sehr männliche Ausstrahlung. Er sah aus wie jemand, der zupacken konnte, viel draußen war. Sie betrachtete ihn interessiert. Was hatte ein solcher Kerl mit Bernd zu tun? Der schien genauso erleichtert wie sie selbst und hatte endlich seine Sprache wiedergefunden.

»Ich wusste auch nicht, dass sie kommt«, antwortete er und deutete unbeholfen mit dem Finger auf Jule.

»Bernd, Mensch, du bist aber kein Gentleman! Man zeigt doch nicht mit dem Finger auf Leute. Wenigstens hast du der Dame etwas zum Trinken angeboten.« Er kam näher und schaute mit seinen grauen Augen auf Jule herab. Sie fühlte sich seltsam unter seinem Blick, wusste aber nicht einzuordnen, woran das lag. Sie spürte nur, dass ihr Bauch Kapriolen schlug. Vorsicht, Jule, hieß das.

Er nahm die Tasse und schaute hinein. »Bernd, was ist denn das? Das willst du ihr doch nicht wirklich zum Trinken anbieten! Hol' doch mal den Gebrannten, den ich dir neulich mitgebracht habe.«

Bernd murmelte nur ein »Wenn du meinst« und schlurfte gleich nach draußen, sichtlich erleichtert, der Situation entronnen zu sein.

Nun war sie alleine mit dem Fremden, dessen Blick und Verhalten sie hochgradig irritierten. Sie war auf der Stelle von ihm fasziniert, gleichzeitig wunderte sie sich, dass er sich wie der Hausherr aufführte. Sie beobachtete, wie er in einer Schublade wühlte und sich dann an der Spüle zu schaffen machte. Er stand mit dem Rücken zu ihr, sodass sie nicht sehen konnte, was genau er tat. Sie betrachtete ihn unverhohlen. Seine Rückansicht war allerdings einen Blick wert: breite Schultern, die in einem weißen taillierten Shirt steckten, eine enge Jeans über dem wohlgeformten Hintern, graue Chucks. Als er zu sprechen begann, riss er sie aus ihren Gedanken.

»Kennen Sie Bernd schon länger? Woher kommen Sie denn? Und was haben Sie in der Eifel vor? So ganz alleine …«. So, wie er die Frage stellte, klang sie fast unanständig. Wieder beschlich Jule ein seltsames Gefühl, das sie nicht einzuordnen wusste.

»Bernd und ich sind in derselben Stadt groß geworden.« Sie wusste nicht warum, aber sie log ihn an. »Und ich war gerade in der Nähe, da dachte ich, ich schaue mal rein, ob er zu Hause ist. Und er war da!«

Er drehte sich um und bohrte seinen Blick in ihre Augen. Sie musste unweigerlich wegschauen. Zum ersten Mal hatte sie ihm direkt in die Augen gesehen und gleich lief ihr ein Schauer über den Rücken. Sein Blick vermittelte ihr das Gefühl, als würde er etwas ganz besonderes in ihr sehen. Verlegen fuhr sie fort: »Ich fahre dann weiter nach Trier. Dort treffe ich mich mit einem alten Freund.« Sie hoffte, dass Bernd noch eine Weile wegbliebe, sie würde sonst knallrot bei den schamlosen Lügen, die sie diesem Fremden hier gerade auftischte. Doch der sah sie weiter ungeniert an und schien sich köstlich zu amüsieren.

»Ein Freund. In Trier. Soso.« Er drehte sich wieder um und schnitt eine Zitrone. Seltsam, etwas so Frisches hätte sie in dieser Küche nicht vermutet. »Eine schöne Stadt. Was tut Ihr Freund dort?« Er holte irgendein Besteck aus einer Schublade, nahm zwei Gläser aus dem Schrank und begann dann, etwas zu bearbeiten.

»Er arbeitet dort. In einer Firma, die Kontakte nach Frankreich hat«, presste sie heraus. Verdammt, das Lügen fiel ihr zunehmend schwerer. Sie hörte ein Schlurfen draußen. Gott sei Dank kam Bernd wieder.

»Meinst du den, Mike?«

»Ach, Mensch Bernd, doch nicht dieses ungenießbare Zeug! Das ist doch nichts für eine Frau! Einen richtigen Obstbrand, bitte!« Wieder warf er ihr diesen Blick zu. Aufmerksam. Wie ein Jagdtier, das Beute witterte. Ihr Unbehagen steigerte sich von Sekunde zu Sekunde. Bevor sie sich mit einer kurzen Verabschiedung aus dieser seltsamen Situation retten konnte, drehte sich Bernd wie ferngesteuert um und verschwand wieder im Dunkel des Flurs, um eine andere Flasche zu holen.

Sie würde wohl oder übel warten müssen, bis er zurückkam, und dann schnellstens verschwinden. Das konnte ja nicht allzu lange dauern. Der Fremde, dessen Namen sie nun wenigstens kannte, kam mit zwei frischen Tassen Tee zu ihr, in dem schon eine Scheibe Zitrone schwamm.

»Den kannst du trinken. Der ist besser, als der von meinem lieben Nachbarn.« Es waren schlichte Sätze. Aber sein Unterton ließ sie beinahe obszön wirken. Dabei grinste er breit und musterte sie von oben bis unten.

Um Zeit zu gewinnen, kümmerte sie sich um ihren Tee, nahm den Beutel aus der Tasse, deren Inhalt schon eine dunkelbraune Färbung hatte. Sie vermutete, dass der auch nicht besser war als Bernds Gebräu, aber die Zitrone würde ihn genießbar machen. Jule trank einen großen Schluck und war froh, damit Mikes Blicken für einen Moment ausweichen zu können. Der Geschmack war nicht so schlimm, wie sie gedacht hatte. Außerdem: Je eher sie die Tasse leerte, umso schneller könnte sie das Weite suchen. Deshalb nahm sie gleich noch einen weiteren Schluck. Dieses Mal musste sie ein Schütteln unterdrücken, denn irgendwie schmeckte der Tee doch seltsam. Während sie nach einer schlüssigen Antwort suchte, was man in Trier tun konnte, schluckte sie irgendwelche Bröckchen herunter und musste husten. Offenbar hatte der Teebeutel ein Loch gehabt. Hoffte sie jedenfalls.

»Mein Freund arbeitet dort in einer Firma, die Kontakte nach Deutschland hat«, antwortete sie schnell. Was sollte sie noch erzählen? Verdammt, so schwer hatte sie sich das nicht vorgestellt. Sie nahm erneut einen großen Schluck von dem Tee und war froh, dass in der Tasse nur noch ein trüber Rest schwamm. Mike schwieg und gaffte sie weiter an. Seine Blicke waren wie Tentakel, die sich an ihr festsaugten. Das hier musste dringend ein Ende finden. »Und Sie? Woher kennen Sie Bernd?«

»Ich bin sein Nachbar. Mein Hof ist nicht weit entfernt.« Er leckte sich die Lippen und schaute sie unverwandt aus seinen grauen Augen an. »Wir können uns übrigens ruhig duzen. Das macht man hier auf dem Land so.« Er hielt ihr seine Tasse hin, damit sie anstoßen konnten, zog sie dann aber abrupt wieder weg. »Halt. Darauf stoßen wir natürlich mit einem guten Tropfen an. Herrje, ich bin beinahe so ein schlechter Gastgeber wie Bernd.«

»Danke, aber ich muss sowieso noch fahren …«

Bevor sie den Satz beenden konnte, eilte er aus der Küche und verschwand.

»Ich bin gleich zurück. Nicht weglaufen«, rief er von draußen.

Obwohl ihr genau nach dem Gegenteil zumute war, blieb sie sitzen. Sie klopfte ungeduldig mit den Fingern auf die Tischplatte. Die Minuten vergingen. Sie bog sich auf ihrem Sitz zurück, konnte aber nichts erkennen. Sie überlegte, den Rest des widerlichen Tees einfach in den Ausguss zu schütten, traute sich aber nicht. Also: Augen zu und durch. Beherzt trank sie den letzten Schluck. Diesmal konnte sie sich wenigstens unbeobachtet schütteln. Es war grauenhaft, das Zeug. Ein Verdauungsschnaps wäre jetzt wirklich nicht übel.

Wieder versuchte sie in dem dunklen Nebenraum irgendetwas zu sehen. Ungeduldig klopfte sie wieder auf den Tisch, bis ihr Zeigefinger in etwas Klebrigem landete. Angewidert zog sie die Hand zurück und wischte sie an ihrer Jeans ab.

Sie schaute sich in der Küche um. Dass ein Mensch so leben konnte. Und dass dieser Mensch dennoch solche wunderschönen Zeilen zustande brachte. Sie hatte fest daran geglaubt, Menschen mit einem Sinn für Ästhetik würden auch nach äußerer Schönheit streben. Gut, für sein Aussehen konnte Bernd nichts, aber ein Minimum an Pflege brauchte man doch einfach, um sich wohlzufühlen. Sie jedenfalls. Wenn er doch so aussehen würde wie sein Nachbar … Obwohl – nein. »Jule, das ist jetzt kompletter Blödsinn«, murmelte sie und schob den Gedanken rasch beiseite. Sie war hier an der falschen Adresse, so oder so – und sie wollte schleunigst weg.

Wo blieben die beiden nur? Sie schaute auf die Uhr. Ihr rechtes Bein wippte nervös. Sie würde noch abwarten, einen Schluck mit den beiden trinken und dann endgültig verschwinden. Auch die Lust auf einen Aufenthalt in der Eifel war ihr mittlerweile vergangen. Sie wollte Abstand zu diesem Haus. Ungeduldig rutschte sie auf ihrem Stuhl hin und her. Schaute nochmals, ob sie einen von beiden sah oder ein Geräusch wahrnehmbar war. Wieso stand sie nicht einfach auf und ging? Sie war Bernd nichts schuldig, dem anderen schon gar nicht, und musste eigentlich nicht höflich sein. Gerade, als sie sich erheben wollte, um die Flucht zu ergreifen, hörte sie Schritte. Zu spät.

Mike kam mit einer leicht angestaubten Flasche zurück. Hoffentlich wollte er ihre Duzbekanntschaft jetzt nicht mit einem Kuss besiegeln. Die Vorstellung faszinierte und gruselte sie zugleich. Aber immer noch besser, als Bernd küssen zu müssen. Wo blieb der überhaupt?

»Hat etwas gedauert, sorry.« Er guckte sie verschlagen an. »Aber ich wusste, dass da eine Flasche Whiskey sein musste. Der ist aus Oban. Hab ich Bernd aus dem Urlaub mitgebracht. Ein wirklich guter Tropfen. Der wird dir schmecken«, sagte er und schüttete ein halbblindes Glas, das er vor sie gestellt hatte, fast voll.

»Nein, oje, das geht nicht«, antwortete sie. Das war jetzt der rechte Moment, den Absprung unauffällig zu schaffen. »Ich muss ja noch fahren. Wie weit ist es denn eigentlich bis Trier? Wissen Sie …«

»Ich heiße Mike. Und du?« Er hielt ihr sein Glas hin und schaute wieder intensiv in ihre Augen. »Komm schon, ein Schluck schadet nicht und du fährst ja auch nicht weit.«

In Ordnung, dachte sie. Diesen einen Gefallen würde sie ihm tun. Dann wollte sie aber endgültig los.

»Prost. Ich heiße …« Beinahe hätte sie einen falschen Namen genannt. »Jule.« Sie wünschte sich, sie müsste nicht so nah an ihn herantreten. Sie roch seinen Schweiß.

»Auf das Leben, Jule! Und auf diese unverhoffte Begegnung!«, rief er, offenbar durch irgendetwas sehr belustigt, und hielt ihr sein Glas entgegen. Ihr Blick fiel auf seine Wange, die plötzlich zu zucken begann, als würde sie einem unhörbaren Rhythmus folgen. Sie war irritiert, konnte den Blick kaum davon abwenden. Dann sah sie, wie die zuckende Wange ihr langsam näher kam. Also doch: Er wollte Bruderschaft trinken und ihr einen Kuss geben. Das war eindeutig zu viel. Rasch leerte sie ihr Glas in einem Zug und stand auf. Durch die hastige Bewegung fiel ihr Stuhl laut krachend um. Sie bückte sich und merkte, dass ihr leicht schwindelte. Kein Wunder, sie hatte vor Aufregung zu wenig gegessen und vertrug den Alkohol auf fast nüchternen Magen nicht. Sie hielt sich an der Tischkante fest.

»Ich fahre dann jetzt weiter. Vielen Dank für die Gastfreundschaft.« Sie deutete auf das Glas. Bernd konnte sie nirgends entdecken. Doch sie fühlte sich plötzlich so unwohl, dass sie darauf keine Rücksicht mehr nehmen wollte. Zudem wurde ihr flau im Magen. »Viele Grüße an Bernd. Richten Sie ihm bitte aus, dass ich mich bald bei ihm melde«, sagte sie und ging rasch aus dem Haus.

»Wir waren beim Du, Jule«, hörte sie ihn noch hinter ihr herrufen. Das gleißende Licht der Sonne blendete sie. Egal. Sie musste weg. Sie würde Bernd alles per Mail erklären, wenn sie wieder zu Hause wäre.

24. Kapitel

17. September 2014

Weit waren sie noch nicht gekommen. Ein Stau hielt sie auf. Ulrike betrachtete die Geschäfte zu ihrer Rechten. Der silberne Sportwagen, in dem sie offen fuhren, war hart gefedert und ließ jedes Schlagloch doppelt spürbar werden. Langsam erwachte Ulrike aus ihrer Erstarrung. Sie saß zum allerersten Mal in einem Cabriolet. Die Sonne und der Fahrtwind gaben ihr ein Gefühl von Freiheit, das sie so schon lange nicht mehr empfunden hatte. Eigenartig, welche Gedanken ihr plötzlich durch den Kopf gingen. Erstmals seit ihrer Ankunft in München dachte Ulrike an sich selbst. Was sonst war ihr im Leben wohl alles entgangen? Sie hatte sich in den letzten Jahrzehnten so sehr daran gewöhnt, zu Hause zu sein, sich um ihre Tochter, ihren Mann und den Haushalt zu kümmern. Spaß? Daran hatte sie noch nicht einmal gedacht. Seit Jahren nicht mehr. Woran konnte sie sich eigentlich erfreuen? An ihrem Garten. An ihrer schönen und klugen Tochter. Damit war die Liste bereits zu Ende.

Sie merkte, wie gut es ihr tat, hier in diesem Auto zu sitzen. Nicht alleine zu sein. Das braune Holz des makellosen Armaturenbretts zu bewundern. Den würzigen Geruch der beigen Ledersitze einzuatmen. Die Fahrerin, die sich als Annette Kirchgessner vorgestellt hatte, nannte diesen Wagen ihren ganzen Stolz: Ein Fiat Spider Volumex. Ulrike verstand, dass man sich in ein solches Fahrzeug verlieben konnte.

Sie musterte die große, blonde Frau unauffällig von der Seite. Annette Kirchgessner war direkt und zupackend, strahlte aber gleichzeitig etwas ungemein Weibliches aus. Ulrike schätzte sie auf Ende dreißig und fand, dass sie trotz ihrer Größe und kompakten Figur sehr attraktiv und sinnlich wirkte. Sexy war sie auch – nicht zuletzt wegen ihrer tiefen Reibeisenstimme. Sie hatte etwas Besonderes an sich. Ihre unkomplizierte Art und ihr unentwegtes Geplauder machten es Ulrike leicht, Vertrauen zu fassen.

Wie lange hatte sie sich mit niemandem mehr so unterhalten? Sie hörte amüsiert zu, wie Annette von ihrem Zweitwagen für den Winter erzählte, einem hässlichen weißen Polo, über den sich ihre Kollegen immer lustig machten. Der war uralt und hatte noch eine eckige Form, die man seit der Abwrackprämie auf den Straßen nur noch selten zu sehen bekam. Aber sie hatte Angst, ihr »Silberner«, wie sie ihr Cabrio liebevoll nannte, könne anfangen zu rosten. Die vorsichtigste Fahrerin sei sie nicht. Also hielt der Silberne im Winter seinen Schönheitsschlaf, wie sich Annette ausdrückte.

»Mein Mann fährt einen Passat. Dunkelblau«, entgegnete Ulrike, um auch etwas zum Gespräch beizusteuern. »Ein *praktisches* Fahrzeug.«

Wie auf Knopfdruck lachten sie beide. Ulrike lehnte sich in ihrem Sitz zurück und entspannte sich. Während sie genüsslich ihr Gesicht der Sonne entgegen hielt, wurde ihr bewusst, dass sie für eine Weile sogar Jule vergessen hatte. Wie konnte sie nur! Die neu entdeckte Leichtigkeit war plötzlich verflogen. Was machte sie hier eigentlich? Hatte sie sich nicht geschworen, das Polizeirevier erst zu verlassen, wenn sie Hilfe gefunden hätte? Sofort verkrampfte sich ihr Körper wieder und ihr Herzschlag beschleunigte sich. Ulrike merkte, wie Annette sie musterte. Sie versuchte ein Lächeln zustande zu bringen, was ihr nicht recht gelang: »Danke, dass Sie mich nach Hause fahren. Ich muss fürchterlich gewirkt haben, so wie ich da in der Eingangshalle stand.« Verständnis suchend blickte Ulrike in das Gesicht der anderen Frau, unter deren prüfenden Seitenblick plötzlich wieder die Tränen flossen. »Wissen Sie, ich komme einfach nicht mehr weiter. Meine Tochter ist verschwunden. Schon seit Wochen. Ich bin hierher gereist, um herauszufinden, was geschehen ist. Aber ich finde keinen Anhaltspunkt, keiner ihrer Freunde weiß etwas und Ihr Kollege behauptet, dass es nichts Ernstes sei, wenn meine Tochter seit über einem Monat nichts von sich hat hören lassen.« Sie seufzte tief und wischte sich mit dem Handrücken über die Wangen.

»Zufällig habe ich gerade nichts anderes zu tun«, Annette zeigte auf die unzähligen Autos vor sich, die die Straße verstopften. »Erzählen Sie mir doch einfach mal die ganze Geschichte. Wieso glauben Sie denn, dass sie weg ist? Vielleicht schaffen Sie es ja doch, die Polizei zu überzeugen.«

Ulrike schaute Annette überrascht an.

»Was dachten Sie denn? Ich gehöre auch zu diesem Verein«, fuhr sie grinsend fort. »Glauben Sie, unsere Besucher sind so verrückt, diesen scheußlichen Kaffee zu trinken? Iwo, da muss man schon dortiger Sklave sein, um sich dazu herabzulassen.«

Annettes Blick war offen und sie schien neugierig und ohne Vorurteile zu sein. Deshalb begann Ulrike zu erzählen.

25. Kapitel

17. September 2014

Seit zwei Stunden schon saßen sich die zwei Männer gegenüber. Tim redete ohne Punkt und Komma. Seitdem Martin Verständnis signalisiert hatte, sprudelten die Worte nur so aus Tim heraus. Martin hörte zu und merkte, wie sich seine Sicht auf sein Gegenüber veränderte. Mittlerweile kam er sich vor, als würde er einen Affen im Zoo beobachteten, der hinter der Scheibe unbeirrt seine albernen Mätzchen aufführte. Während Tim redete, fühlte Martin sich ihm mehr und mehr überlegen.

»Weißt du, Jule war ungestüm und aktiv, wollte unabhängig sein, am liebsten keine Rechenschaft ablegen über das, was sie tat. Aber war sie einmal hier, war sie total anhänglich. Sie wollte immerzu kuscheln, wenn wir Fernsehen schauten. Oder Händchen halten. Kann man sich gar nicht vorstellen, oder?« Tim schaute in eine Ecke des Zimmers, hing seinen Erinnerungen nach, dann verengten sich seine Augen.

»Aber so ist sie eben: Yin und Yang. Verstehst du? Nur der Sex mit ihr, der war eher schlicht. Nichts Besonderes. Wir waren schon so lange zusammen, da war alles vertraut. Jede Geste, jedes Wort. Sie mochte es gerne, wenn ich an ihrem Ohrläppchen knabberte. Da ging sie richtig ab.«,

Martin wünschte sich Ohrschützer. Er wollte diesen Film nicht in seinem Kopf haben, andererseits sollte Tim weiterreden. Das tat er auch, völlig unbeirrt.

»Und dann kam Lena mit ihren heißen Dessous, mit Spitze und Strapsen. Ich schwöre es dir. Und die quatscht dabei in einer Tour, als wäre sie eine Professionelle. Talent dazu hat sie in jedem Fall …«

Auch deshalb sei er der anderen verfallen. In jener Nacht, als sie Tim erst betrunken gemacht und dann verführt hatte, war es vor allem ihre schmutzige Ausdrucksweise gewesen, an die er sich später genau erinnert hatte. Und er hatte gewusst, dass diese Frau alle seine Fantasien wahr werden lassen würde. Und so war es dann auch gekommen. Wieder und wieder hatte es ihn danach verlangt, erzählte Tim. Martin ballte die Fäuste. Dieser Typ nahm sich einfach, was ihm geboten wurde. Ohne nachzudenken, ohne die Konsequenzen zu bedenken. Aber im Leben gab es nichts geschenkt, irgendwann kam die Rechnung. Recht war ihm geschehen, dass er Jule verloren hatte.

»Weißt du, bis dahin habe ich gedacht, meine Beziehung mit Jule wäre perfekt«, fuhr Tim fort. »Ich hatte alles, was ich wollte: Stabilität, Anerkennung, Zärtlichkeit und Liebe. Aber ich konnte nicht mehr zurück zu diesem Blümchensex. Der reichte mir einfach nicht mehr. Du verstehst das sicher, oder?« Tim schaute Martin an, suchte Bestätigung.

Martin schluckte und brachte ein Nicken zustande.

Schon fuhr Tim aufgekratzt fort: »Einmal, da habe ich versucht, Jule zu etwas Neuem zu bewegen. Ich habe ihr ins Ohr geflüstert, was ich wollte. Da stand sie auf, schaute mich entgeistert an, und ich dachte für einen Moment, sie würde mir eine Ohrfeige verpassen. Aber sie sagte nur, dass sie derlei Praktiken entschieden ablehne und auch jedes Gespräch darüber. So etwas wäre abartig. Dann rauschte sie ab und knallte die Tür so heftig, dass die Scheiben klirrten.« Tim kicherte in sich hinein. Martin merkte, wie er Jule endgültig auf einen Sockel hob. Sie hatte Prinzipien, Werte. Selten genug heutzutage. Wunderlich nur, dass sie sich dann mit diesem Tim abgegeben hatte.

»Jetzt frage ich dich: Was hätte ich denn anderes tun sollen? Händchen halten und Kuscheln bis an mein Lebensende?«, brach es aus Tim heraus, der die Hände rang und plötzlich Tränen in den Augen hatte.

Martin starrte sein Gegenüber sprachlos an. Was für eine Frage! Er selbst hätte die richtige Entscheidung getroffen und wäre damit glücklich gewesen.

»Weißt du, da war diese Streichelnummer auf der einen Seite und auf der anderen Lena, die mir von einem Dreier mit Jule die Ohren voll säuselte. Kannst du dir das vorstellen? Diese zwei schönen Frauen ganz nah bei sich zu haben, Haut an Haut?«

Auch jetzt noch geiferte Tim bei der Beschreibung der beiden Frauen. »Wahnsinn, sag ich dir! Lena hat mir das alles ins Ohr geflüstert, während wir miteinander zugange waren. Da kamen Bilder hoch, die waren so real, als hätte es dieses Zusammensein wirklich gegeben! Ich wollte das immer wieder hören, weißt du, das war fast wie eine Droge. Hast du einmal was davon bekommen, willst du immer mehr.«

Tja, dachte Martin. Jede Droge hat ihre Nachwirkungen. Schließlich erzählte Tim von dem Nachmittag, an dem Jule sie beide erwischt hatte. Martin horchte auf.

»Dieser Rausch, der war mit einem Mal weg. Puff. Ohne Jule ging da plötzlich nichts mehr. So als ginge im Kino das Licht an und du merkst, dass alles nur gestellt war. Dann wurde es echt unschön. Lena hat sich angebiedert. Bettelte darum, dass ich mich noch ein letztes Mal mit ihr treffe. Alle möglichen und auch unmöglichen Szenarien beschwor sie herauf, um mich zu ködern.«

Martin sah flehentlich zur Decke. Nahm das denn nie ein Ende? Tims Sorgen hätte er gerne mal gehabt. Und der jammerte, weil ihm die Frauen nachliefen.

Plötzlich änderte Tim seine Erzählweise, sprach nur noch leise, wie zu sich selbst, völlig in sich gekehrt. Martin rutschte auf die Kante, gespannt, was als nächstes kam.

»Da war auf einmal nichts mehr. Ich habe Lena angeschaut und die Faszination war einfach weg. Stattdessen war da etwas anderes, fast schon Ekel, wenn ich sie ansah. Einmal, da wäre ich fast handgreiflich geworden. Ich wollte, dass sie geht, mich in Ruhe lässt.« Tim sah zu Boden. »Ich habe mich geschämt. Für das, was ich Jule angetan habe. Aber Lena hasste ich noch viel mehr. Nicht nur, weil sie mich verführt hatte. Vielmehr, weil sie eine Seite in mir geweckt hat, die es davor nicht gegeben hatte. Nur wenn ich mich betrinke, habe ich einen Moment Ruhe. Deshalb habe ich so lange gesoffen, bis ich nicht mehr denken konnte.«

Tim pausierte. Martin hielt den Atem an. Und dann? Was hatte er dann getan? Hatte er sich etwa doch in Tim getäuscht?

»Verstehst du, was ich meine? Vorher habe ich diesen Mangel nicht empfunden. Aber nun begleitet er mich permanent. Sie hat mein ganzes Leben aus den Angeln gehoben. Und nicht nur, dass Jule mich nicht mehr will«, er sah Martin fest in die Augen, »jetzt hat sie sich auch noch angeblich in Luft aufgelöst. So, als würde sie mich damit bestrafen wollen.«

Martin presste die Lippen zusammen. Zugegeben: Gemocht hatte er Tim nie. Einen Konkurrenten konnte man nicht gut finden. Aber jetzt wuchs Martins Zorn auf diesen jämmerlichen Typen von Sekunde zu Sekunde. Weg war die Verbundenheit, die er anfangs Tim gegenüber empfunden hatte. Martin ärgerte sich. Aber seine Wut bezog sich nicht auf Tim. Der war ihm eigentlich egal. Sie galt ausschließlich sich selbst, seiner Feigheit und falschen Zurückhaltung. Mit einem Mal hatte Martin den Verdacht, Jule könnte bloß deshalb verschwunden sein, weil sie es in der Gesellschaft ihrer falschen Freunde einfach nicht mehr ausgehalten hatte. Sicher versuchte sie, irgendwo anders einen neuen Anfang zu machen. Irgendwann stünde ein Transporter vor der Tür, würde ihre Möbel holen und weg war sie. Endgültig und für immer.

Warum auch nicht? Jule war stark und unabhängig. Sie würde überall zurechtkommen. Frau Ziegler bekäme sicher bald eine Meldung von ihrer Tochter. Nur er, der unscheinbare Nachbar, würde nichts über ihren Aufenthaltsort erfahren. Denn was war die Frau ihm auch schuldig? Warum sollte sie ihm darüber Auskunft erteilen.

Abrupt stand er auf. Er sah auf Tim herab, der aus einem anderen Universum zu kommen schien, ihn überrascht anschaute und erstmals verstummte. Martin zuckte die Schultern und wandte sich ohne ein weiteres Wort der Tür zu. Zu bleiben machte keinen Sinn. Hier würde er nichts erfahren, was ihm weiter half. Martin wollte zurück. So schnell wie möglich. Er würde in seiner Wohnung ausharren, Frau Ziegler abpassen und fragen, ob es Neuigkeiten gäbe. Als er gerade die Wohnungstür hinter sich zuzog, hörte er noch, wie Tim verwirrt fragte:

»Was soll das denn jetzt? Wie war noch gleich dein Name?«

26. Kapitel

31. Juli 2014

Jule erwachte. Als sie zu sich kam, nahm sie zuerst die Kälte wahr. Dann gelangten mehr und mehr Details in ihr Bewusstsein: Ein pochender Schmerz saß hinter ihrer Stirn. Der schale Geruch der Matratze, auf der sie lag, verursachte Übelkeit. Sie kämpfte mit der aufsteigenden Magenflüssigkeit, versuchte, sich nicht zu übergeben. Dann erst realisierte sie das Kratzen im Hals, den Knebel in ihrem Mund. Sie versuchte den Stoff auszuspucken, wollte die Hände zu Hilfe nehmen, die sich aber keinen Zentimeter bewegen ließen. Sie zerrte an den Fesseln, versuchte die Hände zu befreien, um das Ding irgendwie aus ihrem Mund zu bekommen. Aber dadurch zogen sich die Knoten eher noch fester zusammen und ihre Gelenke scheuerten auf und wurden wund. Sie war gefesselt! Geknebelt! Sie begann, am ganzen Körper unkontrolliert zu zittern. Was um Himmels willen! Sie versuchte, ihre Augen aufzureißen, der Finsternis zu entfliehen. Aber die Dunkelheit wich nicht. Ihre Lider ließen sich hinter der Binde nicht öffnen. Sie warf den Kopf hin und her, hoffte, das Ding würde sich verschieben. Vergeblich. Wie sollte sie sich wehren, wenn sie nicht einmal sehen konnte? Sie bekam keine Luft mehr, wurde panisch, verlor beinahe das Bewusstsein. Nein, nein, nein. Sie musste ruhig werden, atmen. Ein. Aus. Ein. Aus. Sie sog die abgestandene Luft durch ihre Nasenflügel und versuchte den Fäulnisgestank und die aufsteigende Übelkeit zu ignorieren. Beruhigen. Tief in den Bauch atmen. Das hatte sie in einem Entspannungskurs gelernt, irgendwann, in einem anderen Leben. Aber der Knebel in ihrem Mund schien zu wachsen, jegliche Feuchte einzusaugen. Sie keuchte, realisierte aber zugleich, dass sie sich nicht so aufregen durfte. Langsam atmen. Ein. Aus. Ein. Aus. Was würde geschehen, wenn sich ihre Nase zusetzte? Die Luft war hier feuchtkalt und staubig, als sei seit Jahrzehnten nicht mehr gelüftet worden. Mit einem Schnupfen würde sie elendiglich ersticken. Und niemand würde es bemerken. Wieder begann ihr Puls zu rasen. Sie durfte diese Gedanken nicht zulassen. Musste ruhig bleiben. Sie hatte Angst, vor lauter Panik ohnmächtig zu werden. Nicht denken. Atmen. Ein. Aus. Ihr Herzschlag beruhigte sich etwas. Langsam begann sie, in ihren Körper zu horchen. Sie schien unverletzt. Ihre Arme waren nach hinten überdehnt und taten weh. Ihre Armgelenke brannten unter den Fesseln. Sie tastete. Das waren Seile. Verdammt. Nur ein Fuß war nicht angebunden. Sie wusste, wohin sie denjenigen treten würde, der ihr das angetan hatte! Aber warum hatte er diesen Fuß nicht gefesselt? Wollte er etwa, dass sie sich wehrte?

Ihre Kehle wurde immer trockener. Der Hals kratzte, aber sie versuchte, das Husten zu unterdrücken, lenkte ihre Aufmerksamkeit auf einen anderen Körperteil. Es gelang ihr nicht. Der Stoff, von dem sie nicht wissen wollte, was es war, hatte jegliche Flüssigkeit in ihrem Mund aufgesaugt. Ihre Zunge schien immer dicker zu werden. Wenigstens fühlte es sich so an. Und dann dieser unglaubliche Durst.

Was war eigentlich passiert? Wer hatte sie hier eingesperrt? Sie erinnerte sich noch deutlich an ihre Begegnung mit Bernd. An diesen seltsamen Mike. Sonst war da nur ein seltsames Gewirr von Gefühlen, alles wirkte wie aus einem Film mit raschem Szenenwechsel: dass sie Mike zunächst attraktiv fand, aber gleichzeitig unheimlich, dass ihr schlecht geworden war, dass sie fluchtartig das Haus verlassen hatte. Sie war nach draußen gerannt. Und dann? Filmriss.

Ihr Gehirn lief auf Hochtouren. Wo war sie? Sie zog und zerrte erneut an den verdammten Fesseln, obwohl sie im Grunde wusste, wie sinnlos das war. Es fügte ihr nur weitere Schmerzen zu. Aber sie konnte doch nicht einfach hier liegen und gar nichts tun! Sie wollte ihrem Schicksal trotzen. Irgendetwas musste ihr einfach etwas einfallen!

Da. Sie hielt den Atem an und verhielt sich absolut still. Ein Hupen. Dann das Scharren von Schuhen und schlurfende Schritte direkt in ihrer Nähe. Jemand hatte sie beobachtet. Sie trat vor Wut gegen den Bettrahmen. Wenn es gehupt hatte, musste dort draußen jemand sein! Das war ihre Chance. Sie versuchte zu schreien, Krach zu schlagen. Aber ihre Anstrengungen riefen nur gedämpfte Geräusche hervor. Sie war zu leise. Verdammt! Jule warf ihren Kopf verzweifelt hin und her. Schnaubte wütend. Versuchte den Knebel auszuspucken. Dann trat sie gegen das Metallgestell des Bettes, das nur ein dumpfes »Klong« von sich gab. Zu leise. Das würde man draußen nicht hören. Dennoch trat sie dagegen, wieder und wieder. Klong, klong, klong.

Als ihre Wut und ihre Kraft nachließen, hielt sie inne, lauschte. Von Ferne hörte sie Stimmengemurmel. Dann startete ein Motor. War das ihr Auto? Was würde mit ihr geschehen? Verdammt! Wo war sie nur? Jule ließ ihren Kopf auf die raue Matratze sinken und weinte. Lautlos.

27. Kapitel

17. September 2014

Annette befand sich im Auto auf dem Rückweg zum Polizeipräsidium, als ihr Handy klingelte. Die Musik von »Mission Impossible« ertönte, die sie als Klingelton für ihren Kollegen Georg reserviert hatte.

»Pronto?«, meldete sie sich mit einem breiten Grinsen auf den Lippen. Es störte sie nicht weiter, dass der Wagen keine Freisprechanlage hatte. Solche Dinge waren nur ein Problem für Menschen, die nicht bei der Polizei beschäftigt waren.

»Ach, die Dame ist gut gelaunt?! Mir ist gar nicht zu Scherzen zumute, Annette. Verdammt, wo steckst du? Warum bist du nicht eher ans Handy gegangen? Vorhin hast du gesagt, du wärst in zehn Minuten hier. Wenn du nicht wegen eines schweren Kreislaufkollaps irgendwo liegst, dein Silberner einen Totalschaden hat oder dir gerade Brad Pitt begegnet ist, dann gibt es keine Entschuldigung für diese zwei Stunden Verspätung!«

Annette lächelte. Ihr Kollege Georg Gruber – kurz Gigi genannt – war ein liebenswürdiger Mensch. Aber sein Hang zur Pünktlichkeit und Genauigkeit ließen sie manchmal verzweifeln.

»Ich …«

»Halt, erspar mir das«, unterbrach er sie barsch. »Bevor du mir jetzt mit irgendwelchen Ausreden auch noch den Rest des Tages verdirbst: Der Bericht ist fertig. Du kannst also ruhig die Wahrheit sagen und zur Entschuldigung mit mir essen gehen. Die Rechnung geht natürlich auf dich, versteht sich. Und ich suche selbstverständlich auch das Lokal aus. Bist mir immerhin was schuldig.«

»Ich wollte dir gerade sagen, dass ich heute nicht essen gehe. Ich will gleich ins Büro kommen, denn wir haben einen neuen Fall, Georg. Geh doch kurz mal rüber zu dem Kollegen vom K 14, zu diesem Schmächtigen mit dem Schnurres. Du weißt doch, wen ich meine, oder? Hol bei ihm bitte die Akte einer gewissen Jule Ziegler. Alles Weitere erzähle ich dir, wenn ich da bin.« Sie wollte gerade den Anruf wegdrücken, als sie hörte, wie Georg noch etwas sagte.

»Was gibt es denn? Ich hab den Namen von dem Kollegen vergessen, aber du kennst den doch. Der, der so verloren aussieht, dass man weiß, warum er Vermisstenfälle bearbeitet.«

»Liebe Annette. Darf ich dich daran erinnern, dass wir schon einen Fall haben, an dem wir arbeiten? Warum habe ich wohl gerade den Bericht getippt? Und der wird uns auch noch eine Weile beschäftigen. Stöckl. Schon vergessen? Insofern pfeife ich auf weitere Fälle.«

»Ach, Gigi«, säuselte Annette in ihr Handy. »Jetzt hab dich doch nicht so. Unseren Fall schaffst du doch mit links. Du kannst auch viel besser mit dem Kollegen umgehen. Und dann könnte ich doch schon einmal mit einem neuen …«

»Annette, du weißt, dass dich der Fehlleitner schon mehrfach ermahnt hat. Lass die Finger von den Fällen anderer Ressorts. Wenn das K 14 den hat, wird schon alles Notwendige veranlasst werden.«

»Blablabla. Eben nicht, du naiver, gutgläubiger Gigi. Das Mädchen ist verschwunden. Und unsere Freunde vom K 14 haben nichts Besseres zu tun, als die Mutter zu vertrösten. Eine absolut nette und glaubwürdige Person, die ich gerade zu Hause abgesetzt habe, weil ich mir wegen dieses tollen Kollegen Kaffee …«

Sie hörte ein Knacken in der Leitung. Unverschämtheit. Jetzt hatte Georg einfach aufgelegt. Dieser Sturkopf! Er hielt sich immer strikt an das, was der Leiter der Mordkommission an Aufträgen vorgab. Eigeninitiative war Georg Gruber fremd. Dafür führte er selbst die langweiligsten Zeugenbefragungen stundenlang durch oder las Fallakten akribisch genau bis zum absoluten Ende. Deshalb waren sie beide das ideale Team. Denn alles, was Genauigkeit und Durchhaltevermögen anbelangte, war nicht ihre Domäne. Das überließ sie anderen, die sie – Gott sei Dank – gut dirigieren konnte. Oft ohne, dass die das überhaupt merkten. Auch Georg würde sie gleich überzeugen, den Fall Jule Ziegler anzunehmen. Ganz sicher. Mein Gott, sie mochte sich gar nicht vorstellen, was mit dem Mädchen geschehen war, wenn die Mutter schon seit sechs Wochen nichts von ihr gehört hatte. Sie wusste, die Kollegen vom K 14 hatten dem Fall keine Bedeutung beigemessen. Das Mädchen war in den Urlaub gegangen und um Nachforschungen bei Banken, Jules Arbeitgeber und anderen Stellen zu machen, bedurfte es einer richterlichen Genehmigung, die ihnen ohne hinreichenden Tatverdacht sicher nicht erteilt worden wäre. Aber Annette glaubte der Mutter – und deren Instinkten. Die war nicht überspannt oder dramatisierte die Dinge. Und auch sie fand, dass an dem Fall etwas seltsam war und das Mädchen vermutlich in Schwierigkeiten steckte. Diese Jule hielt vielleicht nicht viel von ihrer Mutter, hätte sie aber niemals bewusst so gequält. Sie hatte sich ein Bild von Jule zeigen lassen, nachdem sie sich mit Ulrike unterhalten hatte. Ein hübsches Mädchen, dessen entschlossenes Kinn zeigte, dass sie kein Typ war, der unangenehme Auseinandersetzungen scheute. Hätte sie sich entschlossen, ihr Studium zu schmeißen, um irgendwo in der Karibik mit einem heißen Liebhaber ein neues Leben anzufangen, hätte sie das ihrer Mutter gesagt. Nein, dieses Mädchen meldete sich nicht, weil sie es nicht konnte. Irgendetwas Unvorhergesehenes war passiert.

Nun musste sie nur noch ihren Kollegen dazu bringen, ihr bei der Suche nach Jule zu helfen. Wahlweise könnte er den Fall von diesem Finanzfuzzi alleine aufklären. Das überließ sie Gigi.

Sie kicherte. Mittlerweile wusste sie, dass der Mann Gelder veruntreut hatte, was wohl aufgeflogen war. Der Gute wollte sich schlicht und einfach vor den Konsequenzen drücken. Für sie ein glasklarer Fall. Nur Stöckl war anderer Meinung. Und der war ein Spezi vom Fehlleitner. Deshalb durften sie nun Zeugenbefragungen machen und Berichte schreiben. Nur um am Ende den Fall doch als Suizid zu den Akten zu legen.

Sie setzte den Blinker und fuhr nach rechts in den Hof des Polizeipräsidiums. Sie hatte ihre Pläne geändert. Sie würde Georg erst einmal schön zum Essen ausführen. Danach würde er ihr schon helfen. Sie wusste längst, wohin sie ihn schleppen würde. Schließlich kannte sie seine Vorlieben. Mit einer Einladung zu *Guido al Duomo* hätte sie ihn quasi schon um den Finger gewickelt. Und sie konnten zu Fuß hin, dann war auch ausnahmsweise ein Weinchen drin. Sie parkte den Wagen und betrat heute zum zweiten Mal das kühle, hellgrüne Gebäude.

28. Kapitel

31. Juli 2014

Als keine Tränen mehr fließen wollten, blieb ihr Kopf erschöpft auf der Matratze liegen. Sie fühlte sich matt, ohne jegliche Energie und dämmerte in einem Zustand zwischen Wachen und Schlafen vor sich hin. Immer wieder schien sie farbige Wellen zu sehen, und etwas in ihr wünschte sich sehnlichst, mit diesen Wogen wieder in den erlösenden Dämmerzustand zurückzugleiten. Aber die Realität ließ ihr keine andere Wahl, als zu erwachen. Ihre Arme waren von der ungewohnten Haltung verkrampft und ihre Gelenke taten bereits bei der kleinsten Bewegung höllisch weh. Die Trockenheit in ihrer Kehle hatte sich weiter verschlimmert und sie wusste nicht, wie lange sie einen Hustenkrampf noch unterdrücken konnte. Da sie seit einer gefühlten Ewigkeit nichts mehr gegessen und viel zu wenig getrunken hatte, schmerzte auch ihr Magen. Sie hatte den Kopf flach auf die Matratze gelegt, versuchte immer noch, durch die Augenbinde etwas zu erkennen. War sie in einem Keller oder in einem Wohnhaus? Es war kühl und feucht und die Schritte, die sie hörte, hatten gehallt. Also ein großer Raum. Eine Fabrik? Eine Garage?

Sie sehnte sich nach Licht. Danach, etwas zu sehen. Blindsein musste schrecklich sein. Ihre Ohren mussten nun alle anderen Sinne ersetzen. Jedes Geräusch schien tausendfach lauter. Sie hörte ein Rauschen. Ein Baum, der vom Wind geschüttelt wurde? Sie war sich beinahe sicher. Also war sie vermutlich immer noch in der Eifel.

Sicher war einzig und alleine, dass ihr etwas Schlimmes bevorstand. Wollte sie jemand vergewaltigen? Ein einzelner oder mehrere? Egal was – sie war jedem Menschen hilflos ausgeliefert. Konnte keinen Laut von sich geben, wüsste nicht einmal, wer sich ihr näherte. Oder wer zusah. Oder hatte man sie längst verschleppt? Millionen von Fragen wälzten sich wieder und wieder durch ihr Gehirn, wie Mühlsteine, die sich, einmal in Schwung gebracht, unaufhörlich drehten.

Noch vor kurzer Zeit hatte sie von einem romantischen Abend in den Armen von Bernd geträumt. Jetzt dominierten Szenen von Hunger, Gewalt und Schmerz ihre Gedanken. Keine Romantik, keine Liebe. Nur die nackte Angst.

Wie war sie nur auf die idiotische Idee gekommen, alleine hierherzufahren? Und wie dumm, keiner Menschenseele von der Reise zu erzählen! Völlig blind war sie in ihr Verderben gerast. Ihren Tod hatte sie mittlerweile bereits in den verschiedensten Varianten vor sich gesehen. Denn wenn es keinen Weg raus gab und auch keiner zu erwarten war, um sie zu retten, war ihr Ende vollkommen klar.

Nein, nein, nein! Sie durfte nicht resignieren. Es musste einen Weg geben, hier rauszukommen.

Der Knebel machte sie verrückt. Sie versuchte ihre Zunge zu bewegen, irgendwie Feuchte in ihrer Mundhöhle zu erzeugen. Den Knebel auszuspucken. Aber das misslang. Der freie Fuß! Vielleicht konnte sie ihn mit dem Knie bewegen. Sie winkelte das Bein an, hob den Kopf, so weit es ging an. Der Schmerz zerriss sie fast. Dennoch: Es reichte nicht. Sie versuchte es erneut, bis sie einen Krampf im Bein bekam. Sie fiel zurück auf die Matratze, der Schmerz schoss aus den Gelenken wie ein Stromstoß durch ihren Körper. Sie versuchte, bewusst an etwas anderes zu denken.

Aber ihre Gedanken drehten sich immer nur im Kreis, waren wie sie selbst gefangen. Wer hielt sie hier fest? Müsste sie sich daran nicht erinnern? Ihr Kopf dröhnte immer noch. War es dieser Mike gewesen? Hatte er sie gefangen genommen? Aber wieso? Oder war es Bernd gewesen? Steckten die beiden unter einer Decke? Sie erschauderte. Ein Mann, der so alleine lebte, war sicher seltsam. Und hier konnte er alles mit ihr tun. In dieser Einsamkeit würde niemand etwas bemerken. Und wären sie zu zweit … Ihr ganzer Körper versteifte sich. Wieder wurde ihr übel. Sie hatte nur den Wunsch, sich einzuigeln, sich zusammenzukauern. Wärme und Geborgenheit zu finden.

Es blieb grauenhaft kalt. In diesem Loch gab es keinen Trost. Aber warum war noch nichts passiert? Worauf wartete er? Wollte er, dass sie noch schwächer wurde? Völlig kraftlos wie eine Puppe. Was würde er tun, wenn er sie gehabt hatte? Wäre das genug? Würde er mehr wollen? Immer aufs Neue? Sie atmete heftiger. *Beruhigen.* Sie durfte nicht durchdrehen spürte jedoch, wie sich ihr der Magen hob. Sie dachte an die vielen Opfer, von denen sie gehört und gelesen hatte, die erst nach Jahren aus der Gefangenschaft entkommen konnten. Diese Frau aus Österreich, an deren Namen sie sich beim besten Willen nicht mehr erinnern konnte. Wieso hatte sie diese Berichte nicht besser verfolgt? Wie war es der Frau gelungen, zu entfliehen? Sie erinnerte sich nicht mehr.

Wäre sie auch irgendwann eine Schlagzeile auf einem Boulevardblatt, die für eine Weile die Nation bewegte? Oder würde sie lediglich in irgendeiner Aufstellung von vermissten Personen auftauchen? Eine junge Frau, die viel zu jung spurlos verschwunden war.

Oder würde er sie frei lassen? Ein Funken Hoffnung breitete sich in ihr aus. Bernds Gefühle waren nicht gelogen, die waren echt. Davon war sie überzeugt. Obwohl – auch Tims Liebe war etwas, woran sie fest geglaubt hatte. Vielleicht hatte sie sich auch in Bernd getäuscht. Hatte er das ganze provoziert, sie auf diese Weise hergelockt?

Nur eines war sicher: Ihre Mutter würde nach ihr suchen. Irgendwann. Sie hatte immer an ihr festgehalten. Und mit einem

Mal wurde der Wunsch, sie möge es auch jetzt tun, überwältigend groß. Nur wann würde Ulrike merken, dass sie verschwunden war? Konnte es ihr gelingen so lange am Leben zu bleiben? Ohne Essen und Trinken?

Sie brach erneut in Tränen aus. Sollte das wirklich alles gewesen sein? Ihr ganzes Leben? Diese wenigen Jahre? Trauer überwältigte sie. Darum, vielleicht nie mehr die Chance zu bekommen, zu leben, zu lieben, etwas anders, besser zu machen, ihr Leben in die Hand zu nehmen.

Mein Leben in die Hand nehmen. Oh doch, das konnte sie. Auch jetzt noch.

Es durfte so nicht enden. Sie würde mit ihm reden. Ihrem Entführer klar machen, dass bald schon die Polizei hier wäre. Was dann mit ihm passieren würde. Das musste er doch begreifen! Musste einfach zur Vernunft kommen. Noch war nichts passiert, jetzt käme er mit einem blauen Auge davon. Sie musste an seinen Verstand appellieren. Egal wie verrückt er war. Menschen verschwanden nicht einfach so. Sie wurden vermisst, gesucht und gefunden. Das war einfach so. Sie musste ihm das nur klar machen. Denn natürlich würde das passieren. Sie klammerte sich an diesen Gedanken. *Es musste einfach jemand nach ihr suchen. Irgendjemand.*

Bis dahin hatte sie ein Ziel: Überleben. Sie seufzte, schluckte hart. Und was wäre, wenn er ihr den Knebel nicht herausnahm? Könnte sie ersticken, wenn er über sie herfiele? Oder beide? Es machte sie wahnsinnig, nicht zu wissen, wer sie festhielt. Und warum.

Und wenn er nichts tat? Wollte er ihr einfach nur beim Sterben zusehen? Bernd promovierte über Gottfried Benn. Sie hatte dessen abgedrehte Gedichte gelesen. War der nicht auch Mediziner? War sie Bernds wissenschaftliches Experiment? Beobachtete er sie deshalb? Jetzt? In diesem Moment?

Sie lauschte. Seit Stunden hörte sie nur dieses Rauschen. Sonst lag Stille über dem Gebäude. Wenigstens nahm der Druck auf ihre Blase nicht zu. Das letzte Mal war schrecklich demütigend gewesen, aber sie hatte es einfach nicht mehr ausgehalten. Ihr Unterleib hatte zu sehr geschmerzt, der Druck war unerträglich gewesen. Sie hatte versucht ihn zu rufen, aber natürlich hörte sie mit dem Knebel niemand. Schließlich hatte sie den Urin einfach laufen lassen. Die Wärme, die sich langsam unter ihr ausgebreitet hatte, war für einen Moment beinahe tröstlich gewesen. Dann hatte sie sich zutiefst geschämt. Plötzlich erinnerte sie sich: Sie hatte geglaubt zu spüren, dass sie nicht allein war. War es das, was er wollte? Sie wie ein Insekt beobachten. Sehen, wie sie sich verhielt? Es wäre schon schlimm genug, die Blase erneut entleeren zu müssen, in der eigenen Pisse zu liegen. Aber ihn als Zeugen dabei zu wissen, war noch schrecklicher. Erniedrigend. Seltsam: Sie traute Bernd zu, dass er so sein könnte. Nicht brutal. Aber mit abstrusen Vorlieben.

Sie hielt inne, vergewisserte sich erneut. Da war kein Geräusch. Nur weiter dieses Rauschen. Entschlossen lockerte sie die Muskeln. Presste. Triumphierend spürte sie, wie sich der Urin unter ihrem Gesäß und den Oberschenkeln warm ausbreitete. Sie genoss diesen kleinen Triumph: Dieses Mal ohne dich, Freundchen!

29. Kapitel

17. September 2014

Annette und Georg bahnten sich ihren Weg durch die Touristen, die auf dem Marienplatz standen und gebannt nach oben schauten. Bald würde das Glockenspiel im Turm des neuen Rathauses beginnen. Zwei Mal am Tag versammelten sie sich die Menschen dort. Manche kamen schon über eine halbe Stunde vorher, um nur ja einen guten Blick zu haben. Und um ein Foto zu schießen. Oder sogar ein Filmchen zu drehen. Als Andenken. Das sich dann zu Hause niemand mehr ansehen würde. Oder sollte es im Ausland wirklich eine Fangemeinde für dieses metallische Geklöppel und diese Figuren geben, die Annette noch einen Hauch schlimmer fand als Gartenzwerge?

Georg ging eiligen Schrittes neben ihr her. Wie so oft hatte er Schwierigkeiten, mit seiner Partnerin Schritt zu halten. Er war zwar nicht viel kleiner, aber wenn sie etwas vorhatte, konnte sie mit ihren wenig eleganten, ausladenden Schritten ein enormes Tempo entwickeln. Und dann brachten ihn die paar Kilos, die er zu viel auf der Waage hatte, aus der Puste. Ein Gespräch zu führen, war deshalb sowieso nicht möglich. Sie hatten diesen Umweg machen müssen, weil Gigi noch eine Bestellung beim Deutschen Museumsshop für seinen Enkel abholen musste. Erst als sie auf den Domplatz einbogen und sich dem Restaurant näherten, verlangsamte Annette ihr Tempo etwas. Ohne diesen blöden Umweg wären sie in vier Minuten hier gewesen. Annette hasste solche Verzögerungen, hatte ihren Kollegen aber nicht noch mehr verstimmen wollen. Schließlich wollte sie etwas von ihm. »Und? Schon Appetit, mein Guter?!«, neckte sie ihn deshalb gekonnt.

»Ich hätte mehr, wenn ich wüsste, warum du mich hierher schleppst. Immerhin ist mir deine Strategie nicht fremd, Annette: Erst gibst du dem Georg ein Leckerli und dann wird er mit einer grauenhaften Aufgabe in den Tag entlassen, während sich die liebe Annette einen angenehmen Tag macht. Aber ich bin nicht Dr. Carter, auch wenn du das manchmal zu glauben scheinst. Ich verzeih dir nicht alles, so wie dein Hund es tut.«

»Ach, Gigi, komm, so schlimm bin ich doch gar nicht«, sie stupste ihn mit dem Ellbogen in die Seite. »Welche Laus ist dir denn über die Leber gelaufen, hm? Keine Fortschritte im neuen Fall?« Sie zwinkerte ihm zu und grinste frech.

»Hör bloß auf. Du könntest ruhig auch mal mitmachen bei diesen Dingen. Ich weiß überhaupt nicht, warum ich dir immer den Rücken freihalte. Eigentlich hätte ich mir längst verdient …«

»Etwas Leckeres zu essen, das meine ich auch!«, unterbrach sie ihn und legte ihren Arm um seine Schultern. »Gegrantelt wird erst wieder nach dem Essen.«

Sie betraten das Restaurant, in dem alles glänzte, als wären sie beide die ersten Gäste des Tages. Sie suchten sich einen Tisch am Fenster aus, von dem man auf den Platz sehen konnte. Der Raum war klein und gemütlich, aber doch edel und die leise Musik im Hintergrund unterstrich dieses Ambiente. Ein bisschen wie im Süden. Und das *Guido al Duomo* war für seinen unvergleichlichen Schokoladenkuchen bekannt. Auch die Weine waren köstlich. Darum hatte Annette das Lokal vom ersten Tag an gemocht. Auch in diesem Punkt hatte es sein Gutes, dass sie Georg kannte: Er schätzte gutes Essen und hatte ihr München von einer völlig anderen kulinarischen Seite gezeigt. Zuvor war Annette auf Biergärten und deren deftige Küche abonniert, die es ihr ebenso angetan hatten wie die vielen leckeren Biersorten, die man in dieser Stadt genießen konnte. Dazu dann noch einen

Zigarillo. Herrlich. Gleichzeitig verhinderten diese Verlockungen, dass sie jemals auch nur in die Nähe ihres Normalgewichtes gelangen würde. Essen war ihre größte Leidenschaft. Sie konnte dem einfach nicht widerstehen: Vorneweg leckeres Brot, in frisches Olivenöl getunkt, danach einen Teller Pasta, und eine köstliche Nachspeise musste sie sich auch gönnen. Aber sie wollte heute nicht auf ihren lästigen inneren Schweinehund hören. Diese Mahlzeit würde sie schließlich für den ganzen Tag komplett sättigen. Insofern konnte der Ruhe geben. Und ein bisschen Spaß musste auch sein.

Nachdem sie beide bestellt hatten, schaute Georg sie erwartungsvoll an. Sie sah die Skepsis in seinem Blick.

»Na gut, ich erzähle ja schon. Als ich heute ins Büro wollte – und du brauchst jetzt gar nicht die Augenbrauen hoch ziehen – stand am Kaffeeautomaten eine Frau. Kennst du das, wenn Leute so klein aussehen? So, als hätten sie etwas verloren? Sie stand da jedenfalls so, als sei sie aus dem Rahmen gefallen. Da habe ich ihr angeboten, sie zu fahren. Und wie sich herausstellte, hatte sie wirklich etwas verloren, allerdings nicht so, wie ich dachte: Ihre Tochter ist seit sechs Wochen verschwunden. Und sie hat keinen Anhaltspunkt, wo sie sein könnte.«

»Tolle Mutter, wenn die erst sechs Wochen später etwas merkt.«

»Fang du jetzt nicht auch so an. Genau das haben ihr unsere Kollegen auch die ganze Zeit unter die Nase gerieben! Die Frau lebt in Münster. Das ist eben nicht gleich um die Ecke!«

»Annette, du lässt dich da in etwas reinziehen, was dich nichts angeht. Komm schon, wenn sie doch bei unseren Kollegen war, werden die sich drum kümmern.«

»Eben nicht, Georg!«

Sie verstummte abrupt, als der charmante, dunkelhaarige Kellner die Speisen servierte. Noch ein Grund, warum sie gerne hierher kam. Der war wirklich ein Hübscher. Aber leider so verdammt jung!

Annettes Laune verbesserte sich sofort, als sie die Teller vor sich sah. Sie hatte Spaghetti Salsiccia und Gigi bekam köstlich duftende Pasta mit Trüffeln. Dazu genehmigten sie sich eine Flasche Rotwein. Wenn schon, denn schon.

In gemäßigtem Ton fuhr sie fort: »Die Kollegen reagieren genau wie du. Sie wundern sich, warum die Mutter sie nicht früher vermisst hat. Und sagen, das kommt bei Studentinnen schon mal vor, dass sie länger weg bleiben. Aber ich finde das merkwürdig. Das Mädchen hat bei ihrem Arbeitgeber Urlaub genommen, kommt dann aber nicht zurück und meldet sich weder dort noch bei der Mutter. Und das über einen Monat lang. Komm schon, Gigi, das stinkt doch bis zum Himmel.«

»Aber unmöglich ist das auch nicht. Schließlich haben wir gerade Semesterferien, wenn ich mich nicht täusche. Und Annette, du weißt, dass jeder ein Recht darauf hat, zu verschwinden. Nur weil die Mutter das nicht wahrhaben will, heißt das noch lange nicht, dass wir sie suchen müssen.«

Annette knallte ihre Gabel auf den Teller. »Von dir hätte ich so eine bescheuerte Reaktion wirklich nicht erwartet! Was würdest du denn sagen, wenn Pia plötzlich weg wäre.«

Georg schaute sie ärgerlich an. »Lass meine Tochter aus dem Spiel! Das hat doch hier gar nichts zu suchen. Es geht darum, dass wir uns nicht einfach …«

»Paragraphenreiter! Dann nennen wir es eben Intuition. Ich glaube dieser Frau. Und ich finde es seltsam. Und noch mehr die Umstände ihres Verschwindens: Nur ein paar Wochen davor hat sich die Tochter von ihrem Freund getrennt, weil der fremdging. Mit ihrer besten Freundin. Die Mutter sagt, dass Jule zwar Unmengen von Bekannten hatte, aber nur wenige Freunde. Die Mutter weiß eigentlich nur von den beiden. Und dann haut die Tochter ab. Gut, die sucht Abstand. Oder will ihre neue Freiheit genießen. Aber so lange? Da stimmt doch was nicht! Und so, wie ich das Mädchen einschätze, hätte die dann zumindest bei ihrem Job Bescheid gegeben. Die Mutter sagt, dass sie den wegen der Wohnung braucht. Gib doch zu, dass das nicht so klingt, als wäre das ein freiwilliger verlängerter Urlaub. Woher hätte sie denn das Geld dafür nehmen sollen?«

Georg kaute nachdenklich seine Nudeln. Er schaute aus dem Fenster. Wenn er sich so verhielt, durfte man ihn nicht ansprechen. Das wusste Annette. Also schwieg sie.

»Okay. Du hast recht. Klingt seltsam. Und was willst du nun von mir?«

»Das ist ja das Gute: Nichts!«, sie grinste breit und schob sich eine viel zu volle Gabel in den Mund. Etwas von der Sauce war auf ihr Kinn gekleckert und brachte ihren Partner zum Lachen.

»Annette, hat dir eigentlich schon mal jemand gesagt, dass du isst wie ein Kleinkind? Ja, ich. Ich weiß.« Er lächelte seine Kollegin an und reichte ihr seine Serviette. Ihre lag tatsächlich nicht mehr auf ihren Beinen, sondern unter dem Tisch. Wie gewöhnlich.

»Nichts heißt dann wohl, dass ich unseren Fall weiter führen soll, oder?!«

»Und wenn es dir nicht allzu viel Mühe macht, wäre es schön, wenn du mal bei ihrer Bank zart anklopfst, ob sie dir etwas über die Kontenbewegungen sagen.« Annette senkte den Kopf und blinzelte ihn mit gekonntem Augenaufschlag an.

»Spinnst du, ohne einen richterlichen Beschluss bekomme ich die Daten doch nie!«

Obwohl er so hochging, wusste Annette, dass er gleich im Büro doch zum Hörer greifen würde, um ihr zu helfen. Sein Leben wäre einfacher ohne Annette. Aber auch wesentlich langweiliger!

»Nur, wenn du mir jetzt wirklich noch einen Schokokuchen ausgibst!«

Bingo! Sie hatte es gewusst. »Ach, Gigi, ich könnte dich …«, sie streckte ihre Arme über den Tisch und nahm seinen Kopf in ihre Hände und wollte seine Halbglatze küssen. Er wehrte sie ab und schaute irritiert nach rechts und links. »Mensch, wenn uns die Leute sehen! Hör auf mit dem Quatsch, Annette.«

Aber Annette war bereits mit anderen Dingen beschäftigt. Sie wischte mit ihrem Brot die letzten Reste der Sauce auf. Auch von Gigis Teller. »Ich weiß. Das gehört sich nicht. Aber wer weiß, wann ich das nächste Mal so was Gutes bekomme!«

30. Kapitel

31. Juli 2014

Sie war mit einem Schlag wach. Etwas hatte sie geweckt. Sie lauschte und wünschte, sie könnte etwas erkennen. Aber durch die Binde blieb sie im Dunkeln. Wieder überkam sie das Entsetzen darüber, dass sie in diesem feuchtkalten Loch gefangen war. Wie lange schon? Sie wusste nicht, ob es Stunden waren oder Tage, die sie schlief. Jedes Zeitgefühl war ihr abhanden gekommen. Nur die Träume blieben ihr als Flucht aus diesem Gefängnis. Wenn sie sich in eine andere, bessere Umgebung geträumt hatte, erschütterte sie ihr Schicksal besonders.

Warum war sie erwacht? Irgendetwas war da gewesen. Ein Tier? Sie hatte ohnehin die Vermutung, dass sie den Raum mit diversen vierbeinigen Mitbewohnern teilte. Immer wieder hörte sie leise Geräusche, die nicht zu einem Menschen gehören konnten. Jule blieb mucksmäuschenstill und lauschte. Sie vernahm nur ein leises Ticken. Eine Uhr? Es klang zwar regelmäßig, hörte sich jedoch nicht wie ein Uhrwerk an. Sie leckte sich die rauen, aufgesprungenen Lippen. Erst da registrierte sie, dass der Knebel in ihrem Mund fehlte.

Dieser Mistkerl war bei ihr gewesen! Oder war er etwa noch hier? Sie riss den Kopf hoch, versuchte wahrzunehmen, ob er noch in ihrer Nähe war. Wünschte, sie könnte sehen. Sie harrte reglos aus. Nein. Sie war sicher, dass sie alleine war. Da war nichts außer ihrem eigenen Atem.

Da hätte sie die Möglichkeit gehabt … und hatte nicht einmal bemerkt, dass er sich ihr genähert hatte! Sie fühlte keine Dankbarkeit, dass er ihr den Knebel entfernt hatte. Ihr Entsetzen ließ keinen Platz für derartige Gefühle. Wie wollte sie sich verteidigen, wenn sie nicht einmal spürte, wenn Gefahr drohte? Oder hatte er sie betäubt, während sie schlief? War sie besinnungslos gewesen? Ihr wurde übel bei dem Gedanken.

Sie ließ den Kopf wieder zurücksinken. Aber er kam nicht auf der Matratze auf. Da lag etwas. Was konnte das sein? Ihre Neugier überwog. Sie stupste das Ding sacht mit ihrem Kopf zur Seite, dann spürte sie es an ihrer Wange: Etwas Glattes. Kalt. Sie roch daran und hatte keinen Zweifel: Es war ein Apfel!

Jetzt kamen ihr die Tränen. Er würde sie leben lassen! Wenn er ihr Essen gab, dann würde sie nicht einfach in diesem Gefängnis wegsterben. Und wenn sie leben durfte, dann würde sie eine Möglichkeit finden, sich zu befreien. Irgendwann.

Sie spürte, wie ihr das Wasser im Mund zusammenlief. *Das reicht doch nie, um satt zu werden,* war ihr nächster Gedanke. Egal. Es war ein Anfang. Sie musste sich unnatürlich verbiegen, das Obst zwischen ihrem Arm und ihrem Kopf einklemmen, um einen Bissen essen zu können. Deshalb also fehlte der Knebel. Sie kaute. Aber die Bewegung verursachte heftige Schmerzen. Die ungewohnte Haltung ihres Kiefers hatte ihn steif werden lassen. Und nun fand sie kaum die Kraft, den Bissen zu zerkleinern. Also lutschte sie daran, genoss die Feuchte in ihrem Mund. Den süßen Saft zu schmecken, war einfach phänomenal. Es schien das Köstlichste zu sein, das sie je gegessen hatte. Sie atmete tief durch, und bewegte dann langsam und vorsichtig den Kiefer. Mit der Zeit kamen nun auch die Muskeln wieder in Schwung.

Sie ließ sich Zeit. Das war das Einzige, das sie in Hülle und Fülle hatte. Sie roch die Aromen, die von der Frucht ausgingen, deren Farbe sie erahnen konnte. Der Geruch war sauer und gleichzeitig süß. Diese Frische stellte einen krassen Gegensatz zu dem Raum dar, in dem sie lag. Und auch zu ihr selbst.

Der Apfel passte nicht hierher, war frisch und unverdorben.

Aber er war da. Sie konnte ihn fühlen, schmecken, genoss seinen Duft. Gleichzeitig verband sie mit ihm die Hoffnung, dass doch nicht alles zu spät war. Dass sie weiterleben durfte.

Plötzlich hielt sie inne. Sie lauschte erneut. Ob er wieder draußen stand? Sie wandte ihren Kopf langsam in alle Richtungen. Sie konzentrierte sich auf die Stelle, aus der sie zuletzt ein Geräusch gehört zu haben glaubte. Nichts. Aber draußen war Wind aufgekommen.

Sie biss wieder in den Apfel. Die Mattheit, die sie immer wieder in einen dämmrigen Schlaf zog, wich mit jedem Stück, das sie aß. Sie kaute bewusst. Zählte bis 35, während ihre Kiefer langsam wieder die gewohnte Arbeit aufnahmen. Sie vermutete, dass sie kaum einmal mehr als zwei Stunden wach gewesen war, seit sie hier lag. Leider gab es für sie keine Möglichkeit, festzustellen, wie die Zeit verging. Sie beschloss, sich den Apfel einzuteilen. Ihre Gier trieb sie an, alles auf einmal zu verspeisen, aber sie wusste nicht, wann sie das nächste Mal etwas bekommen würde. Besser begnügte sie sich jetzt mit einer Hälfte und in ein paar Stunden würde sie den Rest essen.

Je weiter sie sich der Mitte der Frucht näherte, desto beschwerlicher wurde ihre seltsame Haltung, die sie beim Essen annehmen musste. Unverhofft verkrampfte sich ihr Arm. Sie hätte vor Schmerzen schreien können. *Verdammt, war ihre Lage denn nicht schon schlimm genug?*

Sie veränderte ihre Stellung und versuchte, gegen den Schmerz anzugehen. Dagegen anzudenken. Doch warum eigentlich? Es verging ein kurzer Augenblick, dann ließ sie sich einfach gehen, hörte auf, sich zu kontrollieren. Sie öffnete ihren Mund. Zunächst hörte sie ihren Atem und ein seltsames Krächzen. Aber mit dem nächsten Luftholen gelang es: Ein gellender Schrei hallte durch den Keller. Als sie ihm nachhorchte, lenkte noch etwas anderes ihre Aufmerksamkeit auf sich. Heiseres, verhallendes Lachen. Und Schritte, die leiser wurden, bis sie ganz verklangen.

Also doch! Aber er war nicht in diesem Zimmer gewesen. Das wusste sie nun, denn die Geräusche waren gedämpfter. Aber sie ahnte, warum er lachte: Ihre Schreie würde hier niemand hören. Deshalb konnte er ihr den Knebel entfernen.

Sie schmiegte ihre Wange an den Apfel und suchte erneut die Flucht in den Schlaf.

31. Kapitel

17. September 2014

Zufrieden sah er sich in der Wohnung um, die er heute aufgeräumt hatte. Man konnte zwar nicht sagen, dass es in jeder Ecke blitzte, aber so gut hatte es in seinen vier Wänden schon lange nicht mehr ausgesehen. Nur noch diese letzte Sache, dann konnte man hier wieder wie ein Mensch leben. Als Tim sich gerade bückte, um den Stecker des Staubsaugers einzustecken, klingelte es an der Tür. Er erwartete niemanden – und erst recht nicht Lena, die mit rot geränderten Augen vor ihm stand. Ihr Anblick weckte augenblicklich sein Mitleid. Immerhin waren auch seine Gefühle in den letzten Tagen Achterbahn gefahren. Er nickte ihr wortlos zu. Und schon fiel sie ihm kraftlos in die Arme.

»Tim, verdammt, es tut mir leid. Alles tut mir leid. Ich war so dumm. Und ich weiß nicht, was ich da vorhin am Telefon gesagt habe. Ich …«, sie hob ihr Gesicht, um ihren erwartungsvollen Blick direkt in seine Augen richten zu können.

Was war das nun wieder? Und was sollte er jetzt tun? Instinktiv wollte er Lena von sich stoßen. Weil sie für dieses ganze Schlamassel verantwortlich war. Gleichzeitig war ihre Berührung wie eine warme Decke, die seinem Körper Geborgenheit und Trost versprach. Widerwillig löste er sich aus ihrer Umarmung und drehte sich zum Fenster. Er konnte sie nicht länger ansehen. Die hängenden Schultern. Das Gesicht, in das sich ein wachsamer Ausdruck geschlichen hatte, weil sie wusste, dass er sich nicht nur aus der Umarmung gestohlen hatte, sondern sie ganz aus seinem Leben schieben wollte.

»Warum bist du hier, Lena?«

Mit zittriger Stimme antwortete sie: »Das habe ich doch gerade gesagt. Ich will mich entschuldigen.« Er spürte, dass sie einen Schritt näher gekommen war.

»Das ist zu wenig, Lena«, er drehte sich um und sah ihr in die Augen. »Wir haben Jule vertrieben. Sie ist weg von hier. Ihre Mutter sucht sie und noch so ein Typ. Wahrscheinlich auch die Polizei. Und wir beide ...«, er drehte sich wieder zum Fenster.

»Nein, Tim. Du kannst nichts dafür!«

Verblüfft blickte er sich um. »Natürlich ...«

»Nein. Ich habe Schuld«, unterbrach sie ihn. »Wenn man überhaupt von Schuld sprechen kann. Eher ist es Karma«, sie lachte hysterisch auf. Dann drehte sie sich von Tim weg und schritt elegant zum Sofa. Sie ließ sich darauf fallen, legte die Arme über die Rückenlehne und warf die langen Beine, die in einer schwarzen Leggins und hohen Stiefeln steckten, übereinander. Nichts war mehr von der kummervollen Gestalt übrig geblieben, die wenige Minuten zuvor in seiner Tür gestanden hatte: Vor ihm saß wieder die Verführerin, die ihre Reize gezielt einsetzte. Nur ihre roten Augen wirkten in dieser Situation grotesk. Tim musste auf der Hut bleiben. Deshalb schwieg er. Was führte sie im Schilde?

»Tim, du bist ein echter Eye-Catcher. Weißt du das? Wahrscheinlich nicht. Dein Körper ist klasse. Und an deinem Gesicht kann ich mich nicht satt sehen. Sogar jetzt, obwohl du echt mitgenommen aussiehst. Aber das ist es nicht allein. Du bist auch noch richtig nett. Solche Männer gibt es nicht oft. Deshalb wollte ich dich haben. Mehr als alles auf der Welt.« Sie wühlte in ihrer Handtasche, holte eine Zigarette heraus, zündete sie an und blies den Rauch geräuschvoll in seine Richtung. »Ich bin hergekommen, um zu schauen, was da noch zu machen ist. Einen Deal vereinbaren, sozusagen.«

Tim starrte sie irritiert an. Er verstand nicht, worauf sie hinauswollte. Und seit wann rauchte sie überhaupt?

»Also: Wie wäre folgendes Arrangement? Du und ich wir treffen uns weiter. Du kriegst Sex, wann immer du willst. Du weißt ja, dass ich in der Beziehung Qualitäten habe.« Sie wiegte leicht ihr Becken, um das Gesagte zu unterstreichen. »Und ich darf dich dafür weiterhin als meinen Freund bezeichnen. Wie klingt das für dich?«

Tim hatte mit vielem gerechnet, aber nicht mit dieser Offenbarung. Was war nur mit dieser Frau los? Wusste die überhaupt, was sie da von sich gab? Plötzlich drängten sich ihm Bilder aus dem Film »Eine verhängnisvolle Affäre« auf. Die Situation war ganz und gar unwirklich. Und wirkte gleichzeitig bedrohlich.

»Das meinst du nicht wirklich, oder?«, brachte er nach einer Weile hervor. »Das kann nicht dein Ernst sein, Lena. Das ist doch erbärmlich!«

Und plötzlich sah er es. Ganz klar. Als ihre Fassade erneut zusammenbrach, sich ihre Körperhaltung änderte: Sie hatte das genau so gemeint, wie sie es gesagt hatte. Aber das Schauspiel ging weiter. Schon straffte sie die Schultern, rappelte sich hoch. Dann trat sie die Zigarette auf seinem Teppichboden aus.

»Ein Idiot bist du, Tim. So ein Angebot würde sich kein normaler Mann durch die Lappen gehen lassen. Aber das wirst du noch bereuen. Das verspreche ich dir! Ihr beide! Ihr sollt in der Hölle schmoren, Jule und du!«

Sie war während dieser Rede immer dichter an ihn herangetreten und für einen Moment dachte er, sie würde ihm eine Ohrfeige geben. Stattdessen entfuhr ihr nur ein arrogantes »Pff« und sie murmelte leise »Jammerlappen«. Dann zeugte nur noch das Nachhallen der knallenden Tür davon, dass Lena bei ihm gewesen war. Tim setzte sich verblüfft auf das Sofa und starrte auf den verkokelten Zigarettenrest auf dem Boden.

Was würde sie nun tun? Was hatte sie vor? Hatte sie ihm gerade gedroht?

Egal. Er würde jetzt Frau Ziegler von seiner Idee mit Berlin erzählen. Sicher war Jule dorthin gefahren. Diese bunte, geschichtsträchtige Stadt war schon immer wie ein Magnet für sie gewesen. Und so begeistert, wie sie jedem Fernsehbericht gefolgt war, konnte er sich durchaus vorstellen, dass sie einfach dort geblieben war. Er musste jetzt unbedingt helfen, Jule wiederzufinden. Das war er ihr einfach schuldig. Und Lena war nun endgültig Vergangenheit.

32. Kapitel

2. August 2014

Sie schreckte zitternd aus einem unruhigen Schlaf hoch, in dem sie Albträume gehabt hatte, konnte sich aber nur an Fragmente erinnern. Sie hatte stark geschwitzt. Und offenbar war sie so weggetreten gewesen, dass es ihr erneut entgangen war, dass er ihr Essen neben das Gesicht gelegt hatte. Ein Stück Brot. Nicht das frischeste. Aber danach fragte man in ihrer Situation nicht. Ihr Mund und ihre Schleimhäute waren mittlerweile nur so trocken, dass sie es kaum essen konnte. Sie würgte einen Bissen herunter und blieb dann atemlos von der Anstrengung liegen.

Es wunderte sie nun nicht mehr, dass sie nicht bemerkte, wenn er kam. Sie hatte zunächst gedacht, der Apfel wäre vielleicht in irgendein Mittel getaucht worden. Aber mittlerweile erkannte sie, dass ihr Kreislauf wegen der fehlenden Flüssigkeit immer schwächer wurde. Und damit war sie gezwungen, ihre Kräfte zu schonen. Was sie mittlerweile fast in den Wahnsinn trieb. Aber sie konnte nicht dauernd gegen die Fesseln ankämpfen. Das war einfach zu anstrengend.

Doch einfach nur dazuliegen, machte sie zunehmend mürbe. Was hätte sie alleine dafür gegeben, irgendetwas zu sehen. Gräser, die sich im Wind wiegten, Blumen, Bäume. Aber in ihrem Gefängnis nahm sie von all dem nicht die Spur wahr. Sie war vollkommen isoliert, nur auf sich selbst zurückgeworfen. Ohne jegliche Anregung für ihren Geist. Sie merkte, dass sie langsam achtgeben musste, nicht verrückt zu werden.

Sie hatte versucht, bewusst über etwas nachzudenken: Den Stoff der letzten Klausur, die Buchtitel ihrer Lieblingsautoren, Liedtexte aufsagen. Doch immer, wenn sie ein wenig Entspannung fand, schien sich ein Teil ihres Selbst zu lösen und sie bei ihrem Tun zu beobachten. Jede Aktion, die ihr spontan in den Sinn kam, schien dann völlig lächerlich. Denn wenn sie nicht bald etwas zu trinken bekäme, wäre es ohnehin zu Ende mit ihr. Dann wäre es egal, ob sie noch bei Verstand wäre oder nicht.

Wenn doch nur endlich etwas passieren würde. Irgendetwas. Aber er stand nur draußen und belauschte sie. Oder schlich durch das Zimmer, während sie in einen tiefen Schlaf gefallen war. Was gab ihm das? Was hatte er davon? Wie einsam musste ein Mensch sein, um einen anderen Menschen gefangen zu halten? Wie ein Geier, der aus großer Höhe sein Opfer beobachtete. Ihm womöglich beim Fressen zuschaute – oder dabei, wie es schließlich verendete. Und dann, mit einem Mal, würde er zuschlagen. Wenn sie fast keine Kraft mehr hätte und nur noch einen Wimpernschlag vom Tod entfernt wäre. Das war es, wovor sie Angst hatte. Vor diesem Moment, auf den sie nicht vorbereitet war. Fast wünschte sie sich, er würde es tun, dem allen hier ein Ende bereiten.

Nein. Nein. So wollte sie das nicht. Sie durfte sich nicht selbst zum Opfer machen. Doch es gab einfach nichts, was sie tun konnte.

»Vielleicht sollte ich ihn einfach rufen«, flüsterte sie vor sich hin. Aber wie? Egal.

Der Durst machte sie langsam irre. In ihren Träumen sah sie immer wieder einen Brunnen vor sich. Sie hörte das Wasser in der tiefen Dunkelheit plätschern. Aber es war kein Eimer da. Nichts, womit sie etwas daraus hätte schöpfen können. Sie hatte sich hineingelehnt, versucht, die Oberfläche zu berühren. Bis sie sich irgendwann kopfüber hineinstürzte. An dieser Stelle erwachte sie meist schweißgebadet.

Nein. »Nein«, sagte sie laut. Und dann noch lauter: »Komm sofort zu mir. Hey! Ich weiß, dass du da bist. Ich hab dich gehört! Komm her, du Scheißkerl!«

Ihr Herz pochte laut. Was hatte sie sich dabei gedacht? Sie lauschte. Nichts. Oder doch? Ihr Blut rauschte in ihren Ohren, so dass sie nicht in der Lage war, etwas zu hören. Kurz hatte sie Bedenken, dieser plötzliche Adrenalinstoß könnte ihr das Bewusstsein rauben. Aber ganz im Gegenteil. Langsam beruhigte sich ihr Herzschlag. Er hatte sie nicht gehört. Eigentlich war es doch gut, dass er sie in Ruhe ließ. Dann passierte auch nichts Schlimmeres.

In dem Moment hörte sie Schritte auf der Treppe. Eindeutig. Er kam. Sie vernahm ein seltsames Scharren, ein Klacken und mit einem Mal war die Tür offen.

Sie hörte seine Absätze, die hart auf dem Boden aufschlugen. Beton. Sie war sich sicher, dass das kein Holzboden war. Ein Keller vielleicht. Sie konnte ihn nicht sehen, aber sie spürte, dass er dicht neben ihr stand. Ihre Gedanken rasten auf Hochtouren. Jetzt hatte sie ihre Chance. Sie rief das gesamte Wissen ab, das sie über diesen Mann gespeichert hatte. Alles war glücklicherweise unglaublich präsent, denn in den Tagen vor ihrer Abfahrt – den wenigen, die sie ihn überhaupt kannte – war sie gedanklich ausschließlich mit ihm befasst gewesen. Sie kannte jede der unglaublich vielen E-Mails fast auswendig. Aber was sollte sie nun sagen?

»Bist du endlich zur Vernunft gekommen?«

Die Stimme. Hatte sie diese Stimme schon einmal gehört? War das wirklich Bernd? Sie wusste es nicht. Aber sie spürte Blicke, die über ihren Körper wanderten mit einer seltsamen Intensität. Das war kein Mensch, der sie hier ansah. Das war ein Tier. Und er roch auch so. Nach scharfem Schweiß, Erde und Butter – Ausdünstungen, die bei ihr Widerwillen hervorriefen. Der letzte Zweifel, was er von ihr wollte, war wie weggeblasen. Ihr wurde nun endgültig klar, wie naiv ihre Denkweise gewesen war. Sie lag in ihren eigenen Ausscheidungen und trotzdem wollte er sie. Dieser Mann musste eine Bestie sein. Er würde sie verletzen. Er hatte sie hier festgesetzt, um seinen Fantasien zu folgen. Im Grunde hatte sie nichts mehr zu verlieren. Sie nahm all ihren Mut zusammen, presste ihre Lippen fest aufeinander und wendete dann ihren Kopf in die Richtung, aus der sie ihn spürte. Sie öffnete den Mund, aber zunächst kam nur ein heiserer Laut. Sie räusperte sich. Konzentrierte sich. Mit fester Stimme sagte sie: »Ich weiß nicht, wieso du mich hier gefangen hältst. Ich weiß auch nicht, was du mit mir vorhast.« Als er keine Reaktion zeigte, fügte sie mit krächzender Stimme hinzu: »Ich will es auch gar nicht wissen.« Das Sprechen fiel ihr zunehmend schwer. Ihr Hals fühlte sich wie ein Reibeisen an. Sie schluckte trocken, holte Luft: »Ich möchte etwas zu trinken.« Und um die Wirkung zu verstärken, fügte sie hinzu: »Wenn ich verdurste, hast du gar nichts mehr von mir.«

Dann hörte sie ihn hämisch fragen: »Keine Angst, da könnte wieder was drin sein wie beim letzten Mal?«

Sie verstand. Die Küche. Der Tee, die Brocken. Aber sie ließ sich nicht beirren, versuchte, ihren Körper zu entspannen, damit das, was sie sagen wollte, authentisch wirkte. »Ich vertraue dir«, brachte sie mit fester Stimme hervor und hielt ihren Kopf unverwandt in seine Richtung. Sie wollte, dass er ihr glaubte.

Er stutzte kurz, dann begann er laut und hemmungslos zu lachen, drehte auf dem Absatz um und ging zurück, woher er gekommen war.

Instinktiv wollte sie ihn zum Bleiben bewegen, ihm nachrufen, Zeit gewinnen, damit er sie nicht wieder allein ließ. Sie hatte unter der Isolation gelitten. Mehr als sie es sich bisher eingestanden hatte. Aber es kam kein Ton mehr aus ihrer Kehle vor lauter Angst, er könne ihre Bitte falsch verstehen. Weil sie die Konsequenzen fürchtete. Sie hörte ein ganz leises Knarren. Eine Tür. Dann hörte sie sein Gelächter, das durch einen langen Gang zu hallen schien. Er hatte die Tür offen gelassen. Also würde er wiederkommen. Andererseits konnte sie sowieso nicht abhauen. Das wusste er ganz sicher. Somit war es egal, ob sie geöffnet oder geschlossen war.

Sie dachte darüber nach, was sie gehört hatte: Als er kam, hatte sie keinen Riegel oder Ähnliches gehört. Das erklärte auch, warum sie ihn zuvor oftmals nicht bemerkt hatte. Und warum sie sich manchmal beobachtet fühlte, ihn aber nicht hörte. Durch die Tür konnte er sie beobachten, ohne dass sie seinen Atem vernahm.

Sie verharrte regungslos. Was würde nun geschehen? Sie würde nicht weiter probieren, die Fesseln zu lösen. Die Hautabschürfungen waren schon tief genug und sie wollte sich nicht selbst noch mehr Schmerzen zufügen. Keine Entzündung riskieren. Außerdem war allein ihre Körperhaltung mittlerweile schmerzhaft genug und die Kraft in ihren Armen ließ immer mehr nach.

Wieder hörte sie Geräusche. Er kam zurück. Sie versuchte, ihr Gesicht an den Schultern sauber zu reiben. Und ermahnte sich gleich für diese Reaktion. Wie tief war sie eigentlich gesunken, dass sie in dieser Lage versuchte, ihm zu gefallen? Aber vielleicht konnte sie ihn für sich einnehmen.

Er kam auf sie zu. Langsam. Er blieb direkt neben ihrem Kopf stehen. Sie konnte die Wärme seines Körpers spüren. Sie begann zu zittern. Jetzt würde es geschehen. Und sie war selbst schuld. Sie hatte ihn gerufen. Ihr ganzer Körper wollte sich entziehen, wollte seinen Blicken entgehen. Oder vielleicht seinen Händen? Wo waren sie? Wollte er sie berühren? Sie begann am ganzen Körper zu schwitzen. Was tat er? Sie fühlte sich wie eine Laborratte. Tränen schossen ihr in die Augen. Nein. Sie durfte nicht weinen. Egal was er tat. Sie hob den Kopf, versuchte Haltung zu wahren, sich so groß zu machen, wie es irgendwie ging. Ihre Würde konnte er ihr nicht nehmen.

Als weiter nichts geschah, gingen ihre Nerven durch. »Dann tu es doch, du Arsch!«, schrie sie. Aber er blieb stehen. Rührte sich keinen Millimeter. Sie hatte das Gefühl, verrückt zu werden, wenn nicht bald etwas geschah. Glitzernde Punkte hüpften vor ihren Augen auf und ab. Der ganze Raum begann sich zu drehen. Gesichter und Orte liefen vor ihrem inneren Auge ab, sie sah sich, auf einem Bett liegend, davor ein Mann, dessen Kopf im Dunkel war. Sie begann zu zweifeln, ob sie wach war oder schlief.

»Wie hast du dir das jetzt vorgestellt?«, schrie sie ihn verzweifelt an und hätte sich im selben Moment am liebsten die Zunge abgebissen. So würde sie nie ein positives Gefühl in ihm hervorrufen.

»Ganz schön freche Lippe«, er machte eine unnatürlich lange Pause, bevor er langsam mit einer seltsamen Sprachmelodie »in deiner Situation« anfügte.

In sanfterem Tonfall sprach sie weiter: »Wenn ich verspreche, dass ich wirklich nicht weglaufe, kannst du mich dann nicht einfach losbinden? Wir …«, sie zögerte, doch dann überwog die Vernunft. »Wir können uns doch ganz in Ruhe kennenlernen. Du …« Sie wollte sagen, dass er ihr ja vielleicht sogar gefiel. Wenn sie ihn nur sehen könnte. Aber es ging nicht.

»Lass den Scheiß, ja! Halt mich nicht für blöd. Ich habe keine Lust, dich loszumachen. Mir gefällt es genau so, wie es jetzt ist. Weil du jetzt mir gehörst!«

Seine Worte waren wie einen Schlag. Er würde sie nicht losbinden. Nichts würde so sein, wie sie es wollte. Gerade als die Wut in ihr hochstieg, spürte sie etwas an ihrer Lippe, sie zuckte mit dem Kopf weg, schrie auf, spürte etwas Kaltes, Feuchtes. Unsanft packte er ihren Kiefer, drehte ihr Gesicht zu sich. Sie strampelte, versuchte mit dem freien Bein nach ihm zu treten, aber er war einfach zu weit weg. Dann wieder diese Kühle, und schließlich bemerkte sie, was es war: Wasser!

Gierig öffnete sie den Mund. Sie schlabberte und leckte, verschluckte sich, wollte aber nicht aufhören, dieses kostbare Getränk in sich aufzunehmen. Eindeutig Wasser. Ihr war egal, ob etwas darin war oder nicht. Dieses Wasser bedeutete Leben. Und sie wollte überleben!

Sein spöttisches Lachen erschreckte sie. So sehr war sie vertieft gewesen, zu genießen, wie die Flüssigkeit durch ihren Körper lief, ihr Kraft spendete. Für einige Sekunden hatte sie ihre missliche Lage tatsächlich vergessen.

»Wenn du dich sehen könntest. Du bist so erbärmlich. Wie du geiferst. Jetzt schon. Noch ein paar Stunden länger und du würdest mir alles versprechen.«

Er hatte recht. Die Angst vor dem Tod dominierte sie. Sie hatte ihren Stolz und einen Großteil ihrer Würde weggewischt, machte sich zu seiner Sklavin. Deshalb hatte sie Liebe heucheln wollen. Für etwas zu Essen. Trinken. Vorhin, als sie geglaubt hatte, er würde ihr kein Wasser geben, hätte sie sogar mit ihm geschlafen.

Sie erstarrte, als sie seinen Finger auf ihrem Brustbein spürte. Jetzt würde es passieren. Sie atmete flach, obwohl ihr Herz wie wild pochte. Langsam wanderte der Finger zwischen ihren Brüsten in Richtung Bauch. Sie wünschte sich, in der Matratze versinken zu können. Aber sie konnte nicht ausweichen. Nur einen Hauch von ihrer Scham entfernt, hielt er an. Die Berührung des Fingers war genauso schnell weg, wie sie da gewesen war. Er war wie eine Schlange, die über ihr Opfer strich und den richtigen Winkel zum tödlichen Biss suchte.

Sie zog und zerrte panisch an den Fesseln, allen Schmerzen zum Trotz, bäumte sich auf und versuchte erneut mit dem freien Bein nach ihm zu treten. Ohne Erfolg. Er war immer noch außerhalb ihrer Reichweite. Ihre Bemühungen verursachten ihr lediglich einen heftigen Krampf im Bein. Und Genugtuung. Sie würde sich wehren. Sie war kein Opfer!

Er trat einen Schritt zurück. »Ich habe Zeit«, war alles, was er sagte. Dann ging er zur Tür. Dort hielt er noch einmal inne, warf ihr ein dickes Stück Brot mitten in ihr Gesicht, sodass sie erneut aufschreckte und spitz schrie.

Dann fiel mit einem Knall die Holztüre zu, sie hörte das Klacken eines Schlosses und seine langsam verhallenden Schritte.

33. Kapitel

2. August 2014

Du bist wütend! Du schäumst! Dieses Weibsstück! Was für eine einfältige Kuh! Was glaubt die eigentlich? Ruft dich wie einen Dienstboten und dann sollst du springen: Zimmerservice frei Haus. Ein Glas Wasser heute – und was will sie morgen? Ein Drei-Gänge-Menü? Was denkt die sich? Die tickt doch nicht ganz sauber. Kommt das noch einmal vor, steckst du ihr den Knebel wieder rein. So tief, dass sie an ihrer Kotze erstickt, keine Luft mehr bekommt.

Diese Dreistigkeit lässt du dir nicht gefallen! Ungehörig ist das. Absolut nicht akzeptabel. Du hättest sie längst schon irgendwo ausgesetzt, wenn ihr Körper nicht so schön wäre. Mitten in den Wäldern würde sie so schnell keiner finden. Die Viecher dort würden sich freuen über einen solchen Happen. Vor allem, wenn sich die Beute nicht bewegt, nicht mehr laufen kann. Die Ratten würden an ihr nagen. Und hätten nicht das Erbarmen, erst dafür zu sorgen, dass sie tot wäre. Oh, nein. Die würden sich sofort satt essen. An ihrem Gesicht, ihren Brüsten. Und sie würde sie noch dabei ansehen. Ein langsamer, quälender Tod.

Aber nein, das ist noch zu früh. Oder nicht? In den ersten Stunden hättest du dich gleich bedienen sollen. Da machte sie dich an. Oder später, als sie sich gegen die Fesseln gewehrt hat. Sogar als sie bewusstlos war. Jetzt tut sich nichts mehr. Nada. Tote Hose. Liegt nur noch rum.

Die beobachtet dich, das raffinierte Stück. Glotzt dich an. Die heckt was aus. Das merkst du. Bist ja nicht dumm.

Aber du wirst ihr eine Lektion erteilen. Der wird das Gaffen schon noch vergehen. Mittlerweile würde die mitmachen. Die hätte viel zu viel Angst, du könntest ihr wehtun. Oder schlimmer noch: dass du sie tötest.

Interessanter Gedanke. Du könntest sie verletzen. Jederzeit. Und es würde dir Freude bereiten. Ja. Das ist es, was du immer gesucht hast. Alle schreien nach einem Haustier. Wollen einen Hund. Blödsinn! Weil sie nicht wissen, wie es ist, einen Menschen zu haben. Das ist das einzig Wahre! Allein, dass du weißt, dass sie da liegt.

Nur große Männer können herrschen. Du würdest nun über sie regieren. Entscheiden, ob für sie Tag ist oder Nacht. Ob es Essen gibt oder nicht. Wäre sie großherzig, dann würdest du ihr Gutes tun. Oder auch nicht. Denn du kannst machen, was du willst. Zuckerbrot oder Peitsche. Ganz egal. Du bist ihr Anfang und ihr Ende. Du könntest sie auch fett werden lassen. Mästen wie eine Gans. Alles rein stopfen. Und sie dann schlachten.

Aber etwas stimmt nicht mit der. Du traust der nicht. Kennenlernen will sie dich. Pah! Heuchlerin, verdammte. Die würde dir ewige Liebe schwören. Aber halten wird sie nichts. Weglaufen will sie – das ist alles. Eine Strafe hätte sie verdient. Das Dreckstück.

Vielleicht solltest du sie jemandem schenken. Du bringst ihn zu ihr, sie liegt gefesselt da mit einer Schleife um den Bauch. Einem, der lange keine mehr aus Fleisch und Blut hatte. Wenn man auf solche Weiber steht. Hält sich für oberschlau. Nichts regt sich da bei dir. Gar nichts.

Besser wäre eine, die Angst hat. Eine, die keine andere Wahl hat. Die bettelt. Aber was machst du mit der da unten? Vielleicht solltest du sie das Fürchten lehren.

Musst aber nichts tun. Kannst sie auch einfach da unten verschimmeln lassen. Merkt keiner. Die ist jetzt schon vier Tage hier und niemand ist aufgetaucht, um sie zu retten. Bernd hat dir erzählt, dass sie so anders ist. Kaum Freunde, keinen Kontakt zur Familie. Perfekt! Das hat sie nun davon.

Aber das würde übel riechen, wenn du sie liegen lässt. Sie stinkt ja jetzt schon gewaltig. Weg ist die kleine Frau Saubermann. So schnell geht das. Und du weißt, was nach dem Gestank kommt. Krankheit. Tod.

Als sie gepinkelt hat, da hast du sie geliebt. Wahrhaftig. Aber das war zu kurz. Vielleicht pinkelt sie dich an, wenn du ihr sagst, dass du sie dann losmachst?

Oder Du beschmutzt sie. Du solltest ihre Exkremente nehmen. Sie damit einschmieren. Von oben bis unten. In jede Körperöffnung hinein. Dann wäre er weggewischt, der Engel. Verdorben und dreckig, von oben bis unten. Die Vorstellung macht dich richtig geil.

Oder du bietest ihr ihre eigene Pisse zu trinken an, wenn sie dich das nächste Mal zu sich zitiert. Recycling wäre das, jawohl. Nichts verschwendet. Dann bittet sie dich sicher nicht noch einmal um ein Getränk.

Oder du machst sie zu deiner Sklavin. Zum Putzen. Kochen. Dann wird sie ihren Hochmut schon verlieren. Ihre Arroganz. Dummes Stück.

Jetzt bleibt sie erst mal da unten. Ohne Essen. Ohne Trinken. Dann sehen wir weiter. Vielleicht ist heute einfach nicht dein Tag. Du solltest in die »Kleine Kneipe« gehen.

Diese Schlampe vergessen. Wagt die es dich herumzukommandieren! Nicht noch einmal.

Das würdest du ihr schon beibringen. Die wird schon sehen, was sie davon hat.

34. Kapitel

18. September 2014

Ulrike erwachte aus einem furchtbaren Traum: Ihre Tochter hatte inmitten eines finsteren Abgrunds gesessen. Sie konnte sie weit unten sehen, aber es führte kein Weg zu ihr hin. Steil ab fielen die Wände. Es schien, als würde der Boden mehr und mehr absinken, Jule immer weiter hinabgezogen werden. Flehentlich hatte sie die Arme nach ihr ausgestreckt, das Entsetzen war in ihrem blassen Gesicht deutlich zu sehen. Ulrike war dutzendfach um den Rand gelaufen, auf der Suche nach etwas, das eine Befreiung ermöglicht hätte, rief nach Hilfe, konnte aber den Blick nicht von dem geliebten Gesicht abwenden, das langsam zu verschwinden drohte.

Ulrike wischte sich mit beiden Händen durch ihr Gesicht, wurde die Bilder aber auch dadurch nicht los. Nur mit Mühe begriff sie, wo sie sich befand: in Jules Wohnung, in Jules Bett. Ihr Rücken schmerzte. Als sie die Stelle massieren wollte, bemerkte sie, dass ihr Nachthemd völlig von Schweiß durchtränkt war.

Sie stand auf, zog das nasse Kleidungsstück aus und stellte sich unter die Dusche. Vielleicht würde das helfen. Als das warme Wasser wohltuend über ihren Körper lief, entspannte sie sich langsam. Abrupt drehte sie den Wasserhahn auf die kälteste Stufe. Nein, sie wollte nicht locker werden. Das Wasser schmerzte auf ihrem Körper, aber genau das wollte sie. Sie wollte nicht erneut in diese Lethargie verfallen. In die Hoffnungslosigkeit.

Sie drehte das Wasser ab, nahm sich ein Handtuch und trocknete sich ab. Dann föhnte sie rasch ihre Haare, nahm eine Hose aus ihrer Tasche und zog ein T-Shirt darüber. Anschließend ging sie zu Jules Kleiderschrank. Sie fasste die Griffe, schloss die Augen und zog sie mit einem Ruck auf. Der Geruch ihrer Tochter haftete den Sachen noch immer an. Beinahe hätte sie durch diesen Duft wieder die Fassung verloren. Aber sie schluckte die Tränen herunter und begann, den Inhalt mit den Bildern zu vergleichen, die an Jules Pinnwand hingen. Vielleicht würde sie so herausfinden, ob ihre Tochter verreist war oder ob sie unfreiwillig ihre Wohnung verlassen hatte. Mit dieser Beschäftigung würde sie die nächsten Stunden verbringen, bis der Morgen anbrach. Danach wollte sie Annette anrufen und sie bitten, zu kommen, um den Rest der Wohnung zu durchsuchen. Sie brauchte die Kraft der anderen, um den nächsten Schritt zu gehen. Sie durfte nicht länger Rücksicht darauf nehmen, was ihre Tochter sagen würde. Sie musste endlich aktiv werden. Nicht einfach nur schluchzen und hoffen, die Polizei oder sonst jemand nähme ihr das alles ab. Dadurch änderte sich nichts. Der Traum war wie ein Weckruf gewesen. Sie hatte bis heute viel zu wenig getan. Das musste sich ändern.

Annette war mit ihrem Wagen unterwegs zur Wohnung in der Baaderstraße. Sie trug ihre schwarze Baseballmütze, Fleecepulli und Lederjacke, denn sie ließ es sich auch bei der morgendlichen Frische nicht nehmen, offen zu fahren. Nur wenn es regnete, schloss sie das Verdeck. Sie liebte diese Fahrten im Wind. Es machte sie wach und sie konnte ihre Gedanken schweifen lassen. So kamen ihr die meisten Ideen. Frau Ziegler hatte vorhin am Telefon längst nicht mehr so verzweifelt geklungen. Aber sicher blieb sie weiterhin unselbstständig. Die Frau hatte nichts weiter getan, war vor lauter Angst wie gelähmt, hatte nur in der Wohnung gesessen, gegrübelt und gewartet. Unvorstellbar! Annette fragte sich, wie ein solcher Mensch mit dem Leben klar kam. Die Welt war so unglaublich schnell geworden, dass man sich schon mit Selbstbewusstsein, Elan und klaren Vorstellungen kaum darin zurechtfand. Aber eine Frau wie Ulrike Ziegler musste von jedem Zwischenfall schier überrollt werden. Sie konnte sich kaum vorstellen, wie diese verzweifelte Frau bisher mit dieser Situation fertig geworden war. Nach Jules Vater hatte Annette erst gar nicht zu Fragen gewagt, aus Angst, damit noch eine Baustelle aufzutun. Vermutlich war sie verlassen worden, was Annette dem Kerl nicht verübeln konnte. Ulrike Ziegler war wie ein Kind, das man stets anleiten und motivieren musste.

Gerade deshalb konnte Annette diese Frau nicht einfach ihrem Schicksal überlassen und nahm die Scherereien in Kauf, die zwangläufig im Büro entstehen würden. Sie hoffte nur, die Sache war es wert. Egal. Paragraphen hin oder her. Sie würde Gigi gleich eine Mail schreiben und sich mit ihm für den Abend verabreden. So hätte sie diesen Tag für den Fall Ziegler und könnte sicher einiges bewirken. Vielleicht wäre sie dann morgen schon wieder an Ort und Stelle.

Annette betrat die Wohnung, durch die ein frischer Kaffeegeruch zog, und hängte ihre graue Lederjacke auf. Dann folgte sie Ulrike in die kleine Kochecke, in der sie nun schon zum zweiten Mal saß. Ulrike hatte stocksteif ihr gegenüber Platz genommen. Sie hatte zu wenig geschlafen, sah aber trotzdem erstaunlich gepflegt aus. Wahrscheinlich konnte sie gar nicht anders. Es gab solche Menschen, die immer aussahen, als seien die Hosen frisch gebügelt und gestärkt.

Annette seufzte und nahm sich die bereit gestellte Milch, um sie in ihren Kaffee zu schütten. Ohne die würde sonst wieder ihre Magenschleimhaut zwicken. Ein lästiges Übel, das ihr zeigte, dass sie nicht mehr zu den Allerjüngsten gehörte. Als sie aufsah, merkte sie, wie Ulrike sie irritiert anschaute. Mist! – das Pistolenhalfter.

»Achten Sie gar nicht drauf. Stellen Sie sich einfach vor, es wäre nur ein Spielzeug. Alles eine Frage der Gewohnheit.«

»Ich werde es versuchen«, hauchte Ulrike.

Annette drehte sich etwas seitlich und fragte betont locker: »Was haben Sie denn inzwischen herausgefunden? Gibt es etwas Neues?«

»Ja! Ich habe ihre Sachen durchgesehen.« Bewegung kam in die Frau und sie strahlte über das ganze Gesicht. Annette erinnerte sie in diesem Moment an das kleine Nachbarsmädchen, das sich nach der Schule um ihren Hund kümmerte. »Es scheinen wirklich einige Dinge zu fehlen. Jedenfalls sind sie nicht da. Also …«

»Sie haben also festgestellt, was Jule eingepackt hat? Sehr gut! Waren es denn eher Sachen für den Süden?«

Ulrike sah sie verständnislos an.

»Na, ich meine Bikini, T-Shirts, kurze Hosen?«

Wieder schien ihr Gegenüber in sich zusammenzusinken. »Ich weiß es nicht. Das kann ich nicht sagen. Ich habe nur die Bilder an der Pinnwand angesehen. Und dann geschaut, ob die Sachen im Schrank sind. Einige sind da. Andere fehlen, aber ein Bikinifoto war nicht dabei.«

Annette lenkte ihren Blick zu der Tasse und nahm erneut einen Schluck. Sie zählte dabei innerlich bis zehn. Sie würde Geduld brauchen heute. Nicht gerade eine ihrer Stärken.

»Wissen Sie denn, wie alt die Fotos sind?« Ulrike schüttelte den Kopf und sah sie irritiert an. »Wissen Sie Frau Ziegler, das ist schon toll, was sie gemacht haben, aber wenn die Fotos ein paar Jahre alt sind, dann hat ihre Tochter die Sachen vielleicht getauscht, zur Altkleidersammlung gegeben oder wer weiß wohin getan. Entschuldigen Sie, dass ich frage, aber haben Sie denn überhaupt geschaut, ob alles vollständig ist?«, fügte sie sanfter hinzu.

»Aber das kann ich doch gar nicht sagen. Ich hab sie doch höchstens zwei Mal im Jahr gesehen. Und da habe ich doch nicht ihren Kleiderschrank durchsucht. Das macht man nicht, schon gar nicht als Mutter.«

Da hatte sie auch nun wieder recht. Annette fragte sich, ob sie auf Anhieb sagen könnte, ob im Kleiderschrank eines Freundes etwas fehlte. Vermutlich nicht.

»Okay, aber das können wir überprüfen. Diese Lena, die war doch ihre beste Freundin. Die rufen wir uns heute her. Mädchen sehen so was und die kann uns bestimmt sagen, ob etwas fehlt.«

Ein Strahlen ging über Ulrikes Gesicht und Annette sah, wie die Hoffnung die Frau sofort aufleben ließ. Wie eine vertrocknete Pflanze, die Kraft aus ein paar Tropfen Wasser zog. Dabei wusste Annette nur zu gut, dass diese Aktion ihnen vermutlich auch keinen Aufschluss geben würde, wo sich Jule befand. Aber es war ein Anfang.

Annette betrachtete die Fotos an der Pinnwand. Ein fröhliches, selbstbewusstes Mädchen. Auf den ersten Blick kein problematisches Kind, das seinen Eltern Sorgen machen würde. Sie sah aber auch, dass die Mutter sich die Mühe hätte sparen können, nach den Klamotten zu schauen. Die Fotos waren schon älter, was man deutlich an der Mode sah. Wenn man sich auskannte, was Ulrike offenbar nicht tat. Annette betrachtete die restlichen Sachen. Daneben hing ein Bierdeckel mit allerlei witzigen Kommentaren, der Handschrift nach von einem Mann und einer Frau abwechselnd geschrieben. Alte Eintrittskarten von Kinofilmen, eine Kette, die sie sicher als Kind getragen hatte. Dinge, die Jule aufbewahrt hatte, weil sie an schöne Momente erinnerten.

»Hat ihre Tochter Freunde in der Eifel?«, fragte Annette und bog die Ansichtskarte hoch, die im Zentrum der Pinnwand hing. Sie war nicht beschriftet. »Oder hatte sie dort zu tun?«

»Nicht, dass ich wüsste. Eigentlich ist sie eher der Typ für den Süden, denke ich – Sonne, Strand, Meer. Aber Jule verreist generell gerne. Tim hat gestern Abend noch angerufen, weil er glaubt, sie könnte vielleicht in Berlin sein.«

»So? Wie kommt er darauf? Kennt Jule dort jemanden?«

»Er meinte, sie hätte immer so von der Stadt geschwärmt.

Aber wenn es danach geht, dann könnte sie überall sein. Jule findet so viele Dinge interessant: Landschaften, Menschen, Geschichte, Museen. Sie unternimmt gerne was und es scheint sie nie anzustrengen.«

»Wann hat sie denn zuletzt Urlaub gemacht?«

»Im April. Mit Tim. Sie waren auf Mallorca in den Bergen und Jule schwärmte so sehr von der dortigen Natur. Das Wetter war zwar wechselhaft, aber die Insel hat ihr ganz fantastisch gefallen. Sie wollte unbedingt bald noch einmal hin ...«

Annette hörte den lebhaften Reiseberichten nur noch mit halbem Ohr zu und bog vorsichtig die Karte erneut hoch. Darunter hatte ein Schnipsel ihre Aufmerksamkeit erweckt, der abgerissen war und auf dem etwas stand. Vielleicht eine Adresse oder eine Telefonnummer. Sie nahm die Karte ab und legte sie auf das Sideboard. Leider war es nur ein Spruch: »Wende dein Gesicht immer der Sonne zu, dann fallen die Schatten hinter dich.«

War das Mädchen vielleicht doch verreist? Konnte Jule vielleicht in die Berge gefahren sein? War ihr dort ein Unfall passiert? Von München aus wäre das kein ungewöhnliches Ziel und offenbar mochte das Mädchen Gebirge. »Wo bewahrt Jule denn ihre Gepäckstücke auf?«

»Sicher im Keller, wo sonst. Herrje, da war ich noch gar nicht!« Ulrike schüttelte verzweifelt den Kopf und schlug die Hände vor ihr Gesicht. »Meinen Sie, sie ist dort ...«

»Kommen Sie, Frau Ziegler. Wir gehen jetzt runter und schauen gemeinsam nach. Vielleicht finden wir dort einen Hinweis.« Annette nickte der Frau aufmunternd zu und schob sie in Richtung Tür. Ulrike Ziegler war kreidebleich und sah aus, als würde sie befürchten, im Keller eine Leiche zu finden. Annette nahm verschiedene Schlüssel vom Bord und steckte sie in die Hosentasche. Einer würde sicher passen. Frau Ziegler konnte sie schlecht fragen, welcher der Kellerschlüssel sei, denn dann wäre sie bestimmt erneut in Tränen ausgebrochen. Annette begann zu verstehen, warum Jule sich von ihrer Mutter zurückgezogen hatte. Sie war zwar unglaublich lieb und kümmerte sich sicher rührend um die Menschen in ihrem Umfeld. Aber sie war keinerlei Unterstützung, wenn jemand in Schwierigkeiten geriet, egal welcher Art diese waren. Man fühlte sich eher schuldig, wenn man sie mit eigenen Sorgen behelligte. Auch Annette hatte sich immer eine liebevolle Mutter gewünscht, die wie ein Fels in der Brandung stand und in jeder Lebenslage für ihre Kinder da war. Aber man bekam nicht immer, was man sich wünschte.

35. Kapitel

3. August 2014

Du bist es leid. Dieses Weib. Konntest dich nicht beruhigen gestern. Du wolltest einen schönen Abend. Vergessen, was diese Göre von dir wollte. Ein paar Biere und Schnäpse. Da lallt dich der Typ voll, dass er ihre Mails vermisst. Dummkopf. Der ahnt nicht einmal, dass sie noch ganz nah ist. Du hast ihn angeschrien. Hast ihn gefragt, ob er wirklich glaubt, dass sie ihn liebt. Ob er nicht ihre Blicke gesehen hätte. Das stimmt nicht, brabbelte er. Sie hat es mir geschrieben. Und sie ist gekommen, hat er gesagt. Blind ist der! Und dumm! Das war zu viel, dieses Liebesgefasel.

Du bist aufgestanden. Ohne ein Wort. Und nach Hause gerast. Du wusstest genau, was zu tun war.

Kein anderer würde die mehr bekommen. Sie ist dein, verdammt! Du bist in den Stall gelaufen. Hast ein Feuer gemacht. Hast das Eisen reingehalten. Kanntest das von den Gäulen, die es früher hier gab. Mittlerweile ist das verboten. Aber du weißt, wie es geht. Das würde auch bei Engeln funktionieren.

Dann bist du runter in den Keller, hast ihr freies Bein gepackt und sie so gedreht, dass du ihren Arsch vor dir hattest. Hast dich auf das Bein gesetzt. Da hat sie geschrien. Obwohl noch gar nichts war. »Warte ab, gleich vergeht dir deine Eitelkeit!«, hast du gebrüllt und ihr dabei das glühende Eisen in das Fleisch gepresst. Ging glatt durch die Kleidung durch. Bei den Gäulen hat das anders gerochen. Die hier stank wie Barbecue, feinstes Filet. Hast das Eisen noch mehr rein gedrückt. Dann war sie still. Endlich.

Jetzt wusste sie, was Sache war. Wer hier das Sagen hatte. Dann hast du ihr die Binde von den Augen gerissen, damit sie sieht, wer ihr Herrscher ist. Hast auf deine Brust geschlagen. »Du gehörst mir!«, hast du gebrüllt.

36. Kapitel

6. August 2014

Sie betrachtete die Risse und Flecken in der Decke, die mittlerweile zu einer neuen Landkarte für sie geworden waren. Täglich erfand sie neue Bezeichnungen für die Meere und die Kontinente. Frustistan war ihr Lieblingsname.

Die Horrornacht ging ihr noch immer nach. Sie hatte Schüttelfrost und sicher auch Fieber. Aber schlimmer noch war die Angst. Sie kroch in ihre Glieder, war ihr ständiger Begleiter. Lähmte sie. Sie schrak aus wirren Träumen auf, roch wieder diese Mischung aus verkohltem Stoff und Fleisch. Der Geruch hatte sich in ihre Schleimhäute genauso eingebrannt wie das Zeichen in ihre Haut. Er hatte sie gebrochen. Innen und außen. Sie wusste nicht, was bei der brutalen Drehung mit ihren Armen geschehen war. Den linken spürte sie seither nicht mehr. Auch in der Hand hatte sie kein Gefühl mehr. Lange hatte sie versucht, den Druck auf die schmerzende Stelle an ihrem Po zu vermeiden. Sie brannte wie Feuer. Aber die Krämpfe in Armen und Beinen zwangen sie irgendwann, sich doch darauf zu legen. So oft es ging, hielt sie die Hüfte hoch, damit die Wunde trocknen konnte. Ihre einzige Chance, nicht auch noch eine heftige Entzündung zu bekommen. Inmitten ihrer eigenen Exkremente.

Er hatte sich immer nur nachts in den Raum geschlichen, um ihr ein Stück Brot oder einen Apfel zu bringen – vermutlich, weil er gaffen und sich seinen merkwürdigen Fantasien hingeben wollte. Jetzt wurde sie jedes Mal von seinen Schritten wach, stellte sich aber schlafend. Sie wollte ihn nicht ansehen müssen, seinen Blicken nicht standhalten. Bereits jetzt wünschte sie sich die Augenbinde zurück. Wenn sie mit zusammengepressten Augen dalag, versuchte, ihren Körper entspannt aussehen zu lassen, hörte sie ihn stoßweise atmen, kichern. Sie wollte am liebsten in die letzte Ecke kriechen, wie eine Maus in der Wand verschwinden. War er weg, fiel sie erleichtert in einen unruhigen Schlaf, froh, dass er nicht erneut über sie hergefallen war.

Gleichzeitig hatte sein brutaler Übergriff dafür gesorgt, dass sie sich mit der Leere in ihrem Bauch abfinden konnte. Die Schmerzen lenkten sie ab. Entweder war das unablässig nagende Hungergefühl vergangen – oder es quälte sie einfach nicht mehr. Gab es solche Mechanismen? Halfen sie Menschen, derlei Notlagen zu überstehen? Sie klammerte sich voller Hoffnung an diesen Gedanken. Obwohl sie sich immer wieder fragte, wieso sie weiter am Leben hing. An diesem Leben.

Wenn sie etwas aß, tat sie das eher mechanisch und nicht aus Lust oder Hunger. Danach rumpelte ihr Bauch entsetzlich, so als würde der Darm einen Kampf mit der Nahrung durchführen. Das war der einzige Vorteil davon, dass er sie so kurz hielt: Sie musste nicht so oft in die Hose machen. Es war jedes Mal wieder schrecklich und sie versuchte so lange wie möglich, dem Drang zu widerstehen. Bis sie irgendwann Krämpfe bekam und das Unvermeidliche zuließ. Ihr blieb keine andere Wahl, eine Verstopfung wäre ihr sicherer Tod. Er würde niemals einen Arzt rufen, ließe sie eher hier verrecken.

Überleben blieb das Wichtigste. Obwohl das hier eigentlich kein Leben war. Ihre Wunde eiterte und pochte. Sie fühlte sich fiebrig, hatte Angst, dass längst eine Blutvergiftung in ihrem Körper tobte. War es besser, so zu sterben? Sie wusste nicht, was er das nächste Mal tun würde. Und auch nicht wann.

Der Durst machte ihr immer noch zu schaffen. Ihre Lippen waren aufgesprungen und wund, ihre Kehle so trocken, dass auch sie schmerzte. Manchmal, wenn sie aufwachte und Essen sah, passierte es: Wie beim Pawlowschen Hund lief ihr dann das Wasser im Mund zusammen. Sie genoss, wenigstens für eine Weile diese Feuchte in ihrem Mund zu fühlen.

Ihr Kopf hämmerte, was sicher auch damit zusammenhing, dass sie zu wenig trank. Sie dämmerte immer wieder weg und brauchte deutlich länger, um wirklich wach zu werden. In diesem Zustand konnte sie manchmal nicht mehr sagen, ob sie geträumt hatte, etwas zu trinken, oder ob er tatsächlich da gewesen war und ihr Wasser gegeben hatte.

Im Wachzustand begann ihr Herz nun oft zu rasen. Dann bekam sie kaum Luft, japste und hustete. Hätte sie in diesen Phasen noch den Knebel im Mund gehabt, wäre sie sicher erstickt. Manchmal wünschte sie, es wäre so.

Dass sie ihr Gefängnis jetzt begutachten konnte, machte es nicht besser. Den Blick auf das Brandeisen, das er achtlos in den Raum geworfen hatte, vermied sie. Ab und zu hüpften bunte Lichter über die Wände. Sicher gaukelte ihr da die Fantasie etwas vor. Oder ihre Augen hatten Schaden genommen. Ansonsten gab es nur die Spinne oben in der Ecke, die in einem dichten grauen Netz lag. Sie war genauso still wie sie. Verharrte, wartete. Oder sie war ihr einen Schritt voraus und lebte nicht mehr.

Wie gerne hätte sie sich wie ein Embryo zusammengerollt, um sich selbst ein wenig Trost zu spenden, wenn sie von ihrem Selbstmitleid überrollt wurde. Selbst das war ihr verwehrt. Ihre Arme und Beine spürte sie kaum noch. Vor Kurzem war da noch ein unangenehmes Kribbeln gewesen, mittlerweile aber waren ihre Gliedmaßen völlig taub. Sie fragte sich, ob sie sie je wieder richtig bewegen könnte.

Nein. Sie durfte nicht aufgeben, musste fit bleiben, sich bewegen, sich schützen. Wenn es dir Kraft zuließ, trainierte sie ihr freies Bein. Trotz der beißenden Wunde. Sie zog es an, streckte es, winkelte es an, hob die Hüfte. Zählte langsam die Beugen mit. Oder sie hielt es sekundenlang knapp über der Matratze. Das ging nicht oft. Dennoch sah sie deutlich den Oberschenkelmuskel, der sich spannte. Kräftiger wurde. Vielleicht half ihr der irgendwann, wenn es darauf ankam.

Ihre Tage erhielten langsam eine Struktur. Sie schlief, sie aß, sie trainierte. Dadurch wurde ihre Lage erträglicher. Und noch etwas half ihr, gab ihr Trost: Wenn sie summte. So wie sie als Kind gesungen hatte, wenn sie auf dem Nachhauseweg in der Dämmerung Angst verspürt hatte. Ihre eigene Stimme half ihr, sich wie ein Mensch zu fühlen. Vor allem die Melodien alter Wiegenlieder. Der monotone Klang brachte sie in einen Zustand der Leichtigkeit, trug ihre Gedanken fort aus dem tristen Kellerloch. Dann wurden die Albträume weniger. Stattdessen träumte sie sich in ihre Kindheit zurück, in der eine Spieluhr »Guten Abend, gute Nacht« gespielt hatte, wenn sie abends im Bett gelegen hatte und schlafen sollte. Sie fühlte dann eine Art von Geborgenheit.

Jule hatte auch begonnen, mit sich selbst zu sprechen. Am Anfang hatte sie nur geschrien. Ihre Wut hatte einen Ausweg gebraucht. Mittlerweile hatte sie dieses sinnlose Gebaren aufgegeben. Sie erzählte Märchen nach, Geschichten, die sie mit einer besseren Zeit verband. Und die ihr den Glauben gaben, sie würde dorthin zurück gelangen.

Immer wieder schwankte sie zwischen Hoffnung und Resignation. Beide hatten ihre Verlockung. Der Tod, der näher schien als die Rettung, hatte dennoch etwas Absurdes. Sie war doch noch so jung! Wenn sie überlegte, es einfach geschehen zu lassen, sich einfach umzubringen, dann spürte sie neue Kraft. Widerwillen. Also musste es einen Weg geben. Hier raus. Sonst hätte das alles keinen Sinn.

Dass sie gerettet würde, konnte sie jedoch selbst kaum noch glauben. Sie wusste, dass bei vermissten Personen die ersten Tage entscheidend waren. Wenn sie da nicht gefunden wurden, dann tauchten sie irgendwann tot wieder auf. Oder man fand sie gar nicht mehr. Aber da niemand das Ziel ihrer Reise kannte, brauchte sie darauf ohnehin nicht zu hoffen.

Hätte sie doch wenigstens ihrem Nachbarn eine Nachricht hinterlassen! Er war nicht da gewesen, als sie klingelte, und sie war in diesem Moment zu faul gewesen, noch einmal die Tür aufzuschließen, um rasch einen Zettel zu schreiben. Das war nun die Quittung dafür, dass sie immer ihr Ding gemacht hatte. Sie war grundsätzlich gerne unter Leuten, aber sie konnte sich auch gut alleine beschäftigen. Viel zu wenige Menschen hatte sie wirklich in ihr Leben gelassen. Jetzt, da sie in vollkommener Isolation gefangen war, erkannte sie, dass dieser Weg der falsche gewesen war.

Sie schwor sich, ihre Arme weit zu öffnen, sollte sie je lebend entfliehen können. Sie würde Einladungen aussprechen, von sich erzählen, neue Kontakte suchen. Und eine bessere Auswahl treffen als zuvor. Hatte sie nicht immer geahnt, dass ihre Freundin Lena im Grunde eine Schlange war? Dass diese Freundschaft nicht von Dauer sein konnte? Sie war ihr gegenüber immer voreingenommen gewesen. Bei Tim war es anders. Ihn hatte sie aufrichtig geliebt, ihm blind vertraut. An dem Abend, der in einem Handgemenge vor ihrer Haustür geendet hatte, war sie geneigt gewesen, ihm zu verzeihen. Dennoch hatte ihr Stolz gesiegt. Darum war sie hierher gefahren. Weil sie es Tim hatte heimzahlen wollen. Total bescheuert! Nur sich selbst hatte sie damit geschadet, war selbst schuld an dieser Scheiße.

Nachdem sie erkannt hatte, wer sie gefangen hielt, hatte sie noch auf Bernd gehofft. Hatte gedacht, er würde kommen, um sie zu befreien. Aber sie war immer noch hier. Steckte er mit Mike unter einer Decke? Oder war er ihre letzte Hoffnung?

37. Kapitel

7. August 2014

Du bist gelangweilt. Und gleichzeitig bis in die Haarspitzen gespannt. Sie macht dich einzigartig. Nicht jeder hat so eine Gefährtin!

Aber wenn du bei ihr bist, dann widert sie dich an. Sie schläft so fest, dass sie nicht merkt, wenn du bei ihr stehst. Sie trinkt automatisch, wenn du ihr die Flüssigkeit in den Mund laufen lässt. Wie ein Baby, voller Vertrauen. Das macht dich rasend! Leiden soll sie. Deine Ruhe ist weg, aber sie schläft den Schlaf der Gerechten. Du hättest Lust, sie zu schlagen. Du hebst die Hand. Das wäre das Beste. Sie zu bestrafen für ihren Gleichmut.

Sie schreit nicht mehr. Du stehst vor der Tür. Willst dich aufgeilen. Dann hörst du es. Sie singt. Leise zwar, aber es ist eindeutig ein Lied. Ein Kinderlied. Du kennst es. Du erinnerst dich.

Du bist in den Wald gelaufen. So lange, bis du Seitenstiche hattest. Und die Lunge schmerzte. Wegen ihr. Wie kann die singen? Der soll es schlecht gehen! Heulen soll sie! Betteln. Winseln. Aber nicht singen!

Woher nimmt die diese Ruhe? Hat sie doch jemandem erzählt, dass sie zu dir fährt? Das kann nicht sein. Darf nicht sein. Du musst sie loswerden.

Sie hat dir deinen Frieden gestohlen. Du hast nicht mal Lust, noch deine Sachen zu wechseln. Seit Tagen schon hast du diese Klamotten an. Du sitzt da, und ritzt deine Haut am Unterarm ein, in der Beuge, wo es weh tut, bis es blutet. Das hast du schon lange nicht mehr gemacht. Und jetzt kommt die und es geht wie-

der los. Sicher wird auch dein Gesicht wieder schmerzen. Und die ist schuld daran!

Etwas musst du tun. Nur was? Du liegst im Gras und blickst von der Anhöhe in das Tal hinunter. Dort sind keine Bäume. Sanft schwingen sich die grünen Hügel im Sonnenlicht. Du siehst einen Bus die Straße lang fahren. Da sind Touristen drin. Die laufen und staunen über die Natur. Die Ursprünglichkeit. Du könntest ein Schild aufstellen und sie in den Keller holen. Besichtigung ab 15 Uhr. Deine Trophäe im Keller vorführen. Was die wohl sagen würden zu diesem Leckerbissen? Du könntest Geld nehmen. Dann wäre die endlich zu was nutze. Wenn sie dir schon keine Befriedigung bringt.

Das ist es. Sie sollte etwas tun. Für dich. Und dann wird es dir klar. Du setzt dich auf. Siehst es vor dir. Sie soll dienen.

Für dich arbeiten. Du wirst sie als Sklavin halten. Nicht für Sex. Sie soll deine Sachen waschen. Soll Essen machen. Warum musst du das tun? Du bist viel zu gut für so was. Die soll das machen. Nur sehen darf sie keiner. Aber wer kommt schon zu dir. Keiner wird kommen.

Du musst nur eine Möglichkeit finden, dass sie nicht wegläuft. Du könntest den Boden aufschlagen. Einen Ring einbetonieren. So wie man es für Stiere macht im Stall. Und dann bindest du sie mit einer Kette an. Die muss stark sein. Denn die ist raffiniert. Abhauen darf die nicht.

Aber die ist schon wieder dünner geworden. Wenn die weiter so wenig isst, hat die bald gar keine Kraft mehr. Und die lässt sich immer Zeit, wenn du ihr etwas gibst. Fällt nicht darüber her, sondern teilt sich das ein. Etepetete ist die.

Du gehst schnell zurück zum Haus. Willst gleich mal schauen. »Fesseln« gibst du ein. Und die Suchmaschine spuckt tatsächlich was aus. Und gleich tut sich was in den Lenden. Du bist wieder voll da. Weißt endlich, was zu tun ist. Gibst »Ketten« ein. Nein, nicht Schmuck. Schwachsinn! Die hat doch keine Geschenke verdient, die Schlampe! Du korrigierst: »in Ketten legen« – ja, das bringt dich in Fahrt! Eine Frau, angebunden, wehrlos. Gierst nach den Bildern. Du klickst weiter. Und eine Idee formiert sich in deinem Hirn. Ein genialer Gedanke, der dir schon längst hätte kommen sollen. Besser spät als nie.

Nun musst du die da unten versorgen. Damit es weitergehen kann.

Teil zwei der Geschichte. Und in dem kommst du zum Zuge. Endlich!

38. Kapitel

18. September 2014

Ulrike Ziegler drehte sich um und schaute noch einmal in den chaotischen Kellerraum. Während sie mit Annette Kirchgessner die Treppe hinuntergegangen war, war es ihr vorgekommen, als würde sie jede Stufe tiefer ziehen. Wieder und wieder kam ihr der nächtliche Traum in den Sinn. Sie hatte nie darüber nachgedacht, dass Jule einfach im Keller gestürzt sein könnte. War das die Botschaft gewesen? Sollte die Erklärung so simpel sein, warum Jule sich bis heute nicht gemeldet hatte? Weil sie verletzt war? War sie einfach gestürzt? Sie war so erleichtert, dass ihre Knie kurz nachgaben, als im Keller keine böse Überraschung auf sie wartete. Etwas in ihr hatte sich bis heute geweigert, hinzusehen, konkret zu werden. Sonst hätte sie längst alle Krankenhäuser abtelefonieren müssen. Oder hätte bei der Polizei sitzen bleiben müssen, bis sich jemand des Falles annahm.

Aber das alles hatte sie nicht getan, weil sie immer noch hoffte, Jule würde frisch und munter um die Ecke biegen und alle Sorgen wären weggewischt. So wie es der Beamte gesagt hatte. So wie es in vielen Fällen war. Die wenigsten endeten tragisch, das hatte auch die Kommissarin gesagt.

Ulrike wüsste nicht, was sie ohne Annette Kirchgessner getan hätte, die ihr einfach Dinge zuteilte, die zu erledigen waren. So war sie auch jetzt mit einer Aufgabe betraut worden, während Annette zu Jules Chef und an die Uni fuhr, um dort weiter zu ermitteln.

Zuvor hatte sie geduldig auf eine Rückmeldung von Lena

gewartet, anstatt das Mädchen einfach frühmorgens aus dem Bett zu klingeln. Sie hatte ein Recht darauf, Menschen zu stören! Das hatte die Kommissarin ihr eingehämmert. Sie solle ruhig nerven. Immerhin war ihre Tochter, ihr Kind verschwunden! Wenn sie diesem Thema keine Wichtigkeit verlieh, wie sollten es dann andere tun?

Aber Ulrike konnte nicht aus ihrer Haut heraus. Immer noch nicht. Es war nicht nur ihre übliche Zurückhaltung und Höflichkeit. Eher schien es ihr, als würde ihre Traurigkeit wie eine Glocke über ihr liegen, seit sie festgestellt hatte, dass Jules Wohnung tatsächlich leer gewesen war. Sie hatte solche Angst, ihre Tochter nie wieder zu sehen. Diese Vorstellung nahm ihr den Atem, ließ ihr Herz jagen und raubte ihr jeglichen Antrieb. Sie war eine Gefangene ihrer eigenen Gedanken, die sie nicht zulassen wollte, weil die Wahrheit zu grauenhaft war. Nur einmal noch, hoffte sie.

Warum war sie nur so? Sie hatte Stunden dagesessen und die Wände angestarrt. Während Jule vielleicht verletzt war. Welche Mutter tat so etwas? War sie noch normal? Und auch jetzt: Sie stand hier im Dunkeln, in diesen Keller. So, als könnte sie doch noch einen Hinweis finden, wenn sie nur lange genug hineinstarrte.

Ulrike riss sich mit Gewalt los. Sie schloss die Tür ab und ging die Treppen hinauf. Wenigstens die zu erklimmen klappte müheloser, als an ihrem ersten Tag in München. Sie wollte gerade den Schlüssel ins Schloss stecken, als sich die Tür von Jules Nachbarn öffnete.

»Mein Gott, haben Sie mich erschreckt, Martin!«, rief Ulrike laut. Sie hatte spontan ihre Hände vor die Brust geschlagen und spürte nun erleichtert, wie sich ihre Pulsfrequenz langsam wieder normalisierte.

»Das tut mir leid. Ich …«, der junge Mann war verlegen und suchte nach den richtigen Worten. »Ich hatte etwas im Flur gehört und wollte fragen, ob Sie vielleicht etwas Neues wissen. Ich meine, ob sich die Polizei nun kümmert.«

Seltsam. Ulrike betrachtete ihn eingehend. Plötzlich war sie hellwach und schien sich an jeden kleinsten Vorgang zu erinnern. Sie war sich sicher, nicht besonders laut gewesen zu sein, als sie die Treppe hinaufgekommen war. Und sie wusste, dass die Eingangstür zur Wohnung sehr gut den Schall isolierte. Man hörte eigentlich gar kein Geräusch aus dem Flur. Und schon gar keine Schritte. Es wirkte eher, als hätte Martin auf sie gewartet. Nicht zum ersten Mal schien er ihr in seinem Appartement aufgelauert zu haben. Und sie fragte sich, welchen Grund das haben könnte.

»Sind Sie denn gar nicht an der Uni heute?«, fragte sie und wartete gespannt auf die Antwort.

»Nein. Ich meine, sind ja Ferien. Aber später schon, wollte ich sagen. Lernen. In der Bibliothek.« Er sah sie irritiert an, verfiel aber wieder in Schweigen.

»Naja, das geht mich ja auch eigentlich nichts an. Sie wollten wissen, ob es Neuigkeiten gibt. Leider nicht viel. Jule hat sich immer noch nicht gemeldet. Aber ein paar Kleinigkeiten gibt es schon.« Sie sah die Spannung in Martins Gesicht. »Wollen Sie vielleicht einen Moment mit reinkommen? Dann erzähle ich Ihnen alles.« Sie schloss die Tür auf und hielt sie einladend offen. Vielleicht könnte sie ihn in ein Gespräch verwickeln, auf diese Weise sein Vertrauen gewinnen. Sie traute diesem Burschen nicht. Irgendetwas schien er zu verbergen.

»Gerne«, er schien erleichtert und trat schnell ein. Zielstrebig ging er in das Wohnzimmer, sah sich interessiert um und schien alles, was er sah, in sich aufzusaugen. Plötzlich wirkte er gar nicht mehr schüchtern.

»Ich komme um vor Durst. Wollen Sie auch etwas?«

»Ja, gerne, Frau Ziegler. Wenn es keine Umstände macht.« Er lächelte sie offen an und ließ sich gleich auf dem Sofa nieder.

Ulrike Ziegler waren die notwendigen Handgriffe in der Wohnung nun schon in Fleisch und Blut übergegangen. Sie hatte festgestellt, wie viel leichter es sich arbeiten ließ, wenn die

Wohnung und die Zimmer kleiner waren. Sie verbrachte so viel Zeit mit langen Wegen in ihrem Haus in Münster, die ihr nun vollkommen unnötig vorkamen.

Sie beobachtete den jungen Mann aus dem Augenwinkel weiter, der mittlerweile wieder aufgestanden war und vor der Pinnwand stand. Er betrachtete intensiv die Fotos, die dort angebracht waren.

»Ich bin gleich wieder da und setze mich zu Ihnen.«

Martin schien sie gar nicht gehört zu haben. Er starrte ein Foto von Jule an.

»Die Bilder sind neu geordnet«, sagte er leise, scheinbar mehr zu sich selbst als zu Ulrike, und nahm eine Karte vom Bord. Er sah die Vorderseite an und drehte sie dann um.

Ulrike fragte sich, ob sie das tun würde, wenn sie irgendwo zu Besuch wäre. Immerhin kannte er Jule nur flüchtig. Sie wusste nicht, ob auf der Karte etwas stand, aber man las nicht einfach die Post fremder Menschen. Ulrike behagte sein Benehmen nicht. Sie empfand es als übergriffig.

Dennoch antwortete sie leichthin: »Ich habe sie benutzt, um herauszufinden, ob irgendwelche Sachen in Jules Schrank fehlen. Leider war ich nicht so erfolgreich.«

»Dabei kann ich Ihnen doch helfen«, sagte Martin, legte die Karte wieder zurück und ging geradewegs in Richtung Schlafzimmer.

Was fiel dem denn jetzt ein? Ulrike konnte es kaum fassen. Der konnte doch nicht einfach in das Schlafzimmer gehen und in Jules Sachen wühlen! Das ging jetzt wirklich zu weit. Sie wollte absolut nicht, dass er in Jules Kleidern kramte und sie anfasste. »Das ist nicht nötig«, rief sie ihm mit strenger Stimme nach. »Die Polizei kümmert sich schon darum. Sie wird Lena bitten, das zu tun.« Als sie Martins enttäuschten Dackelblick und seine hängenden Schultern sah, fügte sie rasch hinzu: »Ich weiß es zu schätzen, dass Sie helfen wollen, aber Frauen haben für solche Dinge ein besseres Auge.«

»Wenn Sie meinen.« Er zuckte die Schultern und ließ sich auf das Sofa fallen. Ulrike Ziegler stellte zwei Gläser auf den kleinen Couchtisch, obwohl es ihr nicht recht behagte, mit ihm zu plaudern. Er benahm sich mehr als sonderbar. Auch jetzt sah er sie an, aber sein Blick ging vollkommen durch sie hindurch. So als wäre er in Trance. Dunkle Schatten lagen unter seinen Augen und auch die Lidränder waren gerötet. Ob er Drogen nahm?

»Sie wollten wissen, was es Neues gibt. Also bei der Befragung der Nachbarn hat sich leider nichts ergeben. Keiner scheint hier richtig auf den anderen zu achten.« Als sie merkte, dass sie auch den jungen Mann mit dieser Bemerkung beleidigte, fügte sie schnell hinzu: »Damit meine ich natürlich nicht Sie.« Schnell wechselte sie das Thema. »Es scheint nun aber sicher zu sein, dass Jule verreist ist. Jedenfalls fehlt ihre lederne Reisetasche, die ich ihr zum Studienbeginn geschenkt habe.«

Plötzlich war der Schleier, der über seinen Augen gelegen hatte, weg. Auch wenn er sich nicht bewegt hatte, war Ulrike sicher, dass sie nun seine ungeteilte Aufmerksamkeit hatte.

»Vielleicht ist sie in die Eifel gefahren?«

»Wie kommen Sie denn darauf? Doch nicht Jule! Der kann es doch nie heiß genug im Urlaub sein.« Frau Ziegler musste lächeln bei dem Gedanken an die gemeinsamen Sommerurlaube. Damals waren sie noch eine richtige Familie gewesen. Niemals hätte sie gedacht, dass die Dinge sich einmal so entwickeln würden. Weder mit Jule noch mit ihrer Ehe, mit ihrem ganzen Leben.

»Wenn Sie meinen.« Martin erhob sich plötzlich.

Was war denn nun? Hatte sie etwas Falsches gesagt? Sie konnte sich nicht erinnern. Es war ihr auch egal. Sie verspürte keinerlei Lust, weiter über ihr Verhalten nachzugrübeln.

»Danke für den Kaffee.« Mit diesen Worten ging er ohne eine Verabschiedung rasch aus der Wohnung und zog die Tür hinter sich zu.

Frau Ziegler schüttelte den Kopf. Ein seltsamer Mensch. Keine Manieren. Und seinen Kaffee hatte er nicht einmal angerührt.

39. Kapitel

14. August 2014

Sie blickte erschrocken zur Tür. Hatte sie da gerade etwas gehört? Sie hob den Kopf an, so weit es ging. Je länger sie hier unten lag, umso geräuschempfindlicher wurde sie. Manchmal war das Rauschen des Blutes in ihren Ohren so laut, dass es sich anhörte wie die Brandung des Meeres. Sie hätte sich in diesen Momenten gerne die Ohren zugehalten, wollte dem Lärm entfliehen. Doch vermutlich bildete sie sich das nur ein.

Mit jeder weiteren Stunde, die sie angebunden hier lag, schwand ihre Antriebskraft. Wäre nicht das winzige, verdreckte Fenster gewesen, das sie wenigstens hell und dunkel erkennen ließ, das ihr zeigte, dass es noch eine Welt da draußen gab, würde sie wahrscheinlich völlig den Verstand verlieren. Immer häufiger ertappte sie sich dabei, wie sie in negative Gedanken abglitt.

Von dem Wärter ihres Gefängnisses ging weiterhin keine Gefahr aus. Sie bekam zwar nur Mini-Rationen zu essen und zu trinken, aber immerhin wendete er keine Gewalt an. Diese wenigen Minuten, in denen er sie gequält hatte, schienen weit weg.

Zwischen ihren Beinen und an den Rückseiten von Po und Schenkeln spürte sie jetzt an verschiedenen Stellen schmerzhafte Entzündungen, die sicher vom Urin und Kot stammten. Sie hätte ihn gerne gebeten, ihre Fesseln zu lösen, damit sie sich waschen könnte. Oder ihn selbst gebeten, das zu tun. Jedes Mal, wenn sie ihn hinter der Tür vermutete, wollte sie das tun. Aber zu groß war ihre Angst. Als sie das letzte Mal ihr Wort an ihn gerichtet hatte, war sie gebrandmarkt worden. Deshalb hielt sie sich zurück.

Er war völlig lautlos, aber sie spürte mittlerweile, wann sie nicht mehr alleine war. Zumindest bildete sie sich das ein. Vielleicht war es auch nur der Wunschgedanke, nicht vollkommen hier unten vergessen zu werden, dass er sich für sie interessierte, nach ihr sah. Auch wenn sie ihn hasste: er blieb ihre Verbindung nach draußen, die einzige Verbindung zum Leben. Immer häufiger überfiel sie Angst, ihn zu verlieren, völlig alleine zu sein. In diesen vier Wänden alleine zu sterben. Dieser Unmensch, der sie unter niedrigsten Bedingungen hier festhielt, sie psychisch und physisch quälte, war gleichzeitig ihre einzige Rettung: Ein paradoxer, ein schrecklicher Gedanke, der sie zutiefst beunruhigte. Wie konnte sie etwas anderes empfinden als Hass? Nur den hatte er verdient. Aber etwas anderes mischte sich hinein, wenn sie ihn hörte: Erleichterung. Sie hasste sich dafür.

Es gab noch einen Gedanken, den sie mied: Nicht er hatte sie als sein Opfer erwählt. Sie war so dämlich gewesen, sich in Gefahr zu begeben, hatte sich förmlich auf dem Präsentierteller zur Beute gemacht. Manchmal vermutete sie, dass sie es war, die das Böse in ihm geweckt hatte. Oder hatte es schon einmal jemanden in diesem Raum gegeben? Wer sonst würde in diesem Loch schlafen. Hatte seine Schlechtigkeit nur eine Weile geruht? War sie nicht sein erstes Opfer?

Halt. Was war das? Sie hielt die Luft an, lag völlig still da. Sie hörte ein Scharren. Dann erschütterte ein ohrenbetäubender Knall den Kellerraum. Nur für Sekunden, dann war er schon wieder verklungen, hallte nur noch leise im Gewölbe nach. Sie horchte intensiv in die neuerliche Stille hinein, als wieder ein Krachen über sie hinweg dröhnte und sich regelmäßig wiederholte. Zuerst waren die Intervalle kurz, dann wurden sie länger. Was war das? Es hörte sich beinahe an, als würde jemand versuchen, das Haus abzureißen. Wollte er sie in den Wahnsinn treiben? Oder lag sie wirklich in einem Abbruchgebäude? Wieder donnerte es. Direkt über ihr. Es gab nichts, wohin sie fliehen konnte, um ihre empfindlichen Ohren vor diesen Geräuschen zu schützen.

Wurde er jetzt vollkommen verrückt? Schlug er die Möbel kurz und klein? Sie zerrte an ihren Fesseln. Alle Instinkte rieten ihr wegzulaufen. Sie spürte die Gefahr. Das hatte etwas mit ihr zu tun. Nur was?

Ihr Gehirn arbeitete auf Hochtouren, aber sie fand keine Antwort. Ihr wurde schlagartig klar, wie sicher sie sich bereits in ihrer Umgebung gefühlt hatte, sich sogar in gewisser Weise darin eingerichtet hatte. Die Veränderung, die dieses Geräusch mit sich brachte, ließ ihre Welt wieder ins Wanken geraten, denn sie wusste nicht, ob es gut oder böse war, was dort oben geschah.

Sie versuchte, sich zu beruhigen. Sich einzureden, dass nichts geschehen würde. Aber sie glaubte nicht recht daran. Ihr ganzer Körper begann zu beben, ihr Mund wurde trocken. Wie an ihrem ersten Tag. Sie wollte weinen. Jedoch blieben die Tränen aus. Stattdessen wurde ihr speiübel. Bevor sie noch darüber nachdenken konnte, übergab sie sich. Wenigstens hatte sie noch den Kopf rechtzeitig zur Seite drehen können, so dass sie nicht auch noch in ihrem Erbrochenen liegen musste. Keuchend versuchte sie, den sich hebenden Magen unter Kontrolle zu bringen. Sie starrte zur Decke, genau auf den Punkt, von dem die dröhnend lauten Schläge widerhallten. Plötzlich trat eine gespenstische Ruhe ein. Doch nur für einen kurzen Moment. Dann hörte sie ein schleifendes Geräusch, so als würde jemand etwas über den Boden ziehen. Es schien direkt vor ihrer Tür zu sein.

Und sie begann zu beten.

40. Kapitel

18. September 2014

Annette parkte ihr Auto im Hof des großen Anwesens, das Georg gehörte, und öffnete die Beifahrertür. Dr. Carter schaute sie an, gähnte ausgiebig und ließ sich dann dazu herab, aus dem Fond des Fahrzeugs zu springen. Zielstrebig lief er mit seinen festen, kurzen Beinen in Richtung des Wohnhauses. Da im angrenzenden Stall kein Licht war, folgte sie ihrem Hund. Als sie um die Ecke des Wohnhauses bog, lächelte sie: Die Balkontür stand offen. Dr. Carter hatte längst gewittert, was sie erst Augenblicke später entdeckte. Und schon hörte sie das tiefe abgehackte Bellen ihres Bassets, das gleich darauf in ein seltsames Freudengeheul überging, weil Georg ihn vermutlich schon wieder begeistert hinter den Ohren kraulte – was der Hund abgöttisch liebte.

Sie ging die wenigen Meter durch den verwilderten Garten zum Teich und sah das erwartete Bild vor sich. Ihr Hund auf dem Rücken, die kurzen Beine ekstatisch zum Himmel gestreckt, darüber gebeugt Gigi, der ihn tätschelte und mit liebevollen Bemerkungen überschüttete. Dahinter ging am Horizont die Sonne unter und warf mit ihren letzten Strahlen ein beinahe kitschig schönes Licht auf den Himmel. Ihr Herz zog sich bei diesem Anblick schmerzhaft zusammen. Wieder einmal wurde ihr klar, wie sehr sie es hasste, Abend für Abend in ihre leere Wohnung zurückzukehren. Dank Dr. Carter, den sie vor zwei Jahren aus dem Tierheim geholt hatte, war sie zwar nicht mehr allein. Aber die Einsamkeit in ihrem Privatleben war etwas, an das sie sich nie würde gewöhnen können.

Georg schaute zu ihr hoch und bedeutete ihr ohne ein Wort, sich neben ihn auf den anderen, hölzernen Liegestuhl zu setzen, der mit Blick über den Teich in Richtung Horizont ausgerichtet war. Dr. Carter rannte los und erkundete das Terrain.

»Willst du nicht doch zu mir hier raus ziehen?«, fragte Gigi sanft, während er ihr sein Weinglas hinhielt. »Du siehst doch, wie wohl sich das Tier hier fühlt.«

»Das kann ich Carla nicht antun. Wenn sie nicht mehr mit dem Hund Gassi gehen darf, wird sie kreuzunglücklich. Du weißt doch, dass ihre Eltern ihr niemals ein eigenes Tier erlauben würden.«

»Immer die anderen. Annette: Wann willst du eigentlich anfangen, an dich selbst zu denken?«

»So einfach ist das nicht, Gigi. Ich … Wir …«, sie stand auf und drehte ihm den Rücken zu. Er hatte ja eigentlich recht. Sie arbeiteten zusammen, mussten oft genug auch noch ihre Freizeit in den Job investieren und verbrachten gerne die Abende miteinander. Sie waren beide unglücklich über ihr Singledasein. Sie hatte zwar den Hund und er seine Tochter und seinen Enkel Korbinian, aber das reichte nicht, um die Lücke zu füllen, die sie in ihren Leben spürten. Eigentlich lag diese Lösung auf der Hand. Gleichwohl wusste Annette, dass sie sich etwas vormachen würde, wenn sie eine Wohngemeinschaft mit Gigi einging. Ihr fehlten Zärtlichkeiten, eine gemeinsame Zukunft, ein richtiges Leben, so wie hunderte anderer Menschen es hatten. Diese Lücke konnte ein noch so vernünftiges Arrangement nicht schließen. Annette haderte mir ihrem Schicksal. Schon ihre Kindheit war nicht verlaufen wie bei anderen. Und nun fand sie auch als Erwachsene keinen Mann, der ihr diese Sehnsucht erfüllte. Schlechtes Karma. Dennoch: Sie wollte nicht aufgeben. Und mit Georg zusammenzuziehen, erschien ihr so, als würde sie resignieren.

Annette hatte Angst, mit einer Antwort irgendetwas kaputt zu machen. Mit ihrer impulsiven Art nicht die richtigen Worte zu finden, ihn zu verletzen. Das war das Letzte, was sie wollte. Also setzte sie sich wortlos wieder hin und nahm einen großen Schluck aus seinem Rotweinglas. Sie spürte, wie der Alkohol ihre Kehle hinunterlief und ein wohliges Gefühl im Magen auslöste. Dann reichte sie es ihrem Partner. Eine Geste, die Einvernehmen und Verbundenheit demonstrieren sollte.

»Ich muss mit dir über meinen Fall reden, Gigi. Diese Frau und ihre Tochter, das ist eine ganz komische Geschichte.«

Sie sah zu ihm rüber und stellte erleichtert fest, dass er sich einen Zigarillo ansteckte. Damit hatte er ihr heutiges Schweigen zu dem anderen Thema akzeptiert, denn er rauchte, wenn er sich entweder entspannen oder sich konzentrieren wollte. Beides waren gute Zeichen. Sie ließ sich in ihren Holzstuhl zurücksinken und genoss die Stille und Ruhe dieses Ortes. Sie beobachtete die auf- und abfliegenden Ohren ihres Hundes, der offenbar versuchte, in der Abendluft herumirrende Mücken zu schnappen. Ein friedliches Bild, und doch war sie innerlich angespannt wegen dieses Mädchens, von dem es noch immer keine Spur gab.

»Weißt du, die Frau versteht einfach nicht, dass wir nicht einfach loslaufen und mit Hundertschaften durch alle Wälder rund um München streifen können. Beim Durchsuchen ihres Kellers haben wir jetzt auch noch festgestellt, dass eine Reisetasche fehlt. Damit ist eine Urlaubsreise nicht mehr ausgeschlossen. Was unsere Suche hier nun nicht gerade vereinfacht. Ich kriege niemals eine Genehmigung für eine Konteneinsicht auf dieser Basis, was meinst du?«

Gigi blies den Rauch in die Luft und teilte damit einen Schwarm Mücken, die sich hier rund um den Teich gerne aufhielten.

»Da kannst du Gift drauf nehmen, Annette. Ich habe es ja auch schon versucht. Fehlanzeige. Vor allem, weil – und darauf weise ich dich gerne noch einmal hin – das nicht dein Fall ist. Wenn Fehlleitner erfährt, dass du schon wieder Sondertouren fährst, wird er davon nicht gerade begeistert sein. Erst recht nicht, wenn du wieder mal in die Kompetenzen eines fremden Ressorts eingreifst.«

»Schmarrn. Ich kann nicht irgendwo eingreifen, wo niemand was tut.« Annette zog eine Schnute und schmollte.

»Auch wenn du das nicht hören willst, bleibt es wahr, Annette. Da hilft es auch nichts, wenn du mal wieder die beleidigte Leberwurst mimst.«

Sie musste lachen. Sie schaute ihn an und war froh um diesen Partner. Es gab viele gute Leute im Präsidium. Eigentlich nur wenige, mit denen sie nicht klar kam. Aber Gigi hatte darüber hinaus auch noch das Herz auf dem rechten Fleck.

»Hast du zufällig noch ein Überraschungsei da hinten bei dir versteckt? Ich brauche dringend Schokolade.«

Er griff neben sich und hob ein weiß-orangefarbenes Ei hoch. »Aber nur, wenn ich basteln darf!«

»Du und deine Figuren. Als ob ich irgendein Interesse an diesen Dingern hätte.«

»Die haben Sammlerwert. Du unterschätzt das«, protestierte er lachend.

Sie pellte das Papier von dem Schokoladenei und steckte es in ihre Jeans. Dann teilte sie die etwas weich gewordene Schokolade in der Mitte und reichte Gigi das gelbe Plastik hinüber. Schließlich legte sie die Hälften ineinander, schob sie beide gleichzeitig in den Mund und ließ den Klumpen langsam zergehen, während Gigi erwartungsvoll den Inhalt des Eis überprüfte. Er war offenbar noch nicht Teil seiner Sammlung, denn er grinste von einem Ohr zum anderen. Sofort entrollte er die Anleitung und fing an, ein Ding in einem quietschenden Blauton zu bauen. »Jetzt mal weiter im Text. Du wolltest mir doch etwas von dem Mädchen erzählen.«

»Weißt du, die Sache ist ja ohnehin schon komisch genug. Jule scheint überhaupt keine Freunde zu haben. Ihre Mutter kennt niemanden außer dem Exfreund und der besten Freundin. Alle anderen Namen, die im Telefon eingespeichert waren, hörte sie zum ersten Mal. Es sind Kommilitonen und eine Bekannte aus der Arbeit. Einige sind in den Ferien, aber alle, die da sind, wissen so gut wie nichts über Jule. Irgendwie kommt mir das allein schon komisch vor. Eine junge Frau, Anfang 20, muss doch mehr Bekannte und Freunde haben. Vor allem ist das Mädchen wirklich hübsch und sympathisch.«

»Aber nicht alle Menschen sind extrovertiert, Annette.«

»Stimmt, aber seltsam ist es trotzdem. Dass sie zu Hause nicht viel erzählt, das gibt es ja öfter. Aber dass sie sich so wenigen Leuten mitgeteilt hat … Gerade, wo sie ihren Freund mit der besten Freundin in flagranti im Bett erwischt hat. So eine Erfahrung muss man doch irgendwo lassen. Irgendwie finde ich das beunruhigend.«

Sie blickte zu Georg rüber, der sie nur kopfschüttelnd ansah. Annette explodierte: »Stelle dir doch mal bitte vor, Pia wäre verschwunden und niemand hätte eine Ahnung, wo sie sein könnte! Da würde ich dich gerne sehen!« Der Satz hatte seine Wirkung nicht verfehlt und Annette bedauerte ihn sofort. Seine Tochter und sein Enkel waren für Gigi das Wichtigste auf der Welt.

»Hast du der Mutter schon mal geraten, ein Video auf YouTube oder auf MyVideo einzustellen? Dass ihr sie sucht? Ist zwar etwas Arbeit, aber vielleicht erkennt jemand ihr Gesicht und kann sagen, wo er sie gesehen hat. Wenn sie vielleicht auf Reisen ist, wäre das eine gute Möglichkeit, denn die Clips sieht man auch im Ausland.«

»Gute Idee! Daran habe ich noch gar nicht gedacht.« Annettes Begeisterung erhielt sofort einen Dämpfer, denn sie wusste, dass Frau Ziegler das in diesem Jahrzehnt nicht hinbekommen würde. Vermutlich wäre diese Idee nur ein neuerlicher Anlass für die Frau, verzweifelt in Tränen auszubrechen. Wäre Ulrike Ziegler nicht ein so netter und gutherziger Mensch, hätte sie schon längst die Geduld mit der Frau verloren.

»Vielleicht kann das der Nachbar von Jule herstellen. Hast du nicht erzählt, dass der Informatik studiert?«

»Eine geniale Idee! Gigi, ich könnte dich küssen!«

Abwehrend hielt er den Arm vor sein Gesicht. »Bloß nicht! Weiche von mir, Weib.«

Die beiden mussten unweigerlich lachen und gleich kam bellend der Basset zu ihnen zurück, um auch seinen Beitrag zu der allgemeinen Heiterkeit zu leisten.

»Gib mir noch einen winzigen Schluck, Georg. Dann muss ich mich ohnehin auf den Weg machen.«

»So schnell?« Er schaute sie erstaunt an. Dann grinste er und zwinkerte ihr zu. »Verabredet?«

»Quatsch! Was du gleich wieder denkst. Ich wollte noch rasch beim Studentenwohnheim bei dieser Lena vorbeifahren. Vielleicht kann sie uns helfen, herauszufinden, was in Jules Kleiderschrank fehlt. Wir haben schon ein paar Mal angerufen, aber sie ruft einfach nicht zurück. Und jetzt fahre ich einfach hin, damit wir nicht noch mehr Zeit verlieren.«

»Hast du hinterlassen, dass du von der Polizei bist?«

»Na, logo, was denkst du denn?«

Gigi blickte sie an und die typische steile Stirnfalte erschien in seinem Gesicht, die immer auftrat, wenn ihn etwas störte.

»Du meinst, sie könnte auch verschwunden sein?« Der Gedanke war Annette noch gar nicht gekommen. »Ich fahre jetzt sofort da hin. Sicher weiß jemand im Wohnheim, wo sie steckt. Dr. Carter, pronto!«

Eilig ging sie zum Auto zurück, ihr Hund direkt auf ihren Fersen. Wie gerne wäre sie geblieben, aber wieder überfiel sie diese Unruhe, die sie schon öfter bei dem Fall verspürt hatte. Wenn Lena ebenfalls verschwunden war, warf das ein völlig neues Licht auf den Fall. Und auf Tim, den verprellten Casanova.

41. Kapitel

15. August 2014

So hast du dir das nicht vorgestellt. Gar nicht. Die Frau wehrt sich nicht einmal. Ist starr vor Schreck. Blickt, als würde sie gleich umfallen, als du die Knoten am Bett mit dem Messer aufsäbelst. Als wenn du ihr gleich die Kehle durchschneiden könntest. Wie stellt die sich das vor? Völliger Schwachsinn!

Du willst die Fesseln an den Armen miteinander verbinden, da schreit sie dir gellend in die Ohren. Ein grauenvolles Gebrüll! Gar nicht wie von einem Menschen. Irgendwie abartig.

Die hört sowieso keiner, insofern regst du dich nicht weiter darüber auf. Aber dann wird sie vollkommen hysterisch. Damit hast du nicht gerechnet. Als würdest du sie zur Guillotine führen. Irgendwann drückst du ihr dann die Arme mit Gewalt runter – da hört sie abrupt auf mit dem Geschrei, wird kreidebleich, reißt den Mund auf und klappt ihn gleich wieder zu. Wie ein Fisch auf dem Trockenen. Erst laut, dann leise. Und dann glotzt sie dich an. Als wärst du der Tod persönlich. Als würde sie etwas erkennen in dir.

Unter diesem Blick fühlst du dich nicht wohl, schwitzt wie ein Schwein. Es stört dich normalerweise nicht, zu schwitzen, aber dieser Schweiß ist kalt. Und unnormal. Am Tag zuvor hattest du schon das Loch in den Boden geschlagen und die kurze Laufkette fest zementiert. Das war eigentlich genug Arbeit. Du hast keine Lust, jetzt noch mit der zu kämpfen. Die nicht rumschreien, sich wehren oder gaffen. Hättest du gewusst, was kommt, hättest du dir nicht so viel Mühe mit dem Zement geben müssen. Hättest nicht auch noch das Calciumchlorid besorgen müssen, damit der schneller durchhärtet.

Als die Arme zusammengebunden sind, befiehlst du ihr, aufzustehen. Aber nichts. Keine Bewegung. Nur Wimmern. Also ziehst du sie hoch, obwohl du in die Kotze treten musst, um an sie ranzukommen. Schöne Schweinerei hatte die veranstaltet. Und es stinkt widerlich. Kotze, Scheiße. Ekelhaft. Da fängt die wieder an zu wimmern. Und ganz schön schwer ist die, obwohl die bei dir so wenig isst. So sehr musst du dich sonst nie körperlich anstrengen. Wolltest du auch nie. Das bisschen, was dein Alter dir vererbt hat, reicht noch eine Weile. Musst nicht arbeiten. Und jetzt die mit ihren Zicken. Aber dann denkst du, wenn sie hier liegt, dann nutzt sie noch weniger.

Aber die kann nicht mal stehen. Laufen schon gar nicht. Und sie stinkt. Die ist zu nichts mehr nutze. Bist schon zu spät mit deinem Plan. Dann willst du sie tragen, damit du endlich fertig wirst. Sonst wäre die Mühe umsonst. Aber als du um ihre Taille greifst, da schreit die wieder. Du schaust nach. Ihre Hose ist ganz feucht und komisch. Du ziehst den lockeren Hosenbund vor und siehst, dass an ihrer Rückseite die Haut total weggeätzt ist. Von der Pisse vielleicht. Und vom Eisen. Da lachst du.

Aber so nutzt sie dir nichts, denkst du. Legst sie wieder hin. Und dann brüllst du sie an, schreist deine Wut laut heraus, sodass lange Spuckefäden aus deinem Mund quellen. Du befiehlst ihr, sich ja nicht zu bewegen, sonst würdest du sie auspeitschen. Direkt auf ihre Wunden, ihren ganzen jämmerlichen Körper. Dir würde das gar nichts ausmachen. Nicht die Bohne. Du hättest sogar deine Freude daran.

Da ist sie ruhig. Weint nur noch leise.

Dann holst du eine Wundsalbe von oben und schneidest ihr die Hose runter. Ausziehen geht nicht mehr. Dabei reißen viele Stellen auf, glitzern blutig und schleimig, auch braun, wobei man nicht sagen kann, was das genau ist. Das willst du auch nicht wissen. Du befiehlst ihr, sich umzudrehen. Da sieht es fast noch schlimmer aus. Ekelhaft ist das! Du kannst die Haut nicht anfassen, dabei hast du dich mal danach verzehrt, als sie da im Auto lag. Aber das ist lang her. Eine Ewigkeit.

Du holst zwei Eimer Wasser und schüttest sie mit Wucht über sie, um das Grobe wegzubekommen. Eine üble Suppe kommt da runter. Dabei tritt sie dann weg. Oder sie ist schon vorher ohnmächtig geworden, das weißt du nicht genau. Zum Glück hast du den alten Knebel noch. Clever, mit dem das Zeug aufzutragen! Die soll wieder auf die Beine kommen. Soll endlich was schaffen.

Du ziehst ihr eine Boxershorts von dir an. Es ist wie bei einer Puppe. Eine lange Hose hätte eh nur geklebt. Das muss reichen. Ist ja auch Sommer. Oben rum braucht sie zum Glück nichts, da sind die Sachen noch in Ordnung.

Dann gehst du noch mal hoch, brüllst sie vorher wieder an, was aber überflüssig ist. Die bewegt sich nicht mehr. Schnell gehst du raus. Dieser Anblick … Hätte die nicht besser aufpassen können? Musste die ihren Hintern auch immer da liegen lassen?

Du wäschst dir erst mal die Finger. Die haben was von der Schmiere oder der Kotze abbekommen. Und dann ziehst du Handschuhe an, weil du nicht noch einmal mit bloßen Händen diese Eitergeschwüre anfassen willst. Wegen der Bakterien und so. Dann gehst du wieder hin, trägst sie nach oben. Laufen kann die nicht mehr. Du denkst schon, die ist hin. Aber sie ist schwer wie ein Sack Kartoffeln und heiß. Die glüht. Fieber vermutlich.

Oben schmeißt du ihr Salbe und Paracetamol hin. Wie bei einem Wohlfahrtsverein ist das hier. Dabei wusstest du nicht mal, ob sie was nützen. Du hast gerackert, alles vorbereitet und jetzt war alles fertig und du weißt nicht einmal, ob die noch mal wird. Scheiße, verdammte.

Das nächste Mal musste die das selber machen. Einschmieren kann sie sich ja wohl. War nicht deine Sache.

Aber sie macht nichts. Ist weggetreten. Umso besser, denn so kannst du ihr ohne diese Schreierei die Handschellen anlegen. Die neuen, die aus dem Internet. Bondagematerial. Alles gibt es da und kommt frei Haus. Und der Typ wusste nicht, was er dir brachte. Meinte nur, dass das ganz schön schwer wäre, das Paket. Ein paar Sachen für den Stall, hast du gesagt. Da nickte der und ging. Hab doch gar nichts im Stall. Kein Tier. Aber der ist zu blöd. Kommt jetzt auch nicht mehr. Du lässt die Post jetzt lagern. Dann belästigt dich keiner mehr.

Du hast die Sachen rausgeholt und die Qualität bewundert! »No way out« heißt die Kategorie, aus der du bestellt hast. Eine breite Metallstange mit Handschellen an den Enden für beide Hände und genau so eine noch mal für die Füße. Mit den Dingern kann die nicht mehr weglaufen. Keine Chance. Trotzdem hast du noch eine Fußschelle gekauft mit einer Eisenkugel dran. Und die in den Boden betoniert. Ist zwar schwer, die beiden Schellen an einem Bein zu befestigen, aber du hast ja Kraft und irgendwann sind beide zu.

Jetzt kommt die sicher nicht mehr aus der Küche raus. Und das Beste: Selbst wenn sie es schaffen würde, dir den Schlüssel zu klauen: Die Handfesseln kriegt sie alleine nicht auf. Ausbruchsicher sind die! Die Stange hält die Hände so weit auseinander, dass die den Schlüssel nicht ins Schloss kriegt! Absolut unmöglich. Kannst ganz unbesorgt sein. Das Vöglein wird nicht wegfliegen.

Muss nur noch wach werden. Liegt noch immer da und rührt sich nicht.

Mit Abendessen würde das dann heute nichts mehr. Sollte die eigentlich machen, dir was kochen. Scheiße. Aber der Gestank hängt dir noch in der Nase, da hättest du eh keinen Appetit. Widerlich.

Dann besser mit Bernd in die »Kleine Kneipe«. *Ein paar Schnäpse genehmigen. Fährst gleich zu ihm rüber. Musst ihm jetzt ohnehin eine Geschichte erzählen, warum du lieber zu ihm kommst. Könntest ihm sagen, dass du kontrollieren willst, ob er auch an der Doktorarbeit sitzt. Das frisst der sicher. Ist ja dein Kumpel. Für Kumpel macht man so was. Sich kümmern.*

Kumpel sind gut. Nicht wie die Weiber. Die halten nichts aus.

Die hat sich die Arme völlig aufgeschnitten mit den Seilen. Würde auch Narben geben. Aber das würde keinen mehr stören. Einen anderen Mann kriegt die nicht mehr. Außer, wenn du ihr einen gibst.

Aber das hattest du nicht vor.

Oder doch?

42. Kapitel

15. August 2014

Ihr ganzer Körper zitterte und sie fror erbärmlich. Ihre Kiefer schlugen laut aufeinander. Verdammt. Sie zog sich wie ein Embryo zusammen. Bei der Bewegung schienen ihr Millionen von Dolchen in ihre Schultern zu stechen. Sie riss die Augen auf und bemerkte, dass sie in einer neuen Umgebung war. Schlagartig kam die Erinnerung an den Abend wieder hoch. War das gestern gewesen?

Vorsichtig blickte sie an sich herunter: Sie sah aus wie eine Gefangene in einem Kerker! Eine dicke Metallstange hielt zwei metallene Armschellen fest. An den Beinen sah sie dieselben Gestänge. Deshalb gelang es ihr nicht, sich in irgendeine Richtung zu drehen. Sie wollte sich aufsetzen, aber ihre Beine kamen nicht nach. Hinter sich entdeckte sie eine dicke Eisenkette, die in kurzer Entfernung im Boden in einer Masse grauen Betons zu verschwinden schien. Unglaublich: Er hatte ihr Handschellen angelegt und sie wie einen Köter angeleint.

Es schüttelte sie, Schweiß lief über ihre Stirn und gleichzeitig war ihr eiskalt. Sie drehte sich ein wenig zur Seite, fand irgendwann ihr Gleichgewicht. Dann schob sie sich hoch, und umschlang ihre Knie mit der Stange, die ihre Arme auseinanderhielt. Eine tröstliche Haltung, obwohl erneut schmerzhafte Salven durch ihren Körper fuhren. Sie versuchte, sich selbst Wärme zu spenden. Schloss die Augen, weil das Licht in diesem Raum sie blendete.

Er hätte sich gar nicht so viel Mühe geben müssen, sie hier

festzuhalten. Die alte Jule gab es nicht mehr. Sie hatte resigniert. Als er bei ihr gewesen war, hatte es eine Gelegenheit gegeben, sich zu wehren. Er hatte die Seile gelöst und nur locker verbunden, hatte sie sogar alleine gelassen. Sie hätte weglaufen können. Es wenigstens versuchen müssen, es aber nicht getan. Sie wünschte, es hätte an dem gelegen, was er ihr ins Gesicht geschrien hatte. Aber das war es nicht gewesen. Als er zu Tür hereingekommen war, hatte sie es gewusst: Sie hatte aufgegeben. Es war einfacher gewesen, sich fallen zu lassen, dem Schicksal nachzugeben und zu akzeptieren, dass es dem Ende zuging. Sich zu wehren, das hätte Kraft erfordert. Und sie hatte einfach keine Reserven, keine Hoffnung mehr gehabt. Sie hatte sich leer und ohne Antrieb gefühlt, hatte nur noch dagelegen und beschlossen, alles mit sich geschehen zu lassen. Wenn er sie umgebracht hätte, dann wäre es wenigstens vorbei gewesen.

Aber er hatte sie nicht umgebracht. Obwohl sie fest davon ausgegangen war. Stattdessen hatte er sie erneut gefesselt. Die Gefangenschaft hielt ein weiteres trauriges Kapitel für sie bereit. Tränen flossen ihre Wangen herunter, kamen tief aus ihrem Inneren, durchspülten sie, brannten an den Gelenken, als salzige Tropfen unter die Handschellen sickerten.

Sie ließ den Kopf gegen den Schrank sinken und öffnete die Augen. Blinzelnd betrachtete sie das Fenster. Zunächst konnte sie nicht viel erkennen. Dann gewöhnte sie sich an das Licht und musste lächeln, als sie einen Hügel sah, den ein Wald säumte. Darüber blauer Himmel. Ein schöner Tag. Wieder begann sie zu weinen. Dieses Mal vor Freude. Die negativen Stimmen in ihr protestierten. Sie stritten mit der Hoffnung, alles könne doch noch ein gutes Ende nehmen. Die Fesseln hingegen sprachen eine deutliche Sprache, flüsterten die Stimmen in ihr. Sieh hin. Sei keine Närrin.

Plötzlich hielt sie inne. Schaute um sich. Sie war an einem anderen Ort. Sie konnte die Natur wirklich sehen. Kein Traum. Langsam drehte sie den Kopf zur Seite. Sie war eindeutig in einer Küche. Trotz der sperrigen Fesseln gelang es ihr, sich aufzurappeln. Sie traute ihren Augen nicht: Sie war direkt neben der Spüle angebunden! Als sie den Wasserhahn sah, konnte sie ihr Glück kaum fassen. Sie öffnete ihn und lauschte wie berauscht dem Klang. Für einen kurzen Moment hatte sie befürchtet, er sei abgestellt. Das hätte zu ihm gepasst. Aber da floss reines, klares Wasser. Vorsichtig nahm sie die Arme nach vorne und wollte mit der Hand ein wenig abschöpfen. Es ging nicht. Sie war zu zittrig und verschüttete fast alles. Die Fesseln schränkten ihre Bewegungen ein und ihre Arme waren noch immer taub. Schließlich beugte sie sich schwankend vor, legte die Eisenstange auf den Rand der Spüle ab, hielt den Kopf unter den Hahn, trank, hustete, trank erneut, schmeckte das Wasser, das so köstlich war. Ihr Durst schien unstillbar. Während sie trank, entdeckte sie noch etwas anderes. Sie hob abrupt den Kopf: Medikamente!

Sie nahm eine Paracetamol aus der Packung und schluckte sie gleich. Dann betrachtete sie die Salbe. Eine normale Wundsalbe. Eine kleine Tube. Sie musste sparsam sein.

Plötzlich nahm sie bohrende Schmerzen in ihrem Magen wahr. Essen. Sie ließ sich wieder auf den Boden fallen, riss die Schränke auf, die sie erreichen konnte. Dosen! Verdammt. Sie zog die Schubladen auf, womit sie große Mühe hatte. Sie klemmten. Wieder die Stimme in ihrem Kopf: »Das schaffst du nie. Du entkommst ihm nicht.«

Aber sie kämpfte weiter. Suchte. Schielte in jeden Winkel. Nichts, womit sie eine Dose öffnen konnte. Sie versuchte nach vorne zu kriechen. Die schwere Eisenkette hinderte sie daran, bis zum Tisch zu kommen. Kein Wunder. Sonst hätte sie sich ans Fenster stellen können. Sie richtete sich auf, sah aber nirgends etwas, was sie zum Öffnen gebrauchen konnte. Alles war vermutlich in die Anrichte geräumt, die auf der anderen Seite des Raumes stand.

Kraftlos sackte sie in sich zusammen. Hielt die Dose mit Kidneybohnen in der Hand. Eigentlich mochte sie die gar nicht. Warum hatte sie ausgerechnet die gegriffen? Da kam ihr ein neuer Gedanke: Die könnte sie durch das Fenster werfen! Die Scheibe würde in jedem Fall zerbrechen, wenn sie dieses sperrige Ding dagegen warf. Würde sie das mit den Fesseln schaffen? Sie musste das üben.

Sie hatte viele Dosen, konnte sich also einen Fehlversuch leisten. Damit könnte sie auf sich aufmerksam machen, wenn jemand hier zum Haus kam. Oder sie könnte sie als Waffe nutzen. Sie ihm einfach über den Kopf ziehen. Er durfte sich ihr von nun an nicht ungestraft nähern. Nicht ohne sich selbst etwas abzubekommen.

Sie wusste nicht, ob es das Medikament war oder der neue Plan, aber sie spürte neuen Optimismus. Die warnenden Stimmen in ihrem Kopf wurden leiser. Sie begann, sich weiter umzusehen. Eine alte Schüssel stand im Schrank unter der Spüle. Die würde sie künftig als Toilette nutzen. Und dort unten verstauen.

Nachdem sie alle anderen Schränke inspiziert hatte, begann sie langsam, sich zu waschen. Sie hatte nur ihre bloßen Hände, keine Seife und nichts, womit sie die Haut trocknen konnte, aber dieses bekannte Ritual gab ihr ein Stück Normalität zurück. Ein Stück Selbstbestimmtheit. Dann begann sie, ihre Wunden zu versorgen. Zumindest diejenigen, die sie trotz ihrer Fesseln erreichen konnte. Sie verkleckerte anfangs ein wenig, wurde aber von Mal zu Mal geschickter. Sie trug auch die Reste auf, die auf den schmutzigen Kachelboden getropft waren. Schlimmer als ihre verdreckte Kleidung konnte das auch nicht sein. Und sie durfte nicht verschwenderisch sein. Langsam gewöhnten sich ihre Arme wieder an die so lang entbehrte Bewegung. Gebrochen war also nichts.

Als sie fertig war, betrachtete sie ihren Körper. Ihre Rippen und ihre Beckenknochen standen deutlich hervor und ihre Rückseite – zumindest das, was sie sehen konnte – war voller entzündeter Stellen. Sie zog den Gummibund vor, lugte in die Hose, die sich mit einer Wunde verklebt hatte. Am schlimmsten war es da, wo er das glühende Eisen hineingehalten hatte. Dort hatte sich Stoff eingebrannt und die Haut war stark gerötet und geschwollen. Sie musste unbedingt für mehr Sauberkeit an der Stelle sorgen. Zum Glück hatte sie Wasser und Medikamente. Offenbar trug sie seine Unterhosen. Sie fror erbärmlich in dem dünnen Baumwollstoff, wenn sie auf dem kalten Boden saß. Gleichzeitig kühlten die Fliesen ihre Entzündungen und sie fühlten sich auch besser an, als die kratzige, uringetränkte Matratze.

Sie würde ihn um eine Decke bitten. Vielleicht hätte sie Glück. Immerhin hatte er die Umstände ihrer Gefangenschaft verbessert. Ein Upgrade sozusagen. Sie kicherte und erschrak, weil ihre Stimme völlig fremd und rau klang. Auch die würde sie wieder trainieren müssen. Eines Tages musste jemand hierherkommen. Und dann würde sie schreien. So laut es ging.

43. Kapitel

19. September 2014

Die Türklingel schrillte durch die Wohnung und ließ Martin vor Schreck zusammenzucken. Sicher der Postbote. Aber er erwartete gar kein Päckchen. Er schlurfte zur Gegensprechanlage. Als er den Hörer abnehmen wollte, klopfte es ungeduldig an der Tür. Seltsam. Nachbarn besuchten ihn sonst nie. Er öffnete und blickte in das lächelnde Gesicht von Kommissarin Kirchgessner, die ihn vor zwei Tagen zu Jules Verschwinden befragt hatte.

»Schön, dass Sie da sind, Herr Görner! Haben Sie einen Augenblick Zeit für mich?«

Martin zog wortlos die Tür auf und überlegte fieberhaft, welches Blatt auf seinem Schreibtisch zuoberst lag. Das Bild im Regal hatte er gleich versteckt, als die Polizei begonnen hatte, in Jules Fall zu ermitteln. Er hoffte nun inständig, dass auf seinem Schreibtisch kein Foto von Jule lag. Er konnte sich beim besten Willen nicht erinnern.

»Ich hoffe, ich störe Sie nicht«, sagte die Kirchgessner und ging zielstrebig in sein Wohnzimmer. Wohin auch sonst – immerhin bestand seine Wohnung nur aus einem Flur, der eine Kochnische beherbergte, dem Bad und diesem Wohnschlafzimmer. »Es dauert auch nicht lange. Ich habe nur eine Bitte«, fügte sie hinzu und deutete auf den Computer.

Verdammt, er hatte es geahnt. Er hätte die Dateien löschen sollen. Jetzt würde sie gleich seinen Computer mitnehmen, ein Profi sein Passwort knacken und schon würde er mitten drin stecken in einem Prozess. Er wusste nicht, was ihm blühen würde, aber er war sicher, dass es strafbar war, heimlich Fotos von Leuten zu machen. Und das Tagebuch zeigte deutlich, dass er ihr nachstellte. Er musste wie ein Stalker wirken. Aber jetzt war es zu spät. Er sollte besser kooperieren.

»Und was? Ich meine, worum geht es?«, stotterte er, bemüht darum, sich seine Nervosität nicht anmerken zu lassen.

»Sie studieren doch Informatik, Herr Görner, richtig?«

»Ja.« Martin war irritiert. Was sollte das jetzt wieder? Das hatte sie doch alles notiert.

»Können Sie auch Filme machen? Nichts Weltbewegendes, nur ein kleiner Clip.«

Martins Herz hämmerte in seiner Brust. Jemand musste ihn mit seiner Kamera gesehen haben. Was sollte er nur tun? Weglaufen?

»Wissen Sie«, fuhr sie fort, »ich habe mir gedacht, dass es vielleicht hilfreich sein könnte, einen Film von Jule zu machen. Mit Bildern und Musik, in dem wir mitteilen, dass wir sie suchen. Und dann blenden wir die Kontaktdaten ein, damit sich Leute melden können, die sie vielleicht gesehen haben. Was meinen Sie? Würden Sie das hinbekommen?« Annette Kirchgessner sah ihm mit ihren blauen Augen offen und erwartungsvoll ins Gesicht. In ihren Zügen war nichts, das wirkte, als wolle sie ihm eine Falle stellen. Nur eine harmlose Bitte, die sie charmant vortrug. Vor Erleichterung sackten ihm beinahe die Knie weg.

»Natürlich kann ich das machen. Sofort, wenn sie wollen«, rief er eifrig, und wie er merkte, eine Spur zu laut.

Verdutzt betrachtete ihn die Kriminalkommissarin.

»Sie haben sie gern, was?«

Martin schaute betreten zu Boden und schob seine Brille hoch. Gerade hatte er geglaubt, sich auf sicherem Terrain zu bewegen, und prompt hatte er sich wieder selbst hineinmanövriert. Er war einfach ein Trottel.

»Schon gut. Sie müssen nicht darüber sprechen. Ich kenne

das Gefühl, wenn Liebe nicht erwidert wird.« Sie legte ihm die Hand auf die Schulter. »Was brauchen Sie denn, um den Clip machen zu können?«

Beinahe hätte er »Nichts« geantwortet. Die vertraute Geste der Kommissarin löste das aus. Er mochte die Frau, musste aber weiter auf der Hut bleiben.

»Fotos wären gut. Scanner hab ich. Sonst …« Er zuckte die Schultern.

»Schauen wir uns doch eben mal ein paar an. Auf YouTube gibt es welche.«

»Das geht jetzt nicht! Ich …« Martin suchte verzweifelt nach einer Ausrede. »An die Uni.« Er zuckte die Schulter, als sie irritiert seinen Jogginganzug musterte und versuchte sich an einem Lächeln, von dem er vermutete, dass es misslang.

»Stimmt. Umziehen muss ich mich auch noch. Sie können mir doch die Fotos einfach in einen Umschlag stecken. Später mache ich den Film gerne.« Rasch fügte er noch hinzu. »Und wenn mir noch etwas fehlt, haben Sie mir doch Ihre Karte dagelassen. Oder ich frage Frau Ziegler.«

»Bitte im Moment nicht. Ich habe ihr noch nicht gesagt, dass ich das vorhabe.«

»Nicht? Wieso?« Es arbeitete fieberhaft in seinem Kopf. War diese Bitte doch eine Falle?

»Ganz einfach: Sie weiß es noch gar nicht. Ich vermute nicht, dass Frau Ziegler ein Computerfreak ist. Sie würde das sicher nicht hinbekommen. Deshalb habe ich mich gleich an Sie gewandt«, sie zwinkerte ihm zu. »Aber ich fürchte, sie könnte sich zu viel Hoffnung machen. Wir wissen ja gar nicht, ob überhaupt jemand den Clip sieht. Und auch nicht, ob wir darüber brauchbare Hinweise bekommen. Die hätten wir gerade dringend nötig.« Sie straffte die Schultern. »Na gut, dann halte ich Sie mal nicht länger auf, wenn Sie los müssen. Aber es wäre schön, wenn Sie das schnell hinbekommen könnten.«

»Klar. Ich mache mich gleich an die Arbeit!«

Er sah, wie sich die Augen der Kirchgessner verengten. Vorsicht! Diese Frau ist nicht dumm!

»Wenn Sie die Fotos gebracht haben. Und ich wieder da bin natürlich«, fügte er hastig hinzu. Was war denn heute nur mit ihm los? Wenn das noch lange dauerte, würde er noch irgendeinen dummen Fehler machen.

»Gut. Mache ich. Ich gehe jetzt sowieso gleich zu Frau Ziegler rüber.« Sie ging aus dem Zimmer in Richtung der Eingangstür. »Eine Frage hätte ich aber noch.«

»Ja?« Er hielt die Spannung kaum aus und versuchte, ihrem Blick standzuhalten.

»Kannten Sie auch Jules Freundin, Lena?«

»Gesehen habe ich sie mal. Warum?«

»Sie meldet sich auch seit ein paar Tagen nicht. Weder auf Anrufe, noch habe ich sie in ihrer Wohnung angetroffen.« Die Kommissarin sah ihm prüfend ins Gesicht.

»Sie meinen, sie ist auch verschwunden?«

»Ich weiß es nicht. Sollten Sie sie an der Uni sehen, dann sagen Sie ihr doch bitte, dass sie sich dringend bei mir melden soll.«

Erleichtert nickte er und öffnete die Tür. Er hoffte, dass sie nun endlich gehen würde. Er musste dringend zur Toilette. Die Aufregung schlug ihm auf den Magen. Als sie bei Frau Ziegler klingelte, schloss er schnell die Tür und rannte sofort ins Bad.

Nachdem er sich erleichtert hatte, zog er sich schnell um. Er musste nun wohl oder übel wirklich zur Uni gehen. Oder wenigstens in die Richtung. Obwohl er schon seit einigen Monaten eigentlich nur noch zum Essen dort gewesen war. Er wusste, dass er nicht ewig so würde weitermachen können. Wenn er keine Scheine machte, dann würde man ihm das BAföG kürzen oder sogar ganz streichen. Aber er konnte sich einfach im Moment nicht mit diesen Dingen beschäftigen. Das Sommersemester hatte er sowieso schon versiebt. Aber bis Oktober war noch Zeit und im Wintersemester würde er dann alles nachholen, was er versäumt hatte.

Er zog die Jogginghose aus und eine Jeans an, schlüpfte in seine ausgetretenen Slipper, nahm den Rucksack vom Haken und ging los.

Er stand auf der Straße und wandte sich nach rechts. Er bog in die Corneliusstraße ein, um sich am Gärtnerplatz noch einen Café Latte zu holen. Dann ging er weiter in Richtung City. Während er den heißen Kaffee schlürfte, betrachtete er die Schaufenster auf der Reichenbachstraße. Hier war Jule oft gewesen: in ihrem Lieblingsbuchladen, bei ihrem Friseur.

Er blieb unvermittelt stehen. Von hinten war fast jemand auf ihn aufgelaufen, denn er hörte wie aus weiter Ferne ein »Können Sie denn nicht aufpassen, Sie?«.

Wie konnte er das die ganze Zeit vergessen? Jule war in der letzten Zeit auch wesentlich öfter in einem anderen Laden gewesen: einem Internetcafé. Er schlug sich vor die Stirn. Warum war ihm das eigentlich nicht früher eingefallen? Jule beantwortete ihre E-Mails normalerweise bei der Arbeit, das hatte sie ihm irgendwann mal erzählt. Aber warum ging sie dann neuerdings hierhin? Seltsam. Er musste wieder nach Hause zurück, um seine Aufzeichnungen zu prüfen. Egal, was die Kirchgessner dachte. Er warf den halbvollen Becher in einen Abfalleimer und eilte zu seiner Wohnung zurück. Das war nun schon der zweite Hinweis, den er gefunden hatte. Erst diese Postkarte. Er war sich fast sicher, dass die bei seinem letzten Besuch noch nicht dort gelegen hatte. Und nun das Internetcafé. Irgendetwas erschien ihm daran verdächtig. Er zog sein Handy heraus. Er musste dringend telefonieren.

44. Kapitel

18. August 2014

Du bist besoffen. Schon seit Tagen. Bei Tag und bei Nacht. Kriegst trotzdem einfach nicht das Bild aus dem Kopf. Du hast geträumt: Tausende wimmelnde Maden kriechen aus den Wunden des Mädchens, die überall auf ihrem Körper sind. Sie setzt sich auf und sagt mit Schaum vor dem Mund: »Komm zu mir. Halt mich.«

Und wenn du dir gerade sagst, dass das abgeschmackter Mist ist, dann riechst du wieder diesen abscheulichen Gestank. Der hat sich festgesetzt in deiner Nase.

Du bist in der Nacht noch mal runter gelaufen. Nachdem du aus der Kneipe zurück warst. Hast die Matratze verbrannt. Und die Klamotten. Sowieso besser, hast du gedacht. Falls doch mal jemand kommt. Spuren verwischen. Kennt man ja. Und da war dieser Gedanke. Plötzlich stand er glasklar vor dir. Flog mit den Flammen des Feuers hoch und setzte sich in dir fest: Das alles auffliegen würde.

Sie würden dich erwischen.

Alle würden sie auf dich zeigen.

So wie damals. Du warst noch so jung. Solltest dich zu ihr legen. Alle sahen sie zu. Nickten. Was du wolltest, zählte nicht. Leg dich hin, haben sie gesagt.

Sie würden dich hassen.

Keiner würde dir glauben, dass es nur ein Zufall war. Dass sie zu dir gekommen war. Sie war daran schuld. Niemand hat sie darum gebeten.

Gelockt hättest du sie, würden sie sagen.

Da hattest du Angst.

Eine Scheißangst.

Hast genug gehört, was im Knast mit Typen passiert, die Menschen quälen. Du hast den Gedanken abgeschüttelt. Aber nur für einen Moment. Dann kam er immer wieder. Du hattest Kopfweh. Dir war schlecht. Du hast schnell dein Medikament genommen, aber dein Gesicht peinigte dich mehr als je zuvor, hat ohne Unterlass gezuckt. Hat sich nicht mehr beruhigt. Auch egal, hast du gedacht und angefangen zu trinken. Was Hartes musste her: Whiskey. Hast ganze Flaschen in dich reingeschüttet. Und dann warst du wohl ohnmächtig. Alles hat sich gedreht, als du wieder zu dir gekommen bist. Aber der Gedanke, dass es dir an den Kragen gehen wird, war weiter da. Ging nicht weg. Lief wie ein Spruchband durch deinen Kopf. Du hast sie gehört, die Häme, die Beschimpfungen. Dass du ihr das angetan hast. Dass sie wegen dir draufgeht. Sie würden drauf kommen. Dich nicht mehr in Ruhe lassen. Da hast du es mit dir nicht mehr ausgehalten in dem Raum.

Du bist gelaufen. Raus. An die frische Luft. Aber da kam keine Befreiung. Wieder zurück. Aber ins Haus konntest du nicht – da war sie.

Weiter, mit dem Auto. Du hattest getrunken, aber das war egal. Du musstest weg. Bist zum Mäuseberg und hoch zum Dronketurm. Dann die Wendeltreppe hinauf, als wäre der leibhaftige Teufel hinter dir her. Dir wurde schwindelig. Viel zu eng hier, der Berg war auch schon steil. Du wolltest nur noch Luft, raus. Aber dann, für einen kurzen Moment, da hast du gedacht, so könntest du den Bullen entfliehen. Ihr entfliehen. Dem Anblick des rohen Fleisches und dessen schalem Geruch.

Einfach weg. Fliegen. Einmal. Du hast nach unten geschaut und der Boden zog dich an. Er wäre die Erlösung.

Dann wolltest du auf die Balustrade klettern. Aber da kamen ein paar Wanderer vorbei. Haben von unten geglotzt, zeigten hoch und kamen dann auch noch. Schauten dich angewidert an. Aber keiner kam dir zu nahe. Die Frau schlug die Hand vor den Mund. Das Kind deutete mit dem Finger auf dich. Da verging es dir.

Hast dich zurückgezogen, rumgepöbelt. »Nie hat man seine Ruhe«, hast du geschrien. Aber du wusstest es: Du konntest es nicht. Du wärst nicht gesprungen, auch alleine nicht. Du warst nicht in der Lage, dich umzubringen. Dir ein Ende zu bereiten, wie das ein wahrer Mann getan hätte.

Da hast du gesehen, was du bist: Ein Feigling. Eine Memme.

Einer der neben seiner fast toten Mutter lag. »Erfüll ihren letzten Wunsch, Junge«, haben sie dich gedrängt. Du hast dagelegen, still, hast den Tod gerochen. Sie war bleich. Die Wangen eingefallen. Völlig verändert. Du warst noch so klein. Hast sie gehasst, diese Krankheit. Sie hast du geliebt, aber konntest es nicht aushalten neben ihr. Hast den schalen Atem gerochen. Beim letzten Zug der rasselnd aus ihr kam, da hast du es dir geschworen: Keine macht dich mehr klein. Keine.

Du bist die Stufen runtergerannt, so schnell du konntest. Wolltest dem Geruch entfliehen, den Bildern. Vor dir selbst. Bist wohl auch gefallen, denn die Hose war zerrissen. Egal, nur weg. Auf dem Weg zurück hast du eingekauft. Billigen Fusel und teuren. Hauptsache viele Flaschen. Die würdest du brauchen.

Die Tür zur Küche, die hast du vorsorglich geschlossen, als du das Haus betreten hast. Damit sie nicht zu dir kann.

Sie hat dich verhext.

Du bist nicht mehr du.

45. Kapitel

19. August 2014

Wieder Schritte vor der Tür. Jule lauschte angestrengt nach draußen. Sie war nun schon tagelang hier angekettet. Und wusste nicht, was geschehen würde. Ihr Hunger war mittlerweile unbändig geworden. Sie träumte nur noch von Essen und glaubte manchmal schon, etwas auf der Zunge zu schmecken oder zu riechen, wenn sie nur intensiv genug daran dachte. Seit sie sich bewegen konnte, waren alle normalen Bedürfnisse wieder stärker in ihr Bewusstsein gerückt. Mittlerweile rebellierte ihr Magen mit heftigen Krämpfen, wenn sie die Tabletten einnahm. Dennoch: Das Fieber sank und sie gesundete langsam, deshalb nahm sie diese Schmerzen in Kauf.

Seltsam war nur, dass er nie rein kam. Immerhin waren die Lebensmittel, der Ofen, Geschirr in diesem Raum. Musste er nie essen? Trinken?

Sie sehnte sich nicht danach, ihn zu sehen. Weil sie immer noch nicht wusste, was er im Schilde führte. Was er als nächstes mit ihr tun würde. Es musste einen Grund geben, dass er sie hier wie einen Hund angeleint hatte. Es war ein Wagnis, denn hier konnte sie jeden Besucher auf sich aufmerksam machen, Lärm schlagen. Wenn er dieses immense Risiko einging, dann musste es für ihn einen Vorteil geben. Obwohl sie sich das Hirn zermarterte, fand sie keine schlüssige Begründung. Warum war sie hier? Die alten Fesseln hatten doch ihre Wirkung getan!

Und es gab unzählige Möglichkeiten, um auf sich aufmerksam zu machen oder sich zu wehren. Je nachdem, was nötig war. Sie konnte den Abfluss verstopfen und das Wasser laufen lassen. Irgendwann würde es aus der Tür laufen, in die anderen Zimmer hinein, die es zweifelsohne geben musste. Die Küche lag im Hochparterre, irgendwann würde sie jemand bemerken. Oder nicht? Aber in jedem Fall würde es ihr gelingen, ihn zu verletzen. Sie könnte den Herd einschalten, bis die Platte glühte, ihn dann zu sich locken und in die Richtung schubsen. Und sollte sie einen Teller oder Besteck bekommen, hätte sie eine richtige Waffe. Doch schon die Dosen konnten ihn auf Abstand halten, wenn sie gut genug zielte oder kräftig genug zuschlug.

Gleichzeitig wollte er, dass sie stärker wurde. Sonst hätte er ihr keine Medikamente gegeben. Und kein Wasser. Auch wenn sie keine Ahnung hatte, was folgen sollte. Ihr war nicht mehr so häufig schwindelig und sie fühlte sich kräftiger. Und das Tageslicht, der Blick auf das Wetter, bewirkte, dass sie sich besser fühlte. Wenigstens konnte sie nun sagen, wann Tag und wann Nacht war. Hatte wieder eine Orientierung für die Zeit, die verging.

Eines machte sie weiterhin wahnsinnig: Ihr fehlte es, mit jemandem zu sprechen. Eine menschliche Stimme zu hören, sich auszutauschen, Zuwendung zu bekommen. Selbst mit ihm hätte sie gesprochen. Sie hatte immer geglaubt, sie wäre wirklich gerne alleine. Nun merkte sie, wie viele Menschen ihr in ihrem normalen Leben begegnet waren: Die grüßenden Nachbarn im Flur, Passanten auf der Straße, von denen man Satzfetzen auffing, die Bäckersfrau, Menschen in der U-Bahn, die Touristen, die nach dem Weg fragten. Sie vermisste diese kleinen Dinge: ein Lächeln, eine freundliche Geste, eine Beobachtung.

Um nicht schon wieder zu weinen, tat sie, was sie seit zwei Tagen immer tat, wenn sie in diese Stimmung kam: Sie pflegte ihre Wunden. Sie saß gerade auf dem Boden, versuchte, die Tubenöffnung tiefer unter die Fußschelle zu bekommen, um auch dort die Schmerzen zu lindern, als die Tür aufgerissen wurde.

Vor Schreck stand ihr Mund offen. Micke stand schwankend

in der Tür. Mit seinem Eintreten war eine Wolke von Gerüchen in den Raum gedrängt: Alkohol, Schweiß, Rauch. Seine Kleidung starrte vor Dreck. Seine Haare glänzten fettig, Strähnen hingen aus seinem Zopf und sein Kinn, das bei ihrer ersten Begegnung glatt rasiert gewesen war, bedeckten nun lange Bartstoppeln. Seine rotgeränderten Augen blickten auf sie herab. Die Veränderung erschreckte sie bis ins Mark. Er sah aus, als wäre er wahnsinnig geworden.

»Glotz mich nicht an, du Hexe!«, zischte er.

Jule senkte den Kopf zwischen ihre Knie. Alle ihre Pläne hatten sich mit einem Mal in Luft aufgelöst. Die Dose stand auf der Spüle. Verflixt! Sie hatte nichts, um sich zu wehren. Und es würde zu lange dauern, um sich aufzurappeln.

Was würde jetzt geschehen? Er wirkte, als wäre er völlig zugedröhnt. Sie zog sich noch mehr in sich zusammen, als sie hörte, dass er sich mit schlurfenden Schritten in Bewegung setzte. Angstvoll hielt sie die Tube umklammert. Sie sah, wie ihre Hand zitterte.

Sie legte den Kopf schief und lugte unter ihren Haaren durch. Er ging zu der Anrichte auf der anderen Seite des Raumes und suchte etwas, zog eine Schublade nach der anderen auf, wühlte darin herum, es klimperte. Dabei stieß er immer wieder schnaufende Laute aus.

Sie senkte den Kopf wieder, als er sich zu ihr zu drehen schien. Er hatte etwas in der Hand, als er sich näherte. Ihr Herz pochte wild, kalter Schweiß strömte aus ihrem Körper und gleichzeitig schien das Fieber wieder anzusteigen. Er stand nun unmittelbar neben ihr und sein Gestank ließ sie noch mehr zurückweichen. Er hatte offenbar auch in die Hose uriniert. Sie hatte Angst, sich übergeben zu müssen.

Er stand nun direkt neben ihr. Sie lugte hervor und sah, dass er von ihr abgewandt offenbar etwas in dem Schrank neben der Spüle suchte. Die Dosen! Sie betete, dass er ihr die nicht wegnehmen würde. Auch wenn sie sie nicht öffnen konnte, hatte sie die bunten Etiketten gerne betrachtet, und es wirkte tröstlich, sich auszumalen, was sie damit kochen könnte. Und sie waren eine Waffe. Bisher ihre einzige.

Er richtete sich auf und ging wieder zur Anrichte. Sie hörte ein metallisches Klicken, dann ein Schleifen. Was tat er da? Wie sollte sie sich verhalten? Er bückte sich und holte einen alten Topf aus einem der Schränke. Sie hörte etwas plätschern und hätte weinen mögen: Er kochte! Sie hatte schon geglaubt, es gäbe in diesem Haus noch einen weiteren Ort, wo man Essen zubereiten konnte, weil er sich nie etwas zu essen gemacht hatte.

Er drehte sich um und ging in ihre Richtung zum Herd. Sie konnte ihren Blick nicht von dem Topf.

»Was grinst du so blöde?«, herrschte er sie an. Sie zog rasch wieder den Kopf zwischen ihre Schultern. Es war nicht der Ton, der sie erstarren ließ. Sondern die Erkenntnis, dass er zwar kochte, aber definitiv nicht vorhatte, ihr etwas davon zu geben. Was konnte sie nur tun, um einen winzigen Happen zu bekommen?

Erste Aromen stiegen ihr in die Nase. Dosenspaghetti oder Ravioli. Mit dem Geruch und dem rührenden Geräusch des Löffels im Topf kamen unglaublich viele Erinnerungen in ihr hoch. Längst vergessene Episoden aus dem Elternhaus, Urlaubstage, ihre erste Zeit als Studentin mit eigenem Haushalt, wo sie sich anfangs ausschließlich von solchen Fertiggerichten ernährt hatte. Und gleichzeitig war sie nie weiter von dieser Zeit entfernt gewesen. Während er das Essen erhitzte, hörte sie ihn unaufhörlich vor sich hin brabbeln. Sie verstand kein Wort, aber etwas an seinem Tonfall verriet ihr, dass er beunruhigt war. Er beschimpfte etwas oder jemanden.

Seine Art befremdete sie. Wie konnte ein Mensch sich nur so gehen lassen? Er schien völlig in seiner Welt versunken. Sie hatte nie mit geistig verwirrten Personen zu tun gehabt, aber so ungefähr stellte sie sich diese Menschen vor. Ihr fielen Szenen aus dem Film »Einer flog über das Kuckucksnest« ein, den sie im Englisch-Unterricht gesehen hatten. Er wäre in dieser Gesellschaft nicht weiter aufgefallen, wenn man ihm einen Kittel angezogen hätte.

Die Gerüche intensivierten sich. Obwohl er direkt vor dem Topf stand, schien er nicht zu bemerken, dass sein Essen gerade anbrannte. Als sie schon kurz davor war, etwas zu sagen, nahm er das verschmorte Essen und trug es zur Anrichte. Er nahm einen Teller vom darüberliegenden Regal und schöpfte ihn voll. Dann schlurfte er, ohne sie eines Blickes zu würdigen aus dem Zimmer. Die Tür ließ er offen.

Erst jetzt wagte Jule es, die kostbare Cremetube zuzudrehen. Dann betrachtete sie den Topf, der dampfend auf der anderen Seite des Raumes stand. Im Kopf maß sie die Entfernung ab. Würde sie es schaffen, bis dorthin zu gelangen, wenn sie sich hinlegte und die Kette ganz straff zog? Sie befürchtete, es würde nicht reichen. Aber sie wollte es versuchen, wenn sie sicher war, dass er nicht wiederkam.

Sie lauschte weiter. Der Löffel schlug immer wieder auf das Porzellan. Er schien zu essen. Ihr lief das Wasser im Mund zusammen. Gleichzeitig hörte sie ihn auch unablässig reden. Nun lachte er ekstatisch. Ein ungutes Gefühl beschlich sie. Was, wenn er wirklich den Verstand verloren hatte? Nicht genug, gefangen zu sein, aber wenn er irre war, dann wusste sie gar nicht mehr, was ihr blühen würde. Aber war ein Irrer in der Lage, sich eine so vertrackte Fesselmethode auszudenken?

Sie erschrak, als er plötzlich wieder in die Küche zurückkehrte und einen Zischlaut in ihre Richtung machte. So, als wollte er eine Katze verjagen. Er füllte seinen Teller erneut und wollte gerade wieder aus der Tür hinaus, da platzte es aus ihr heraus: »Darf ich eine Decke haben?«

Er hielt in der Bewegung inne. Wie schon vorhin schwankte er, wenn er ruhig stand. Dann sah er sie an. Sein Blick flatterte, hielt ihrem nicht stand.

»Bitte. Mir ist nachts furchtbar kalt.« Warum sie nicht um

etwas zu essen gebeten hatte, wusste sie selbst nicht. Vielleicht, weil es so offensichtlich war, dass er ihr nichts geben würde. Aber mit dem was nun kam, hatte sie überhaupt nicht gerechnet. Er ging mit zwei Schritten zur Anrichte, schleuderte mit aller Kraft den Topf in ihre Richtung. Sie zog den Kopf gerade rechtzeitig ein, so dass er sie nur an der Schulter traf.

»Nimm das, du Hexe! Daran kannst du dich wärmen!« Mit diesen Worten ging er lachend aus dem Raum und warf mit einem lauten Knall die Tür zu.

46. Kapitel

19. September 2014

Ulrike Ziegler öffnete die Wohnungstür und freute sich, die Kommissarin begrüßen zu dürfen. Sie hatte schon mit ihr gerechnet und die Fotos herausgesucht, um die sie am Vorabend telefonisch gebeten hatte. Weil sie nachts nicht schlafen konnte, hatte sie Plätzchen gebacken. Heidesand. Die mochte Jule immer so gerne. Sie waren etwas bröselig geworden, weil sie sich mit dem Herd nicht so gut auskannte. Aber sie würden auch so zu dem Earl Grey schmecken, den sie bereits aufgebrüht hatte.

Sie wies Annette den Platz zu, an dem sie bereits den Fotostapel positioniert hatte. Ulrike bewunderte die auffälligen roten Lackschuhe mit Keilabsatz und das dazu passende Batikshirt, in dem rote und beige Töne ineinanderflossen. So hatte sie sich eine Kriminalbeamtin nie vorgestellt. Eher bieder und korrekt gekleidet wie Scully bei Akte X. Ulrike konnte sich vorstellen, dass Jule diese Sachen auch gefallen hätten. Sie war nervös und aufgekratzt. Immerhin hatte sich Frau Kirchgessner offenbar nun doch entschlossen, endlich eine Vermisstenanzeige zu schalten.

»Das ist aber lieb von Ihnen, Frau Ziegler. Sie haben wirklich ein Händchen für solche Dinge.« Sie wies auf den Tisch und das liebevoll arrangierte Geschirr. »Und hier riecht es verdammt lecker!«

»Das sind die Plätzchen. Selbstgebacken.« Ulrike strahlte über das ganze Gesicht.

»Sie wollen mich wohl mästen, was?« Annette lächelte zurück und klopfte auf ihren Bauch, den Ulrike überhaupt nicht als dick empfand. Stämmig war sie, aber das stand ihr.

Wenn der Anlass ihres Aufenthaltes nicht so fürchterlich wäre, könnte sie sich beinahe daran gewöhnen, hier zu leben, sich mit der Kommissarin häufiger zu treffen. Sie erschrak bei diesem Gedanken und schüttelte ihn gleich wieder von sich ab.

»Sie wirken heute viel ausgeglichener. Haben Sie irgendetwas gehört?« Annettes Tonfall klang beiläufig, aber ihre veränderte Sitzhaltung zeigte Ulrike deutlich, dass sie nun wieder im Dienst war. Sie bewunderte, wie Annette Kirchgessner von einer Sekunde auf die andere in ihre Professionalität zurückfand. Sie änderte dann schlagartig ihre Sprechweise. Und strahlte eine derartige Energie aus, die Ulrike motivierte und stärkte.

»Nein, ich habe nichts gehört. Ich freue mich einfach, dass Sie nun doch endlich eine Anzeige schalten werden! Wissen Sie, darauf habe ich doch die ganze Zeit gehofft. Nun werden wir sicher bald einen Hinweis bekommen.« Ulrike bemerkte, dass die andere den Kopf senkte. »Meinen Sie nicht?«, fügte sie schnell hinzu.

»Es ist nicht ganz die Art von Anzeige, die Sie im Sinn haben.« Annette nahm ein Stück Würfelzucker und legte es auf ihren Löffel. »Ich darf doch?« Sie sah Ulrike an, die kurz nickte. Dann nahm sie sich die Kanne und goss den heißen Tee erst in Ulrikes, dann in ihre eigene Tasse. »Wissen Sie, ich sehe immer noch keinen Hinweis darauf, dass ein Verbrechen vorliegt. Und gerade die Tatsache, dass Jule eine Urlaubsreise angetreten hat, spricht nicht für eine direkte Bedrohung von Leib und Leben.« Annette nahm den Löffel, ließ ihn langsam in die heiße Flüssigkeit sinken und sah zu, wie der Zucker sich auflöste.

Ulrike öffnete den Mund, um erneut zu begründen, warum sie anderer Meinung war, aber Annette Kirchgessner hob die Hand, um sie um Ruhe zu bitten.

»Lassen Sie mich bitte aussprechen. Es tut mir leid, das sagen zu müssen, aber es ist das gute Recht Ihrer Tochter, ihren Aufenthaltsort für sich zu behalten. Ich kann mir denken, wie sich das für Sie anfühlt. Es muss schrecklich sein, in dieser Ungewissheit zu leben. Aber vielleicht gibt es ja einen Grund, warum Jule sich zurückzieht. Vielleicht kam sie mit der Situation hier nicht mehr zurecht. Und braucht ihre Zeit, um Kraft zu sammeln. Wenn Sie sie lieben, werden Sie das akzeptieren. Eines Tages wird sie Ihnen den Grund für ihr Handeln erklären, da bin ich ganz sicher. Manchmal ist man in so einer verzweifelten Lage, dass man einfach nicht anders kann. Wir dürfen auch diese Möglichkeit nicht aus den Augen verlieren.«

Annette schaute ihr offen ins Gesicht. Ulrike sah dabei einen Zug, den sie bisher nicht wahrgenommen hatte. »Sie sprechen gerade so, als wäre Ihnen das auch schon einmal passiert.«

Annettes Augen weiteten sich, dann senkte sie den Blick und rührte in ihrer Tasse. »Nicht ganz. Aber das ist eine andere Geschichte. Ich weiß nur, dass Menschen, die wir lieben, manchmal Dinge tun, die wir nicht verstehen können.«

»Aber hätte sie denn nicht zu mir kommen müssen? Ich bin doch ihre Mutter … Es ist nicht nur, dass ich sie vermisse. Ich fühle mich wie amputiert. Nicht mehr vollständig.« Annette sah wieder von ihrer Tasse auf und lange in Ulrikes Gesicht. Sie sagte nichts. Dann nahm sie Ulrikes Hand. Diese Geste tat ihr wohl. Ulrike spürte die Wärme, ließ einen Teil der Kraft in sich fließen. Sie hatte das Gefühl, nicht mehr alleine zu sein. Und in diesem Moment wusste Ulrike, dass nichts im Leben ohne Grund geschah. So schmerzlich diese Reise ohnehin war, ihr wurde nun endlich bewusst, wie armselig ihr Leben in ihrem Reihenhaus in Münster gewesen war. Sie musste etwas ändern. Sobald hier alles geklärt war.

Annette drückte noch einmal fest ihre Hand und fuhr fort:

»Es gibt da noch einen anderen Weg. Und ich denke, dass uns dieses Mittel vielleicht weiterführt. Wir werden einen kleinen Film machen, den wir ins Internet stellen. Wir werden dabei Bilder von Jule zeigen, sie beschreiben. Dann werden wir Hinweise auf ihren Aufenthaltsort erbitten und auch Jule selbst ansprechen, uns ein Lebenszeichen zu geben. Sie muss ja nicht sagen, wo sie ist, verstehen Sie? So hat sie die Möglichkeit, mit uns in Verbindung zu treten, ohne etwas von sich preiszugeben.«

Ulrike sah aus dem Fenster und dachte über Annettes Vorschlag nach.

»Aber wenn sie sich melden wollte, könnte sie das doch über das Handy tun. Und ich wüsste dann auch nicht, wo sie sich aufhält.«

»Oh, Frau Ziegler, was denken Sie denn, wie einfach es heute ist, jemanden ausfindig zu machen, der ein Handy besitzt. Dafür gibt es jede Menge Anbieter im Internet. Diese Prüfung war eines der ersten Dinge, die ich versucht habe. Aber Jule hat ihr Handy offenbar ausgeschaltet. Oder sie hat eine neue SIM-Karte, falls sie im Ausland ist. Jedenfalls ist eine Ortung nicht möglich.«

Wie so oft kam sich Ulrike dumm vor. Sie hatte wirklich keinerlei Ahnung von Technik und neuen Medien. Auch das würde sie ändern. Wenn Jule wieder da war.

»Was soll's, Sie haben natürlich recht. Machen wir uns gleich an die Arbeit? Ich weiß nur nicht, wie …«

»Nein, Frau Ziegler, das brauchen Sie auch nicht zu wissen. Ich habe Martin Görner gebeten, das für uns zu übernehmen. Er ist noch kurz an der Uni und dann will er sich gleich an die Arbeit machen.«

Bei der Erwähnung des Nachbarn fiel Ulrike wieder das seltsame Gefühl ein, das sie in seinem Beisein das letzte Mal gehabt hatte. Sollte sie Annette Kirchgessner davon erzählen?

»Hat sich eigentlich Lena inzwischen bei Ihnen gemeldet?«, fragte Annette in ihre Überlegungen hinein.

»Nein. Aber …« Ulrike suchte nach Worten. Sie rang ihre Hände umeinander, so, als könne sie dadurch ihren Gedanken auf die Sprünge helfen. »Irgendwie erscheint mir dieser Martin komisch«, platzte es aus ihr heraus.

Annette schaute sie erstaunt an. »Wie meinen Sie das?«

»Naja, er war gestern hier und er hat sich irgendwie seltsam benommen. Er fasste einfach alles an und ging hier herum, gerade so, als würde er irgendetwas suchen. Und er schien sich auch so gut auszukennen. Dabei hatten die beiden doch gar nicht viel miteinander zu tun.«

Annette schüttelte vehement den Kopf. »Ach, Frau Ziegler, keine Sorge. Ich befürchte, der junge Mann ist unglücklich verliebt in Ihre Tochter! Und möchte deshalb helfen. Das ist ein ganz schüchterner Kerl. Sie müssen das so sehen: Der steht plötzlich seiner Traum-Schwiegermama gegenüber. Da kann man schon mal etwas übereifrig werden.«

»Nein, nein. So meine ich das nicht. Ich weiß nicht, wie ich es sagen soll. Aber er hat so etwas … er dringt so in die … Intimsphäre dieser Wohnung ein. Könnte er Jule vielleicht nachstellen? Davon liest man doch dauernd in der Zeitung.«

Annettes Stirn legte sich in Falten. Sie dachte nach. »Martin? Ein Stalker? Das kann ich irgendwie nicht glauben. Wissen Sie, er ist einfach nur unbeholfener als die meisten jungen Männer seines Alters. Das wirkt dann mitunter etwas seltsam.« Annette stand auf und griff zu dem Stapel Fotos. »Aber ich kann ihm ja mal auf den Zahn fühlen. Wenn es Ihnen so wichtig ist. Wir wollen keine Möglichkeit auslassen.«

Ulrike strahlte. Vielleicht hatte sie nun doch einen entscheidenden Hinweis gefunden. Sie schöpfte wieder Hoffnung.

»Aber erst einmal werde ich mir jetzt Zugang zum Zimmer dieser Lena verschaffen, wenn die jetzt nicht im Wohnheim anzutreffen ist. Gesehen hat sie seit ein paar Tagen dort keiner mehr. Sie scheint zwar nicht gerade zu den Beliebtesten dort zu gehören, sodass sie keiner vermisst. Aber dass die sich nicht meldet, finde ich schon seltsam.«

»Sie meinen, Lena ist auch verschwunden?« Ulrike schlug vor Schreck die Hände vor den Mund.

»Ich meine gar nichts, Frau Ziegler. Ich prüfe das.«

Ulrike war erstaunt über den schroffen Ton, sagte aber nichts weiter. Sie durfte die Frau nicht verärgern. Stattdessen huschte sie zur Anrichte und packte rasch ein paar Stücke Heidesand in Alufolie, als sie merkte, dass die Beamtin offenbar gleich aufbrechen wollte.

»Sie haben ja gar nichts genommen.«

Annette sah sie an, lächelte kurz, nahm das Päckchen entgegen und verschwand mit einem: »Sie hören von mir.« Dann war Ulrike wieder allein.

47. Kapitel

19. August 2014

»Mir ist nachts so kalt«, hörst du es noch nachhallen. Ist das dein Problem? Du bist doch kein Wohlfahrtsverein! Wäre sie geblieben, wo sie hergekommen ist, dann könnte sie jetzt im warmen Bettchen liegen. Nein. Nicht dein Problem.

Kochen sollte sie. Dir eine Hilfe sein. Stattdessen sollst du dich um sie kümmern. Die spinnt doch!

Was sie wohl gesagt hätte, wenn du deine Arme ausgebreitet hättest? Wäre sie gekommen, um sich an dir zu wärmen? Du lachst aus tiefstem Herzen und hättest gute Lust, das zu probieren. Aber du hast zu tun. Du musst etwas herausfinden.

Du wirst sonst verrückt. Ob sie schon nach dir suchen? Du gibst in Google ihren Namen ein. Und findest – nichts. Keine großformatigen Bilder. Keine Suche. Dabei ist sie jetzt schon mehr als zwei Wochen hier und keiner sucht sie. Keine Zeile über das vermisste Weib.

Du kannst dein Glück nicht fassen. Du versuchst es noch in einer Zeitung aus München. Auch dort keine Meldung. Kaum zu glauben!

Du hältst inne. Du musst auf der Hut bleiben. Ist das nicht seltsam? Du überlegst. Eine Falle? Nein. Würde nichts bringen. Was dann? Urlaub würde man sicher denken. Ist ja auch die Zeit dafür. Eine Sommerreise.

Also hast du nichts zu befürchten. Erst einmal. Du hast ihren Zauberbann gebrochen! Die Hexe kann nichts mehr ausrichten!

Du lehnst dich zurück. Du spielst mit den zwei Schlüsseln, die um deinen Hals hängen. Für ihre Fesseln. Wo der dritte ist, weißt du gar nicht mehr. Vielleicht bei deinem Ausflug verloren gegangen. Auch egal. Du wolltest die eh nicht befreien.

Da wolltest du dich wegen der fast von diesem Turm stürzen. Für nichts und wieder nichts hast du dich verrückt gemacht. Hättest du auch gleich dran denken können, an das Internet. Nachzuschauen.

Jetzt brauchst du Entspannung. Die brauchst du. Vielleicht sollte die Hexe dir die Füße massieren. Oder sie lecken. Aber du traust ihr nicht. Du siehst es in ihren Augen. Gerissen ist die. Würde dir womöglich einen Zeh abbeißen.

Die Hände könnte sie schon gerne benutzen. Du wüsstest schon eine Verwendung. Bei dem Gedanken musst du grunzen. Könntest noch mal auf diese Bondage-Seiten gehen. Die haben dir gefallen. Aber das ist nichts. Nicht übers Internet.

Du brauchst was Lebendiges. Die in der Küche?

Noch einmal schaust du nach, ob ihr Name ein Suchergebnis bringt. Nein, nur das Übliche. Sonst nichts.

Das hieß … Sollte das wirklich so einfach sein? Einen Menschen zu behalten? Du hast an dem Tag nicht groß drüber nachgedacht. Nur die Gelegenheit beim Schopf gepackt.

Aber du kannst das auch noch mal machen. Geplant. Eine suchen, die dich so richtig anmacht. Der Keller ist jetzt wieder frei. Irgendeine von diesen Rucksacktouristinnen. Davon gibt es weiß Gott genug. Rennen heute alle alleine durch die Gegend und halten sich für stark und unantastbar. Wenn sie von der Schule kommen, dann sind sie noch ganz zart. Oder eine Ausländerin. Die nur gebrochen sprechen. Und Arbeit suchen.

Das ist es! So eine suchst du dir! Sagst, du suchst eine Hilfe für den Hof. Für die Ernte!

Dafür muss man nicht sprechen können. Und arbeiten können die. Versprichst Geld dafür und Kost und Logis.

Nur das mit dem Geld ist gelogen. Der Rest stimmt. Aber ernten werden sie – wenn sie dich gut melken! Du lachst! Und das können die. Im Ausland, da wissen die Frauen noch was sich gehört.

Sind nicht so schnippisch wie die hier. Und nicht so hässlich und fett wie die Weiber im Ort. So eine willst du haben. So eine wirst du dir holen. Gleich noch einmal ein paar Fesseln bestellen. Oder gleich einen Käfig. Und vielleicht noch ein wenig anderes Handwerkszeug. Damit du endlich auf deine Kosten kommst!

48. Kapitel

24. August 2014

Fünf Tage waren vergangen, seit Mike ihr den Topf an die Schulter geworfen hat. Die Gier nach den Essensresten, die in alle Richtungen geflogen waren, überlagerte alles andere. Selbst den dicken Bluterguss, der an ihrem Arm entstanden war, spürte sie nicht. Wie von Sinnen hatte sie sich auf den Topf gestürzt, alles mühevoll mit den gefesselten Händen herausgekratzt. Danach hatte sie jeden noch so kleinen Rest vom Fußboden geschabt. Der Dreck war ihr egal. Auch, ob er ihr zusah oder nicht. Das elementare Bedürfnis, überleben zu wollen, überlagerte alles andere. Und wie köstlich dieser angebrannte Dosenfraß schmeckte, nachdem sie so lange keine richtige Mahlzeit mehr gehabt hatte.

Aber noch während sie mit der Zunge die letzten Reste aus den Zähnen lutschte, bekam sie entsetzliche Magenschmerzen. Es fühlte sich an, als läge eine heiße Eisenkugel in ihrem Bauch. Sie krümmte sich zusammen, davon wurde es aber nur noch schlimmer. Auch ihr Darm krampfte. Sie hätte nicht so schlingen dürfen. Wie ein Tier hatte sie sich auf den Topf gestürzt. Schließlich wusste sie nicht, ob sie je wieder so eine Mahlzeit bekommen würde. Trotz der Schmerzen, die Stunden andauerten, spürte sie, dass sie wieder mehr Kraft hatte. Sie konnte länger wach bleiben. Dadurch wurden ihre Tage aber länger und vergingen zäh wie Kaugummi.

Immer wieder betastete sie vorsichtig die wunden Stellen am Po und an den Oberschenkeln, die nur langsam verheilten.

Wenn sie nichts mehr von Mike hörte, legte sie sich nachts auf den Bauch und ließ die offenen Stellen einige Stunden an der Luft trocknen. Nur zwischen ihren Beinen veränderte sich nichts. Dort blieben die Entzündungen schmerzhaft und eitrig. Die dünne Baumwollunterhose war mittlerweile vollgesogen von Flüssigkeiten, die die Wunde absonderte. Die harten Stellen im getrockneten Stoff rieben und schadeten ihrer Haut noch zusätzlich. Erst nach einiger Zeit war sie auf die Idee gekommen, den Topf, den sie gleich unter der Spüle verstaut hatte, zu nutzen, um die Hose notdürftig zu waschen: Sie zog sie zuerst bis zu den Knien hinunter, schob den Topf unter ihre angewinkelten Beine und ließ sich dann so tief hinunter, dass sie den Stoff in das Wasser tauchen konnte. Das Schwierigste war, die Hose mit einer Hand zu wringen. Sie versuchte es abwechselnd mit rechts und mit links. Das war auch gleich ein gutes Training, um die Armmuskulatur wieder aufzubauen. Sie beließ danach die feuchte Hose auf Kniehöhe, damit sie trocknen konnte, und lüftete sie so gemeinsam mit den Wunden aus. Aber das konnte sie nur nachts tun und in den wenigen Stunden wurde sie nie ganz trocken.

Mike ließ sich mittlerweile öfter sehen. Auch die Tür stand nun häufiger offen. Die kühle Luft im Haus tat ihr gut. Mehr und mehr besserte sich ihre Stimme, klang nicht mehr so kratzig, und der Husten verging. Die modrige, staubige Luft in dem alten Keller war offenbar für ihre Halsschmerzen verantwortlich gewesen.

Jedes Mal, wenn er sich etwas kochte, bekam sie den Rest. Einmal sprach sie ihn an.

»Bitte, Mike, ich glaube, ich bekomme meine Periode. In meinem Rucksack ist alles, was ich brauche.«

Er hatte sie daraufhin nur mit riesigen Augen angeglotzt, sein Essen, das sicher noch nicht warm war, mitgenommen und die Tür geschlossen. Zunächst hatte sie geglaubt, er käme nicht mehr wieder, und ärgerte sich, überhaupt den Mund aufgemacht zu haben. Nun hatte sie weder Tampons noch etwas zu essen.

Umso glücklicher war sie, als er dennoch am Abend mit einem Brot und einer langen Salami hereinkam. Er machte sich einen Teller fertig. Ihr warf er auch etwas zu.

Deshalb vermied sie es mittlerweile, um etwas zu bitten. Je ruhiger sie sich verhielt, desto mehr bekam sie von den Mahlzeiten ab. In der Spüle hatte sie einen alten Lumpen gefunden, der um ein Rohr gewickelt war. Sicher sollte er etwas abdichten, aber es war ihr egal, wenn der Abfluss tropfte. Er würde das ohnehin nicht merken. Sie nahm ihn, wusch ihn aus und benutzte ihn als Binde. Besser als nichts. Die Blutung hielt sich in Grenzen. So als wüsste ihr Körper, dass sie ihre Eizellen nicht mehr brauchte.

In manchen Augenblicken beunruhigte sie ihr Verhalten. War das normal, was sie tat? Hätte sie nicht alles daran setzen sollen, zu flüchten? Doch wozu? Sie konnte sich von ihren metallenen Fesseln nicht befreien. Also fügte sie sich. Und je mehr sie sich auf die Situation einließ, desto besser fühlte die sich an. Sie wurde kräftiger. Essen bekam sie nun regelmäßig. Trinken konnte sie, wann immer sie wollte.

Trotzdem wusste sie, dass dieser Zustand jeden Tag enden konnte. Sie kannte seine Wutausbrüche, seine impulsive Art. Mike wurde ihr zudem immer unheimlicher. Manchmal lief er völlig griesgrämig herum. Wenn er trank, schien diese Seite besonders ausgeprägt. Einmal hatte sie gehört, dass er unbeherrscht herumschrie und schließlich irgendetwas durch das Zimmer warf. Es hörte sich an wie zerberstendes Holz. Ein Stuhl vielleicht. Immer noch besser ein Stuhl als meine Knochen, dachte Jule.

Seine Selbstgespräche wurden intensiver. Es schien ihn auch nicht zu stören, dass sie ihm dabei zuhören konnte. So wusste sie auch den Grund für seinen Wutanfall: Er wartete auf eine Lieferung, die sich offenbar verzögert hatte.

Ständig wiederholte er, er müsse ins Internet schauen. Etwas nachsehen. Was auch immer er damit meinte.

Am unheimlichsten war aber, dass er stets von »der anderen« sprach. Er gurrte förmlich, wenn er über »sie« sprach. Dabei war sich Jule absolut sicher, im Haus vollkommen alleine mit ihm zu sein. Es gab hier keine weitere Person. Niemand außer ihnen beiden. Besuch bekam er nie. Und sie konnte sich auch beim besten Willen nicht vorstellen, dass eine Frau Interesse an ihm haben könnte. Außer Bernd schien er niemanden gut zu kennen. Sie wunderte sich, dass er nicht öfter kam. Aber sie wusste ja auch nicht, wie weit entfernt sie von dessen Hof war: Waren das zehn Meter oder einige Kilometer? In dieser Einöde hier wäre beides denkbar.

Was Mike ansonsten tat, wusste Jule nicht. Er hörte kein Radio und hatte offenbar auch keinen Fernseher. Jedenfalls hörte sie nie ein Hintergrundgemurmel. Ein Telefon hatte sie auch nie gehört. Der Computer schien seine einzige Verbindung zur Außenwelt zu sein und war sein liebster Zeitvertreib. Neben dem Trinken.

Er fuhr auch selten mit dem Auto weg. Sie kannte das Geräusch – eines der wenigen, das man draußen außer dem Zwitschern der Vögel oder dem Pfeifen des Windes hören konnte. Meist fuhr er dann offenbar einkaufen, weil er bei seiner Rückkehr immer Sachen in der Küche oder im Zimmer davor ablud. Hin und wieder schleifte er auch irgendetwas Schweres oder stöhnte und fluchte unter seiner Last. Diese Dinge brachte er jedoch nicht in die Küche, sondern deponierte sie an einem anderen Ort des Hauses. Brach er am Abend auf, fuhr er wohl in eine Kneipe. Sie vermutete das, weil sie später an seinen Schritten hörte, dass er betrunken war. Es klang dann, als wäre ein Bein lahm, als würde er es hinter sich herziehen. An diesen Abenden hatte sie die meiste Angst. Denn an dem Abend als er im Keller über sie hergefallen war hatte er definitiv eine Fahne gehabt. Sie saß dann da, kauerte in ihrer Ecke und wippte vor und zurück. Vor lauter Angst befürchtete sie, wieder in die Hose zu machen. Einmal, als er draußen gewütet hatte, war ihr das wirklich passiert. Und sie hatte sich stundenlang nicht getraut, sich zu bewegen, hatte in der feuchten Kälte ausgeharrt, bis sie sich sicher gewesen war, kein Geräusch mehr zu hören.

Sie hatte auch schon gemutmaßt, es könne eine Prostituierte sein, mit der er sich abends vergnügte. Doch er wusch sich nie und das roch man mittlerweile deutlich. Sie konnte sich kaum vorstellen, dass jemand diesen Geruch aushielt. Auch nicht für Geld.

Allerdings hatte sich das heute geändert. Er hatte in der Küche ein Messer geholt und war dann gleich wieder irgendwo im Haus verschwunden. Als er nach einer Weile zurückkam war er nicht nur geduscht. Er trug auch eine andere Jeans und ein frisches, langärmliges T-Shirt. Beides sauber. Und er war glatt rasiert. Wie damals bei Bernd. Es war allerdings nicht zu übersehen, dass er hagerer geworden war, seit sie ihn das erste Mal getroffen hatte. Seine Nase stach spitz aus dem Gesicht und erinnerte an den Schnabel eines Greifvogels.

Also doch ein Mädchen, dachte Jule. Vielleicht hatte er sich ja verliebt. Sie musste bitter lächeln. Liebe – das Gefühl schien ihr so weit weg, wie aus einer anderen Zeit. Und die hätte sie jetzt so sehr gebraucht. Mehr noch als eine warme Decke.

Plötzlich setzte sie sich auf. Sie hörte sein Auto aufjaulen. Was, wenn er wirklich verliebt war? Sie rappelte sich auf, versuchte aus dem Fenster zu schauen, aber sie sah nur ein Stück vom Stall und den gegenüberliegenden Berg. Sie wusste nicht, was sie tun sollte. Hektisch lief sie die wenigen Schritte, die sie mit dem Fußeisen laufen konnte, hin und her. Er konnte die andere ja nicht hierher bringen. Was würde dann aus ihr? Hatte er dafür gearbeitet? Hatte er den Keller wieder hergerichtet?

Ihre letzte Stätte? Das ging nicht. Sie konnte nicht in das dunkle Loch zurück. Ohne Wasser, ohne Bewegung. Alles nur das nicht! Sie zitterte. Dieses Mal jedoch nicht vor Kälte.

49. Kapitel

19. September 2014

Annette trabte die Treppe hinunter. Sie überlegte gerade, warum sie sich eigentlich keine Hülle für die Fotos hatte geben lassen, um sie heil in den Briefkasten legen zu können. Als sie gerade die Haustür aufriss, um im Auto nach einem Briefumschlag zu schauen, stieß sie beinahe mit Martin Görner zusammen, der genauso in Gedanken versunken war wie sie.

»Hoppala!«, grinsend knuffte Annette den jungen Mann in die Schulter. »Sie sind ja ein ganz Flotter! Und so passend, dass ich Ihnen gerade jetzt in die Arme laufe!« Sie streckte ihm die Fotos entgegen und bemerkte erst in dem Moment seinen völlig entgleisten Gesichtsausdruck. Riesige Augen starrten sie aus dem blassen Gesicht an.

»Geht es Ihnen nicht gut?« Was war dem jungen Mann nur passiert? Er schluckte schwer und schien sich zu sammeln.

Dann brachte er hastig hervor: »Ausgefallen. Die Vorlesung.«

Stimmt. Er hatte gesagt, er müsse in die Uni. Erstaunlich war nur, dass er dann schon wieder hier war. Er war ja offensichtlich zu Fuß gegangen, denn der Ständer für die Fahrräder war im Innenhof des Mietshauses. Das hatte Annette gesehen, als sie sich anfangs hier umgeschaut hatte, um einen Eindruck von Jules Umgebung zu bekommen. Annette hatte nicht auf die Uhr gesehen, aber länger als zwanzig Minuten war sie keinesfalls bei Frau Ziegler gewesen. Allein für den einfachen Weg zur Uni brauchte man eine halbe Stunde. Aber auch mit der U-Bahn war das in dieser Zeit eigentlich kaum zu schaffen.

Zumal Martin Görner normalerweise nicht einer der Organisiertesten zu sein schien. Überhaupt wunderte sie sich, dass es Vorlesungen gab. Es waren doch Semesterferien. Aber auszuschließen war das natürlich auch nicht. Ferienkurse vielleicht. Ulrike Ziegler fing schon an, sie mit ihren seltsamen Gedanken anzustecken.

»Ist doch prima.« Annette setzte ein Lächeln auf und hielt die Fotos hoch. »Dann haben Sie ja jetzt Zeit und wir können zusammen den Clip entwerfen!« Als sie seinen perplexen Gesichtsausdruck sah, fügte sie rasch hinzu: »Frau Ziegler wird begeistert sein, denn sie erhofft sich, dadurch endlich etwas über Jule zu erfahren. Und sie hat sich sehr gefreut, dass Sie das übernehmen.« Sie hielt im Rücken die Finger gekreuzt für diese kleine Lüge.

Wie erwartet, löste sich nun die Verspannung in dem jungen Mann und ein verschämtes Grinsen erschien auf seinem Gesicht.

»In Ordnung. Ich hatte zwar noch etwas anderes vor, aber wenn Sie meinen, dann fange ich gleich an.« Er wollte den Stapel greifen, aber Annette ließ sich nicht so einfach abwimmeln.

»Na dann!«, sagte sie und hielt ihm die Haustür weit auf. Obwohl sie auf Frau Zieglers Bemerkung vorhin nichts gegeben hatte, wollte sie ihr Versprechen nicht brechen. Vielleicht hatte sie ihn doch zu früh in eine Schublade geschoben? Gigi warf ihr das öfter vor. Glauben konnte sie das zwar nicht, aber wenn es doch so war? Und heute hatte sie ihre bessere Hälfte nicht bei sich, die ihr in solchen Zweifelsfällen Sicherheit gab. Für sie war Martin Görner ein armer, schüchterner Trottel, der nie bekommen würde, was er sich wünschte, weil er sich nie trauen würde, überhaupt danach zu fragen. Ein ewig Wartender. Sollte das nur eine geschickte Fassade sein?

Sie lief hinter ihm die Treppe hinauf. Sollte sie schweigen oder würde ihn eine geballte Ladung Geplauder – worauf er sicher überhaupt nicht stand – aus der Reserve locken? Sie entschied sich dafür zu schweigen. Man traute ihr das oft nicht zu, aber sie konnte das gut. Oben angekommen wartete sie, bis er die Tür aufgeschlossen hatte. Seine Hand zitterte leicht. Das musste aber nichts heißen. Dass er nervös war, wenn er mit der Polizei zu tun hatte, war für einen Menschen wie ihn ganz normal.

»Vorsicht«, hörte sie förmlich ihren Partner flüstern. Gigi fehlte ihr. Wie immer, wenn sie einen Alleingang machte. Weil sie sich einfach so gut ergänzten. Sie durfte nachher nicht vergessen, ihn noch einmal anzurufen und zu fragen, wie sein Fall eigentlich voranging. Immerhin war das ja im Grunde auch ihrer. Wenn sie ihn zu lange mit Missachtung strafte, würde sie das erneut ein Essen kosten.

Er warf den Rucksack in die Ecke und zog seine Schuhe aus. Annette machte das nicht. Die neumodische Sitte, dass alle Besucher neuerdings in Socken die Wohnungen betreten mussten, fand sie völlig überflüssig. Erst neulich stand sie bei einer Geburtstagseinladung völlig lächerlich im Minikleid auf Strümpfen zwischen den Gästen und kam sich völlig plump und lächerlich ohne ihre Pumps vor. Und natürlich hatte sie bereits nach kürzester Zeit eine Laufmasche. Danach hatte sie sich geschworen, ihre Schuhe anzubehalten. Egal wo. Also marschierte Annette auch jetzt schnurstracks in Martin Görners Wohnung. Einen Vorteil musste es ja haben, bei der Kripo zu sein. Sie sah sich um. Verändert hatte sich nichts. Aber warum tat dieser Martin eigentlich nichts? Sie sah aus dem Augenwinkel, dass er noch in dem schmalen Flur stand.

Er stand einfach nur still im Türrahmen und sah ihr zu. Ihre Strategie schien aufzugehen. Ihr Schweigen irritierte ihn. Sie ging zum Fenster und schaute auf die Straße. Von hier hatte er die Auseinandersetzung zwischen Tim und Jule wirklich gut sehen können: Das Fenster war schräg über dem Eingangsbereich des Hauses. Und eine Straßenlaterne stand auch direkt darunter, sodass auch in der Nacht sicher alles gut ausgeleuchtet war. Sie öffnete das Fenster und der Lärm der Straße drang deutlich zu ihr hoch. Man konnte in dieser Häuserflucht jedes Wort gut verstehen. Das also passte.

Als sich der Student nach ein paar Minuten noch immer nicht bewegte, ging sie noch zwei Schritte weiter nach links, wo vor dem zweiten Fenster ein Schreibtisch stand. Gleich bemerkte sie, wie Bewegung in seinen Körper kam. Hier musste etwas sein. Sie schaute genauer hin, denn warum sonst sollte es ihn beunruhigen, wenn sie sich diesem Möbelstück näherte. Ein verschmitztes Grinsen konnte sie sich nicht verkneifen. Wie praktisch, dass sie nun ausgerechnet dort arbeiten mussten. Sie ließ den Stapel Fotos mit einem Klatschen auf den unordentlichen Schreibtisch fallen. Und in dem Moment, in dem Martin sich auf sie zu bewegte, rutschte der glatte Fotostapel weg. Einige der Bilder fielen zu Boden und hatten auch ein paar Blätter mitgerissen. Annette wollte sich gerade bücken, um ihr Missgeschick zu beseitigen, als ihr Blick auf ein Bild von Martin und Jule fiel.

»Na, da schau her«, sie hob das Bild auf, hielt es hoch und sah Martin mit schief gelegtem Kopf an.

»Das kann ich erklären!«, erwiderte er, stürzte auf sie zu, nahm das Blatt an sich und drückte es an seine Brust. »Es ist nicht so, wie es aussieht. Das …«, wieder suchte er nach Worten. »Das ist eine Fotomontage.« Tränen liefen aus seinen Augenwinkeln.

»Das war nicht zu übersehen.« Annette konnte nicht anders. Sie schob den jungen Mann zu seinem Bett, das die einzige Sitzgelegenheit darstellte, auf der zwei Menschen nebeneinander sitzen konnten. Dann setzte sie sich neben ihn und legte ihren Arm um seine Schultern. Sein Körper wurde von einem stillen Weinkrampf geschüttelt. Sie strich ihm beruhigend über den Rücken. Das also war der Grund für seine Nervosität gewesen. Sie hatte sich also nicht in ihm getäuscht. Dieser Junge war kein Stalker. Er war ein verliebter Träumer. Mehr nicht.

Behutsam wiegte sie ihn weiter im Arm. Ließ ihn weinen.

Sicher hatte er noch nie vor einer Fremden Tränen gezeigt. Sie wollte ihm die Zeit geben, sich zu sammeln, bevor er sein Gesicht wieder hob.

Annette sah aus dem Fenster zur gegenüberliegenden Häuserwand und rekapitulierte diesen Fall: Nie zuvor hatte sie in einer Ermittlung so viele Menschen getröstet – obwohl bislang niemand zu Schaden gekommen war. Alle Beteiligten waren in einer verkorksten Liebe gefangen: Ulrike, die glaubte, ihre Mutterpflichten nicht zu erfüllen, Tim weinte seiner verpfuschten Liebe hinterher, Martin liebte ins Leere und Lena hatte Tim erfolgreich umgarnt und dann doch verloren.

Alle waren alleine.

So wie sie selbst. War das der Grund, warum ihr dieser Fall schicksalhaft vor die Füße gefallen war?

Und Jule? Was war mit ihr? Was hatte die Liebe mit ihr gemacht?

50. Kapitel

28. August 2014

Jule stand in der Küche und kämmte sich mit den Fingern durch die Haare. Weil sie dabei wegen ihrer Fesseln beide Hände hoch nehmen musste, war das eine mühselige Tätigkeit. Aber sie genoss es noch immer, ihren Körper minimal zu pflegen, sich selbst zu spüren. Zudem war es ein guter Zeitvertreib, die Knötchen aus den stumpfen Haaren zu entfernen. Sie hatte versucht zu schlafen, seit es vor einiger Zeit völlig dunkel und still draußen geworden war. Trotzdem gelang es ihr nicht: Der Hunger quälte sie höllisch. Zwei Tage war Mike nun schon weg. Das konnte dieser Mistkerl doch nicht mit ihr machen. Wütend trat sie vor den Schrank, hatte wieder einmal die Fußfesseln vergessen, geriet ins Taumeln und knallte gegen den Rand der Spüle. Verdammt! Sie rieb sich die schmerzende Hüfte. Sie kam fast um vor Hunger und dieser Typ räkelte sich mit seiner neuen Tussi irgendwo im Bett!

Sie wusste ja, wie das war: Frisch verliebt konnte man die Finger nicht voneinander lassen. Tage- vielleicht sogar wochenlang konnte das dauern. Und sie? Wie lange konnte sie es aushalten, ganz ohne Essen? Sie hatte versucht, an die andere Seite der Küche zu kommen. Vergeblich. Nichts ging. Sie konnte höchstens an den Dosen lecken. In den Töpfen kratzen. Sie hatte selbst kleinste Krümel aus allen Ecken gekratzt und dabei ein kleines Stück Holz gefunden. Auf dem kaute sie nun rum, um wenigstens irgendeinen Geschmack im Mund zu haben. Manchmal hatte sie das Gefühl, ihre Zähne würden sich lockern. Aber konnte das schon sein? Sie wollte dagegen angehen und mahlte mit dem Kiefer auf dem Span wie auf einer Kauschiene.

Mittlerweile war sie nicht mehr verzweifelt – sie war sauer! Richtig wütend. Wenn er käme, dann würde sie ihm irgendwas entgegenschleudern. Der sollte es nicht wagen, sie noch einmal hier alleine zu lassen! Sie hatte schon geübt. Sie musste beide Hände über den Kopf nehmen und dann werfen. An der Wand gegenüber konnte man schon deutlich die Dellen von den Übungswürfen erkennen. Das Fenster hatte sie auch gereizt. Aber damit musste sie sich gedulden. Man wusste ja nie, ob sich nicht doch noch einmal jemand hierher verirrte. Bernd … Sie hoffte noch immer auf ihn. Und dann brauchte sie etwas, um auf sich aufmerksam zu machen. Dann hätte sie nur einen Versuch. Der musste sitzen. Einige der Dosen blieben auf der anderen Seite liegen. Egal – öffnen konnte sie die sowieso nicht. Andere rollten zu ihr zurück. Eine Flasche Öl war bei einer Wurfattacke von der Anrichte gefallen und zerschellt. Störte sie das? Nein. Es war ihr vollkommen egal. Nur eine der Scherben hätte sie gerne gehabt. Doch keine lag in erreichbarer Nähe.

Sie hatte sich eine weitere großartige gelernt. Gestern hatte sie es zum ersten Mal ausprobiert. Mit viel Mühe konnte sie sich auf die Spüle hieven. Sie musste hart kämpfen, um das Gleichgewicht zu halten, aber es funktionierte. Beide Hände stützte sie auf eine Seite – anders ging das mit dieser verflixten Stange nicht. Dann schob sie den Po hoch und ließ sich einfach ins Becken plumpsen. Sie saß zwar nicht, sondern hing eher, das eine Bein mit der Kette fast durchgespannt. Aber sie konnte in das Becken urinieren. Mike würde davon nichts merken. Es war eine kleine Revolte, die ihr eine diebische Freude bereitete. Sie holte ihr Trinkwasser nur aus dem anderen schmalen Becken. Mike legte oft irgendetwas in dem Spülbecken ab, wenn er kochte. Einen Löffel, den er dann wieder zum Umrühren nahm oder sogar zum Essen. Sie würde sich totlachen, wenn er ihr ganz persönliches Gewürz in seinem Essen hätte.

Wütend haute sie mit Wucht die Tür des Unterschranks zu, um ihrem Ärger Luft zu machen. Aber sie konnte sich ausdenken, was sie wollte. Käme er nicht wieder, dann wäre alles umsonst. Sie hörte dem Hallen nach, das durch die Küche tönte, als sie plötzlich einen Lichtschein draußen sah, der in die Ferne strahlte.

Hektisch riss sie den Schrank auf. Bewaffnete sich mit einer Dose und hob die Arme über den Kopf, bereit, das Fenster einzuschlagen. War er es? Oder kam endlich jemand anders. Sollte sie jetzt werfen?

Das Motorengeräusch erstarb, doch sie war sich sicher, dass es Mike war. Sie hörte eine Autotür zuschlagen. Jetzt gleich würde er an der Haustür sein. Sie lauschte auf das quietschende Geräusch, wenn sie sich öffnete. Aber stattdessen hörte sie erneut eine Autotür klappen.

Sie ließ verblüfft ihre Arme niedersinken. Er war nicht allein. Konnte das sein? Brachte er jemanden mit her? War er wahnsinnig? Das war doch eindeutig sein Auto gewesen. Also hatte er jemanden dabei. Sie hielt die Dose fest, bereit zum Wurf, drehte sich jetzt aber in Richtung Tür. War auf alles gefasst.

Dann hörte sie schwere, langsame Schritte auf den Treppenstufen. Verdammt, das war nur eine Person. Aber das Geräusch war anders als sonst. Das war nicht sein normaler Gang. Sie hielt den Atem an, um auch ja nichts zu verpassen. Das Blut surrte ihr in den Ohren, sie war zu aufgeregt.

Die Türe schlug krachend auf. Offenbar hatte er sie aufgestoßen. Nun hörte sie etwas zu Boden fallen. Er stöhnte. Aber da war noch ein anderer Laut. Ganz leise. Ein Quietschen wie von einem Meerschweinchen. Dann hörte sie ein schleifendes Geräusch und sein Ächzen. Was tat er da? Sie stellte die Dose ab und ging so weit in Richtung der Tür, wie sie konnte, um besser zu hören. Er ging nicht besonders schnell, so als kämpfte er mit einer Sache. Es klang beinahe, als würde er etwas Schweres ziehen oder schieben.

Was um Himmels willen machte er da? Die Geräusche verschwanden im anderen Teil des Hauses, in den linken Flügel, wo sie auch den Abgang zum Keller, das Bad und weitere Zimmer vermutete. Normalerweise hielt er sich nur in dem großen Wohnraum und in dem Zimmer auf, das direkt rechts neben der Küche lag. Er schien dort zu arbeiten und zu schlafen. Jedenfalls verloren sich seine Schritte fast nie nach links.

Nun war es mucksmäuschenstill. Sie hörte nichts, auch wenn sie sich noch so sehr anstrengte. Also setzte sie sich wieder auf den Boden. Der Ärger, den sie zuvor verspürt hatte, war verraucht. Erleichterung machte sich in ihr breit, denn was immer er da draußen gerade getan hatte: Er war zurück. Er würde wieder kochen. Und sie würde weiter leben.

Sie rollte sich zusammen und fiel in einen tiefen traumlosen Schlaf, in dem sie nichts mehr wahrnahm von den weiteren Geschehnissen im Haus.

51. Kapitel

21. September 2014

Martin saß vor dem Telefon und kaute an seinen Nägeln. Er schaute aus dem Fenster in den Himmel, den große, graue Wolken bedeckten. Das Wetter wirkte bereits herbstlich. Er machte sich an einem Zipfel der Nagelhaut zu schaffen. Diese Angewohnheit hatte er eigentlich nach der Kinderzeit hinter sich gelassen. Als mit der Pubertät das Interesse an Mädchen erwacht war, hatte er erkannt, dass ungepflegte Nägel seine ohnehin nicht großen Chancen weiter verringern würden. Heute jedoch brach diese alte Marotte mit aller Macht durch.

Er hatte sie gefunden. Jules Hotmail-Adresse. Und er fragte sich, warum er nicht gleich darauf gekommen war. Die Chance war zwar gering gewesen, aber er hatte Glück gehabt und durch den Namen und die Adresse sofort die Daten bekommen. Dann hatte er versucht, sich Zutritt zu verschaffen, aber die Nachricht erhalten, die Adresse sei inaktiv. Das passierte bei diesen kostenfreien Providern immer häufiger, dass sie nach einer bestimmten Frist Adressen sperrten oder gar löschten, wenn sie nicht benutzt wurden. Für den Provider verständlich – die vielen leeren Accounts fraßen zu viel Speicherplatz. Für ihn eine Katastrophe. Er hatte gehofft, sich durch die Adresse irgendwie Zugriff auf ihre Mails verschaffen zu können.

Sein einziger Hoffnungsschimmer war der Crack seines Semesters, über den schon länger Gerüchte kursierten, er sei ein talentierter Hacker. Über verschiedene Kumpels hatte er seine Nummer rausgefunden und ihm die ganze Geschichte erzählt.

Als er erwähnte, dass selbst die Polizei nichts tun würde, hatte er offenbar das Interesse des Hackers geweckt. »Nichts im Netz ist wirklich weg«, hatte er behauptet.

Nun hoffte Martin auf einen Rückruf. Zwei Fingernägel hatte er schon komplett weggenagt, dabei saß er erst seit einer Stunde hier. Sei es drum. Er musste Gewissheit haben, ob es vielleicht etwas gab, das er übersehen hatte. Den Anrufbeantworter und die Post hatte sicher die Polizei durchgesehen. Da Jule einen Computer daheim genauso ablehnte wie einen Fernseher – war sicher niemand auf die Idee gekommen, ihre Mailadresse zu prüfen. Er wusste schon länger, dass sie eine hatte. Vor allem wegen der Uni, um sich Seminarunterlagen und Ähnliches schicken lassen zu können. Ein Gerät zu Hause wollte sie nicht, weil sie befürchtete, dann nur noch in den Bildschirm zu starren, statt am Leben teilzunehmen.

»Ich will sehen, was es draußen gibt. Nicht Mails darüber austauschen, was es geben könnte oder was andere tun. Und im Fernsehen kommt ohnehin nur Schrott. Die Filme, die mich interessieren, schaue ich lieber im Kino an«, hatte sie gesagt. Ihre Wangen waren bei diesem Thema immer gerötet. Sie ging voll darin auf, schwärmte von ihren Nachmittagen im Englischen Garten, wo sie gerne Fotos machte oder las. Den Hinweis, dass man solche Aufnahmen toll mit dem Computer bearbeiten könnte, überging sie mit einem Lächeln.

Jule war eben anders. Und genau das hatte seine Gefühle für das Mädchen geweckt. Mit ihr würde es nie langweilig werden. Sie war stets leidenschaftlich auf der Suche nach neuen Zielen. Langsam stand er auf und ging zum Fenster. Er schaute auf die Straße, wünschte sich, er würde sie wie früher auf dem Gehsteig sehen. In ihren farbenfrohen T-Shirts, mit den Tüchern, die sie um den Hals oder in den Haaren trug, und mit ihren entschlossenen, kurzen Schritten. Ihm fehlte ihre zupackende Art, ihr Elan. Ihr Lachen, das so echt und herzlich war. Ihr Geruch … Sie trug nie ein Parfum, hatte aber einen ganz eigenen Duft nach

Vanille und Frühlingswiese. Er ging zu seinem Schreibtisch, zog die unterste Schublade auf und entnahm ihr seinen neuesten Schatz: Ein Halstuch von Jule. Das hatte er mitgenommen, als er neulich bei Frau Ziegler war. Sie hatte nicht gemerkt, wie er es im Hinausgehen von der Garderobe genommen und eingesteckt hatte.

Er nahm das Tuch mit zum Bett, legte sich darauf und breitete den zarten Stoff über sein Gesicht. Ihm war, als könne er sie riechen. Wieder musste er weinen. Die Kommissarin hatte gestern irgendeine Schleuse in ihm geöffnet. Auch jetzt, geschützt hinter diesem Gewebe, konnte er loslassen. Seine Trauer aus sich heraus spülen. Und die Erleichterung, die er gestern gespürt hatte. Als das Foto wie in Zeitlupe zu Boden gesegelt war, war er sich sicher gewesen, die Kirchgessner würde ihn auf der Stelle verhaften. Aber sie war völlig cool geblieben. Deshalb hatte er sofort mit der Arbeit begonnen und den Clip noch in derselben Nacht fertiggestellt. Er war gut geworden. All seine Liebe und Sehnsucht hatte in diese drei Minuten gelegt. Fotos, die er von ihr gemacht hatte, waren auch eingeflossen. Es war ihm jetzt egal, denn die Kommissarin wusste ohnehin Bescheid. Und so machte die ganze Nachrennerei endlich einen Sinn.

Die Melodie des Telefons zerriss die Stille. Er zog das Tuch von seinem Gesicht und vergaß vor Aufregung sogar, sich mit Namen zu melden.

»Ich hab's. Schicke dir die Sachen auf deinen Account, wenn's recht ist. Aber dafür musst du mir was hinblättern, Freund! Hat mich doch echt viel Zeit gekostet.«

Martin rechnete fieberhaft. »Ist ein Hunderter okay? Kann ich dir morgen in die Mensa bringen.«

»Yep. 12 Uhr wäre gut. Willst du das Zeug gleich? Ein fürchterliches Liebesgeflüster, Alter. Ich weiß nicht, ob du dir das antun willst. Klingt wie Shakespeare oder so. Total abgefahren, sag ich dir.«

Martin nannte ihm seine E-Mail-Adresse. »Komm schon klar. Und danke noch mal!«

»Jederzeit wieder!«, hörte er noch, dann legte der andere auf.

Martin stand schnell auf und ging die drei Schritte zu seinem Schreibtisch. Er fuhr den Computer hoch. Warum hatte er den nicht schon längst angeschaltet? Der nächste Nagel musste dran glauben, als das System startete. Noch nie war ihm die Kiste so langsam vorgekommen wie heute! Beinahe fiel ihm das Passwort für seinen Account nicht mehr ein. Das würde ihm jetzt gerade noch fehlen, dass er sich selbst deaktivierte! Endlich poppte das Bild seines Mailaccounts hoch, dann sah er die Mails nur so hereinrattern. Über 60 waren es. Aus einem Zeitraum von nur zwei Wochen, die erste datiert auf den 15. Juli.

»Bingo!«, entfuhr es ihm. Wie es schien, hatte er den richtigen Riecher gehabt.

52. Kapitel

29. August 2014

Die Neue ist fürchterlich schwer. Obwohl sie kleiner ist als die andere. Die hing wie ein Sack Kartoffeln über deinem Rücken. Du hast geächzt. Aber nun ist sie unten, ist angeleint und du bist zufrieden.

Du hast gut gewählt, besser als das letzte Mal. Und das Medikament hat wieder gewirkt. Du fängst langsam an, das Zeug zu lieben.

Du warst erstaunt, wie schnell es ging. Weniger als zwei Stunden hast du bis Köln gebraucht. Eine billige Bleibe war auch schnell gefunden. Dann bist du in den Supermarkt. Das Hotel war zwar schnieke, mit Blick auf den Rhein und so 'nem Schnickschnack. Aber der Geruch aus der Küche war mies.

In einem langen Gang zwischen den Regalen sahst du sie vor den Dosen stehen. Ihre hängenden Schultern, ihre blasse Haut. Das dicke, schwarze Haar glänzte in der Neonröhrenbeleuchtung und stand in krassem Gegensatz zu der abgetragenen Kleidung, die ihre besten Zeiten längst hinter sich hatte. In dem sackartigen T-Shirt konntest du ihre Brüste sehen. Groß und schwer. Der Körper selbst viel zu dünn. Aber die Rundungen stachen dadurch noch viel stärker hervor. Der Inbegriff von Weiblichkeit. Du konntest förmlich spüren, wie es sich anfühlen musste, wenn du deine Hände in ihren Haaren versenken würdest. Konntest die Wärme ihrer Brüste schon an deinem Gesicht spüren. Dich völlig in sie hinein graben in diese Titten. Ansonsten wirkte sie zerbrechlich. Du würdest aufpassen müssen, sie nicht kaputt zu machen. Hah!

Deine Erregung überfiel dich so heftig, dass du fast nicht mehr in der Lage warst, klar zu denken. Du gingst an ihr vorbei und recktest deine Nase in ihre Richtung. Sie roch gut. Ein Hauch von Moschus. Animalisch. Dir war klar: die oder keine.

Der Hunger war dir vergangen und du gingst aus dem Laden, ohne etwas zu kaufen. Auch sie hatte nichts dabei, als sie auf die Straße kam. Du folgtest ihr.

Musstest dich zügeln, um nicht gleich über sie herzufallen. Aber so nicht. Du hattest dieses Mal Zeit. Erst wolltest du wissen, wie sie gestrickt war. Nicht noch so ein neunmalkluges Weib, das dann doch zu nichts taugte. So eins hattest du schon.

Sie ging scheinbar ziellos durch die Straßen. Kalk. Ein trostloser Stadtteil. Nicht ohne Grund hattest du den gewählt. Sie hatte einen zögerlichen Gang. Die Arme hielt sie eng um den Körper geschlungen. So, als wäre ihr an diesem sonnigen Tag kalt. Ihre Hüften in der Jeans bewegten sich kaum, reizten dich dennoch in ihrer Bewegungslosigkeit. Du würdest sie schon zum Schwingen bringen. Kein Problem. Aber halt: Du durftest so nicht denken. Noch nicht. Musstest ruhig werden. Nur kein Fehler.

Dann bog sie in den nächsten Supermarkt ein. Wieder strich sie durch die Regale. Blieb vor den Dosen stehen. Nahm eine heraus. Drehte sie. Sie suchte etwas.

»Kann ich dir helfen?«, hast du gefragt.

Ein schüchternes Lächeln als Antwort. So wolltest du es haben.

»Ja … weiß nicht …«, sie suchte nach Worten, die sie offenbar nicht fand, zuckte dann die Schultern, legte den Kopf schief, lächelte, senkte den Blick. Um dich war es geschehen. So musste sie sein. Jung. Demütig. Schüchtern. Schön.

Du hast mit der Hand eine Geste für Essen gemacht. Sie hat genickt und auf das Regal gewiesen. Du hast den Kopf geschüttelt, erst mit dem Finger auf sie, dann auf dich gezeigt, zwei Finger in der Luft bewegt.

»Essen? Du und ich«, hast du gefragt. Am helllichten Tag. Ideal! Da würde keiner misstrauisch werden. Sie zierte sich noch

ein wenig, aber der Hunger gewann. Und sie ging mit dir. Irgendeine Kneipe. Irgendein Burger, den sie mit Heißhunger aß. Die Sprache, in der sie erzählte, hast du nicht verstanden. Irgendeine Sprache, der die Vokale fehlten. Aber einiges hast du verstanden: Sie war allein nach Deutschland gekommen. Suchte Arbeit, musste ihre Familie unterstützen. Sie sprach kaum Deutsch, verstand aber, was du sagtest. Traute sich wahrscheinlich einfach nicht. Dann hast du bezahlt. Sie war so dankbar. Nahm deine Hand. Drückte sie. Danke, sagte sie in einer fremd klingenden Sprache.

Da hast du sie erneut eingeladen. Eine Zeitung sollte sie mitbringen. Jobsuche. Du würdest helfen. Klar würdest du das. Und wie! Und sie hat genickt und ist gehüpft vor Freude. Dann zog sie den Kopf wieder zwischen die Schultern und ging weiter.

In der Nacht hast du von ihr geträumt: Du lagst in einer Badewanne. Um dich herum lauter Brüste und dicke schwarze Haarsträhnen. Die Masse aus weicher Haut und Haaren bewegte sich. Warmes Fleisch drängte sich an dich, umspielte deine Glieder, wärmte dich, liebkoste deine Haut. Der Traum war so intensiv, dass du von einem heißen Erguss auf Deinem Bauch erwachtest.

Sie stand schon vor der verabredeten Bar. Verlagerte das Gewicht von einem Fuß auf den anderen. Ungeduldig. So ging es dir auch. Sie hat sich hübsch gemacht. Zu viel Schminke. Zu viel Parfum. Bist trotzdem mit ihr rein. Aber sie ging nie zur Toilette. Du konntest nichts in ihr Getränk mischen.

Du wurdest sauer, aber nur ein bisschen. Zu sehr war deine Aufmerksamkeit gefangen. Wie ein Jagdhund hattest du die Fährte gewittert. Warst wachsam. Deine Chance würde kommen. Der Sabber stand dir im Mund, hättest du ihn geöffnet, wäre er triefend rausgelaufen.

Also hast du Stellen gesucht. Putzen wollte sie. Hast ihr gesagt, das könne sie auch bei dir. Große Augen. Tränen. Ein feuchter Kuss auf deiner Wange. Der Duft von billigem Parfum. Ekelhaft. Sie fragte nicht wo, nicht wie viel, rief jemanden an, vermutlich daheim. Sie schrie in ihr Handy und ratterte in dieser eckigen Sprache und jemand am anderen Ende freute sich. Sie drückte das Telefon aus.

Darauf gehen wir einen trinken, hast du gesagt. Andere Bar, sie einen Wein, du einen Whiskey. Sie schaute dich erwartungsvoll an. Blaue Augen. Die verdrehten sich dann und sie wurde wackelig auf den Beinen. Obwohl du nur wenig Tabletten in das Glas gemischt hattest. Sollte schließlich keiner mitbekommen. Der Wirt war erleichtert, dass du die Betrunkene weggefahren hast. Hatte sicher Angst, sie würde kotzen. Das hattest du auch.

Unterwegs wurde sie wach, schrie, wollte aussteigen. Zwei Fausthiebe. Einer auf das Auge, einer auf die Schläfe. Dann war wieder Ruhe.

Nun schlummert sie unten im Keller. Gefesselt. Mit Handschellen und allem, was das Herz begehrt. Morgen. Du würdest morgen mit ihr anfangen. Erst würdest du dich ausruhen. Vielleicht kommen die Brüste wieder zu dir. Im Traum.

Und wenn nicht, würdest du sie dir holen! Morgen!

53. Kapitel

30. August 2014

Mike pfiff, während er ein Ei aufschlug. War vergnügt und munter. Und wieder frisch gewaschen. Er trug ein Hemd. Sie roch sogar einen Hauch Aftershave.

Also doch. Eine Frau. Die Neugier brachte Jule fast um. Sollte sie fragen? Er würde sie doch laufen lassen, jetzt wo er jemanden hatte. Er konnte sie dann nicht hier behalten. Nur, wenn er sie wieder in den Keller sperrte, aber auch da war das Risiko zu groß, dass die andere sie hörte. Ihr graute davor, was er gestern nach unten geschleppt hatte. Hoffte inständig, dass es nichts mit ihr zu tun hatte.

Wie immer, wenn er da war, saß sie still in der Ecke, die Beine angezogen, die Metallstange der Handfesseln darüber geschoben, damit sie jederzeit den Kopf einziehen konnte, wenn er etwas nach ihr warf. Oder nach ihr trat, was auch schon vorgekommen war. Und wegen der Dosen, die kreuz und quer auf dem Boden lagen, erwartete sie, dass sie etwas abbekommen würde.

Aber er schien das gar nicht zu bemerken. Genauso wenig wie die zerbrochene Flasche. Er hatte lediglich alles aus dem Weg gekickt, als er die Pfanne geholt hatte.

Sie kannte das Lied, das er zum Brutzeln der verführerisch duftenden Eier zum Besten gab. Irgendwas aus den 80ern. Sie lenkte ihre Gedanken darauf, sonst würde der Geruch aus der Pfanne sie noch in den Wahnsinn treiben. Der Titel lag ihr auf der Zunge. Ein eingängiger Refrain, aber sie kam nicht darauf.

Vor Überraschung blieb ihr der Mund offen stehen, als er sich seinen Teller nahm und sich an den Tisch setzte.

Was war denn nun los? Nahm er sie überhaupt noch wahr? Da blickte er sie an. Nicht durch sie durch, nicht über sie hinweg, wie er es sonst tat. Er sah ihr mitten in die Augen. Sie erstarrte. Dann stand er auf. Sie folgte irritiert seinen Bewegungen. Jede Faser ihres Körpers war gespannt, um reagieren zu können. Aus den Augenwinkeln konnte sie eine Dose erkennen, die nah genug lag, um sie zu greifen. Er ging ruhig und langsam zum Herd, schlug ein weiteres Ei auf. Salzte es. Dann wandte er sich zur Anrichte und machte sich dort an etwas zu schaffen. Er stand genau davor, deshalb konnte sie nicht sehen, was er tat.

Grinsend drehte er sich herum, holte das Ei aus der Pfanne und ließ es auf das Brot gleiten, das er zuvor auf dem Teller bereit gelegt hatte. Dann ging er direkt auf sie zu, blieb höchstens fünf Zentimeter von ihr entfernt stehen. Sie hatte den Kopf eingezogen. Wartete auf einen Hieb, Schmerzen. Vielleicht würde er ihr das Ei auf den Kopf werfen. Den Teller auf ihrem Rücken zerschlagen. Aber nichts geschah.

Sie hörte ein scharrendes Geräusch von Porzellan und sah blinzelnd, dass er den Teller direkt vor sie auf den Boden stellte. Er passte genau in den Raum zwischen ihren Füßen. Sie hätte heulen können: Zwei saure Gurken, eine Scheibe Brot, das frisch zu sein schien, und ein duftendes, perfektes Spiegelei.

»Womit habe ich das verdient?«, brach es aus ihr heraus.

»Frag nicht. Iss. Bevor ich es mir wieder anders überlege.«

Sie beobachtete ihn, traute sich noch immer nicht. Sie hatte noch nie gegessen, wenn er im Raum war. Sie würde das große Brot wahrscheinlich nur ungeschickt halten können, und sicher würde ihr etwas zu Boden fallen. Sie schämte sich, wusste aber nicht recht, wieso.

Ihn interessierte sie offenbar nicht weiter. Er schnitt sich ein Stück Brot ab, dann begann er zu essen, spuckte den Bissen aber gleich wieder aus. »Widerlich«, hörte sie ihn rufen und den Mund spülen.

Bitte nicht, dachte Jule. Bitte, das Ei durfte nicht schlecht sein. Sie würde es nicht schaffen, dieses duftende Essen stehen zu lassen. Aber bekam man nicht Salmonellen von zu alten Eiern? Egal. Verhungern war definitiv schlimmer.

Ein lautes Lachen vom Küchentisch unterbrach ihre Überlegungen.

»Ich bin verliebt«, schrie er und schlug sich auf die Schenkel. Wieder begannen die seltsamen Zuckungen auf seiner Wange. »Versalzen!« Er deutete auf das Ei und prustete erneut los. Tränen liefen ihm über die Wangen.

Erleichtert atmete Jule auf. In dem Moment kam ihr auch der Titel des Lieds wieder in den Sinn: »Waiting for a girl like you.« Foreigner. Das hatte sie auf einem Sampler der besten Hits der 80er Jahre. Meine Güte, den hatte es ja erwischt! Scheinbar gab es doch ein paar Facetten an diesem Kerl, die sie nicht kannte.

Sie spürte, wie sie sich entspannte. Er war offenbar schon mit seinem Frühstück fertig. Rückte Teller und Tasse weit von sich und räkelte sich auf dem Stuhl. Die Beine kamen auf der anderen Seite heraus. Wohlig gähnte er. Dann schüttelte er sich. Und begann wieder zu murmeln.

Sie ahnte, dass die kurze Phase der Entspannung bereits vorbei war. Jetzt kicherte er. Meckernd, wie eine alte Ziege. Ihre Nackenhaare stellten sich auf. Sofort war sie wieder in Alarmbereitschaft.

Aber er verließ die Küche. Schlurfte in den anderen Flügel des Hauses. Summte erneut das Lied.

Jule seufzte tief. Die Gefahr war wieder einmal gebannt, ihr war nichts geschehen. Zum ersten Mal konnte sie etwas essen von dem sie ganz sicher satt wurde. Eine richtige Mahlzeit, ein Festessen. Sie nahm das Brot mit der rechten Hand direkt in der Mitte. Das Ei war nicht mehr warm, aber das störte sie nicht. Sie nahm einen großen Bissen. Köstlich. Überhaupt nicht versalzen. Glück gehabt! Sie aß ein Drittel, sparte sich das nahrhafte Eigelb noch auf. Dann schleckte sie an der eingelegten Gurke. Süß-sauer. Eigentlich mochte sie die gar nicht so gerne, aber heute erschien ihr sogar dieses grüne, glitschige Ding, dessen Konsistenz und Aussehen sie früher immer an Krötenrücken erinnert hatte, wie eine Delikatesse.

Als sie sie kaute, quietschte es leicht zwischen den Zähnen. Wie auch bei Obst liebte sie den reinigenden Effekt. Beim nächsten Bissen ins Brot hörte sie wieder ein Quietschen. Seltsam. Hatte die Gurke irgendwie ihre Zähne geschmiert? Dann hörte sie es wieder. Kein Quietschen. Eher ein Heulen. Was war das? Hatte draußen eine Katze einen Vogel erlegt?

Sie lauschte konzentriert. Nichts. Das hatte sie sich vielleicht nur eingebildet. Sicher der Wind. Während sie weiterkaute, schaute sie aus dem Fenster, aber der Morgen war strahlend schön und es regte sich kein Lüftchen.

Als ein lauter Schrei durch das Haus gellte, hatte sie keinen Zweifel mehr. Das war kein Tier. Das war ein Mensch. In Sekundenschnelle ratterten die Informationen durch ihr Hirn. Sie wollte nicht wahrhaben, was ihr Gehirn ihr schon längst einhämmerte. Seine Verliebtheit. Die Dinge, die er vor Tagen in den Keller geräumt hatte. Das Schleifen letzte Nacht.

Es war noch jemand hier. Aber nicht aus freien Stücken.

Im Keller.

Jule übergab sich direkt auf den Teller mit dem Spiegelei. Da ihr Magen wie immer fast leer war, würgte sie nur schaumig gelbe Gallenflüssigkeit heraus. Der üble Geruch hob ihr erneut den Magen. Sie musste das wegmachen. Aber schon heulte der nächste Schrei auf. Vor ihren Augen spielte sich wieder der Film ab, wie Mike sie gebrandmarkt hatte. Sie roch diese Mischung aus seinen Ausdünstungen, dem verbrannten Stoff und Fleisch, fühlte die Todesangst, die sie in jener Nacht hatte. Sie wollte vor diesen Schreien fliehen, hätte sich am liebsten die Ohren zugehalten – was wegen der Handschellen aber nicht ging. Am

Ende ihrer Kraft klemmte sie den Kopf zwischen ihre Knie, legte die gefesselten Hände in den Nacken. Und betete, dass es sie nicht auch treffen würde. Warum kam keiner? Es musste ihnen doch jemand helfen!

54. Kapitel

22. September 2014

Seit einer Woche war sie nun schon in München. Und nichts war geschehen. Langsam kam sie körperlich an ihre Grenzen. Sie schlief nur noch wenige Stunden und wurde von immer abstruseren Albträumen heimgesucht. Es war ihr nur noch danach, sich einfach ins Bett zu legen und gar nichts mehr zu tun. Sie fühlte sich gelähmt von ihren Gefühlen und Gedanken. Zwar zwang sie sich jeden Tag, aufzustehen. Legte sich auf, regelmäßig zu essen. Wenigstens eine Scheibe Brot oder etwas Obst. Für Jule. Damit sie Kraft hatte, wenn sie gebraucht wurde. Aber die letzte Hoffnung war schon lange geschwunden. So sehr hatte sie gehofft, dass das Video im Internet etwas bringen würde. Einen kleinen Hinweis. Irgendeine Spur zu ihrer Tochter. Aber nichts war geschehen. Gar nichts.

Dabei war sie so voller Hoffnung gewesen, als sie die Bilder von Jule gesehen hatte, untermalt von traurig-schöner Klaviermusik. Wenn jemand wusste, wo sie war, musste er daraufhin einfach anrufen. Doch das Telefon blieb still.

Einmal hatte Ulrike absichtlich die Wohnung verlassen. In der aberwitzigen Hoffnung es könnte klingeln, wenn sie einmal den Blick vom Telefon abwenden würde. Aber der Anrufbeantworter blinkte nicht, als sie zurückgekehrt war. Nichts geschah. Nur die Zeit verstrich unerbittlich weiter.

Sie hatte ihrem Mann immer noch nicht erzählt, dass ihre gemeinsame Tochter verschwunden war. Und verspürte auch heute nicht die geringste Lust dazu. Er hatte sich in den ganzen

Tagen nicht ein einziges Mal gemeldet. Es schmerzte sie, wie wenig er sie offenbar vermisste, dass er kein Bedürfnis hatte, sie zu sprechen. Oder wenigstens seine Tochter zu sprechen versuchte. Aber ihm schien die Funkstille nichts auszumachen. Andererseits fiel es ihr damit leichter, den Entschluss umzusetzen, den sie letzte Nacht gefasst hatte: Sie würde sich von ihm trennen. Sie war all die langen Jahre bei ihm geblieben, um Jule ihr Heim zu erhalten. Aber sie sah jetzt, dass da nichts mehr war, was es zu erhalten gab. Als sie ihm sagte, sie habe lange nichts mehr von Jule gehört, hatte er nur gebrummt und gesagt, sie solle das Kind endlich lassen. Jule wisse schon, was sie tue.

Sie wischte mit der Hand über den makellos sauberen Tisch und starrte auf die Platte. Keine einzige Meldung. Es war, als hätte sich Jule einfach in Luft aufgelöst.

Sie hatte in den letzten Tagen noch einmal mit Tim gesprochen, weil Lena auch verschwunden war. Die hatte jedoch nur einen Besuch bei ihren Eltern gemacht – ihre Mutter war 50 Jahre alt geworden – und hatte einfach keinen Bock gehabt, sich auf die Anrufe zu melden.

Damit war Tim wieder raus aus dem Rennen. Obwohl Ulrike ihn sowieso nie als Täter gesehen hatte. Nicht wirklich. Diesen Nachbarn schon eher. Martin Görner blieb ihr weiterhin unheimlich. In dem Video, das er erstellt hatte, tauchten Bilder auf, die Ulrike definitiv nicht herausgesucht hatte. Zugegebenermaßen handelte es sich dabei um wunderschöne Portraitaufnahmen. Sie fand es mehr als verdächtig, dass er heimlich hinter ihrer Tochter herschlich, um sie zu fotografieren. Annette Kirchgessner hatte ihre Bedenken mit einem Schulterzucken abgetan. Sie hielt ihn für unfähig, ein Verbrechen zu begehen.

Dennoch blieb sie wachsam. Wenn sie nicht auf ihre innere Stimme gehört hätte, würde bis heute kein Mensch nach Jule suchen. Sie würde ihn im Auge behalten, egal, was die Kommissarin sagte. Annette Kirchgessner hatte ohnehin erwähnt, dass sie ohne einen konkreten Hinweis nicht mehr viel länger an dem Fall arbeiten könne.

Ulrike hoffte auf ein Wunder. Sie betrachtete den Himmel, der genauso trüb war wie ihre Laune. Leichter Nieselregen benetzte die Scheibe. Trotzdem musste sie vor die Tür. Sie hielt es nicht mehr mit sich aus, brauchte frische Luft. Schnell zog sie sich einen Mantel über und eilte hinaus. Sie wand sich in Richtung Isar. Ein paar Schritte am Fluss entlang würden ihr guttun. Bereits nach wenigen Metern ärgerte sie sich, weil sie keinen Schirm dabei hatte. Es regnete mehr, als sie gedacht hatte. Sie machte sich gerade Vorwürfe für ihre Nachlässigkeit, als die Auslagen eines Blumengeschäftes in der Frauenhoferstraße ihre Aufmerksamkeit weckten. Wunderschöne Arrangements standen dort im Fenster. Spontan betrat Ulrike das Geschäft und genoss den Duft frisch geschnittener Blumen und exotischer Blüten. Sie musterte die Pflanzen und hatte sich rasch entschieden, sich heute etwas zu gönnen. Sie brauchte Farbe!

»Kann ich Ihnen helfen?«, fragte die Verkäuferin und lächelte sie freundlich an.

»Ich hätte gerne einen Strauß mit drei rosafarbenen Zantedeschien. Bitte nur mit ein wenig Grün dazu.«

»Oh, Sie kennen diese Blume unter ihrem richtigen Namen? Dann muss ich mir ja richtig Mühe geben, wenn Sie sich so gut auskennen!« Sie lachte, zwinkerte Ulrike zu, zog drei Blumen aus dem Eimer und ging mit ihnen an den Werktisch im angrenzenden Nebenraum.

»Ich habe die selbst daheim im Garten«, erklärte Ulrike. »Dort bin ich am liebsten«, fügte sie hinzu, verstummte aber gleich wieder. Stimmte das eigentlich? Doch, ja, in Münster war sie am liebsten im Garten. Aber sie wünschte sich nicht, dorthin zurückzukehren.

»Jemanden wie Sie könnte ich hier gut gebrauchen.« Die Verkäuferin holte Ulrike aus ihren Gedanken. »Wir suchen gerade für den Nachmittag eine Aushilfe im Verkauf. Sie glauben ja gar nicht, wie wenig Ahnung die meisten Frauen haben, die sich um die Stelle bewerben.« Sie seufzte, während sie kunstvoll die Blumen arrangierte.

»Sie übertreiben. Ich kenne mich nur ein wenig aus«, wendete Ulrike ein, »und Blumen binden kann ich gar nicht. Für so was habe ich kein Talent.« Versonnen sah sie sich in dem Laden um. Wie schön musste es sein, täglich in einer solchen Umgebung zu arbeiten. Sie mochte die leichte Kühle, den Geruch von frisch geschnittenen Zweigen.

»Das kann man doch lernen! Wie wär's? Wollen Sie es nicht einfach mal probieren? Ich glaube, wir kämen schon miteinander aus.« Die Verkäuferin schaute sie erwartungsvoll an.

Ulrike zögerte. »Sie meinen das wirklich und wahrhaftig ernst, was?«

»Ja natürlich! Was dachten Sie denn? Wir haben ja nicht umsonst ein Schild im Fenster. Mein Mann und ich hoffen, auf dem Weg jemanden zu finden.« Sie hob theatralisch die Hände zur Decke. »Und Sie hat uns der Himmel geschickt.«

»Ich weiß nicht. Lust hätte ich schon, aber eigentlich …« Ulrike lockte die Vorstellung. Aber sie hatte noch nie in einem Laden gearbeitet, kannte sich nicht mit Kassensystemen aus und ihr letzter Arbeitstag war ohnehin schon fast ein Vierteljahrhundert her. Dennoch reizte sie das Angebot.

»Sie überlegen, hm? Wie wäre denn folgende Idee: Sie kommen einfach und wir probieren es für einen Tag aus. Zur Probe. Ich zeige Ihnen, wie man Sträuße arrangiert, und Sie schauen, ob Sie es einrichten können. Schlafen Sie doch eine Nacht darüber, ob Sie Zeit und Lust haben, und dann sagen Sie mir morgen Bescheid.« Die Frau blickte ihr offen ins Gesicht und schnitt die letzten Stiele des Straußes auf eine Länge. Ulrike drehte sich noch einmal um, musterte den Laden, die Regale, die Blumen. Dann drehte sie sich um und lächelte die Ladenbesitzerin an. »Ich muss nicht noch einmal darüber schlafen. Ich nehme Ihr Angebot gerne an – aber nur die Probe. Wann soll ich denn da sein?«

»Würde es Ihnen kommenden Montag um 14 Uhr passen?« Die Frau hielt ihr die Hand hin. »Sie sind Frau …?«

»Herzlich gerne! Ziegler ist mein Name. Ich wohne zurzeit in der Baaderstraße, nicht weit von hier.«

»Wunderbar, Frau Ziegler, dann sehen wir uns nächste Woche. Und der Strauß geht natürlich unter diesen Umständen aufs Haus. Als Vorauszahlung sozusagen, damit Sie auch wirklich kommen!«

Ulrike verließ beschwingt den Laden. Sie konnte ihr Glück kaum fassen. Sie würde bald einen Job haben! Das Schicksal hatte sie unter ungünstigsten Umständen hierher gebracht. Aber nun wendete sich wenigstens etwas zum Besseren. Sie änderte ihre Pläne und ging zurück zu Jules Wohnung. Sie hatte nun etwas zu erledigen. Dringend. Sie musste ihren Mann anrufen. Und ihm sagen, dass sie nicht zurückkehren würde. Der Gedanke erschreckte sie nicht einmal, sondern schien ihr seltsam vertraut. Und sie würde ihm sagen, dass ihre gemeinsame Tochter weg war.

Sie stieg mit beherzten Schritten die Stufen zur Wohnung hinauf. Dort angekommen fiel ihr Blick auf einen großen Seesack, der auf dem Treppenabsatz stand. Zweifellos von Martin.

»Ich räume den gleich weg!«, rief er von drinnen und kam schon mit einer kleineren Aktentasche und einem Rucksack beladen wieder aus der Wohnung, die er gleich zwei Mal abschloss. Dann schulterte er den Seesack. Mit einem atemlosen »Sorry, mein Taxi wartet« war er schon die Treppen hinunter und außer Sichtweite. Ulrike zögerte kurz, legte den Blumenstrauß auf den Boden und rannte hinter ihm her. Sie sah jedoch nur noch die roten Schlussleuchten des Fahrzeugs, das gerade den Blinker setzte und abbog.

Sie hatte also doch recht gehabt: Die Ratte verließ das sinkende Schiff. Sie hastete die Treppe hoch. Planänderung: Sie musste Annette Kirchgessner anrufen.

55. Kapitel

30. August 2014

Bewegungslos kauerte sie an Ort und Stelle. Hielt den Kopf noch immer fest zwischen ihre Knie gepresst. Sie summte, um nicht zu hören, was geschah. Selbst den beißenden Geruch des Erbrochenen nahm sie nicht mehr wahr. Ihr Nacken und ihre Beine begannen schon zu krampfen, als sie es schließlich wagte, aufzusehen. Stille.

Sie atmete auf. In dem Moment flog die Tür auf. Mike rannte herein, in Richtung Küchentisch. Schweiß stand auf seiner hohen Stirn, das Hemd hing ihm aus der Hose. Er hielt auf halbem Weg inne, drehte sich zu ihr. Jule starrte ihn an, konnte den Blick nicht von der blutigen Strieme in seinem Gesicht wenden. Auch auf seinen Händen und auf seinem Hemd nahm sie tiefrote, fast schwarze Flecken wahr. Was hatte er nur mit seinem neuen Opfer getan? Sie sah entsetzt in seine Augen, die auf einen Punkt vor ihrem Körper gerichtet waren. Noch bevor ihr klar war, worauf er schaute, presste er ein »Was ist das?« hervor und deutete auf ihren Teller.

Sie nahm die Beherrschung in seiner Stimme war und schloss die Augen. Dachte an sein wirres Gerede. An seinen Blick. Sie zog den Kopf instinktiv zwischen die Schultern, hob die Hände leicht, um mit der Stange einen möglichen Schlag abzuwehren.

Er kam nicht auf sie zu. Vielmehr stieß er nur drei Worte langsam und betont heraus: »Leck das auf!«

Ihre Augen weiteten sich. Nein. Das konnte er nicht ernst meinen. Sie schaute ihn an. Sah kein Erbarmen in seinen Augen, sah das Blut, dachte an die Schreie der anderen, an ihr Brandzeichen. Sie gehörte ihm. Er konnte alles mit ihr tun.

Schon wiederholte er seine Worte: »Leck – das – auf!« Sie drehte ihren Körper so, dass sie sich zum Boden bücken konnte. Ihre Nase weigerte sich näher an die Gallelache zu kommen, in der das Brot schwamm, eine schleimige grüngelbliche Mischung. Sie würgte erneut, schluckte, hielt sich eine Hand vor den Mund, wagte aber nicht den Kopf zu heben. Sie hörte das geknurrte »Leck, du Hexe!« ganz in ihrer Nähe. Dann schloss sie kurz die Augen, sammelte sich, streckte ihre Zunge vor, kämpfte erneut mit ihrem Brechreiz und näherte sich zögerlich dem Teller. Mit zwei Schritten war er bei ihr, sie sah seinen Schuh in ihrem Gesichtsfeld. Wieder dachte sie an das Blut. Würde er sie töten, wenn sie nicht hörte? Die Schreie der anderen tönten in ihrem Schädel, sein Geruch mischte sich mit dem des Tellers. Dann plötzlich war da nichts mehr. Nur sie, sein Schuh nah bei ihr, seine Befehle, die er atemlos auf sie niederprasseln ließ. Und ihre Angst. Wenn sie leben wollte, gab es nur eines: Sie musste gehorchen.

Sie schloss die Augen, hielt sich am Tellerrand fest und begann zu lecken. Die glibberige Masse in ihrem Mund, ihr Magen in Aufruhr. Sie musste schlucken. Der Mageninhalt hob sich. Aber sie schluckte. Einmal und noch einmal. Hielt nicht inne. Leckte weiter, versuchte zu ignorieren, was es war. Seine Schreie über ihr wurden leiser. Sie floh in Gedanken in einen anderen Raum, sah sich in ihrem Zimmer. Sie leckte weiter. Wie ein Tier. Sein Schuh verschwand aus ihrem Blickfeld. Aber sein irres Lachen schwebte über ihr, brandete durch ihre Ohren, grub sich in ihre Erinnerung. Dieses Zeichen würde sie mehr spüren als das heiße Eisen.

56. Kapitel

22. September 2014

Annette Kirchgessner holte tief Luft. Sie war immer noch fassungslos und entnervt. Erst hatte sie erneut an Lenas Zimmertür geklopft. Sie hatte gerade versucht, den Hausmeister davon zu überzeugen, die Tür auch ohne Durchsuchungsbeschluss aufzuschließen, als Lena endlich zurückrief – jedoch ohne irgendeine Entschuldigung. Auf die Frage, warum sie sich nicht eher gemeldet habe, antwortete sie schnippisch: »Ich konnte ja wohl schlecht mal eben vorbeikommen – also warum sollte ich dann Bescheid sagen, dass ich in Frankfurt bin?«

Was für ein Früchtchen! Annette konnte nur hoffen, dass diese Jule ein anderes Kaliber war. Denn wenn dieses selbstgefällige Mädchen ohne Anstand und Manieren ihre beste Freundin gewesen war, warf das erstmals ein anderes Licht auf die Vermisste. Natürlich hatte Annette sich nichts anmerken lassen, blieb freundlich. Obwohl ihr wirklich danach zumute war, der Kleinen mal ordentlich die Meinung zu sagen. Aber sie wollte noch etwas von ihr und musste sich beherrschen.

Auf ihre Frage, ob sie so nett sei, Jules Kleidung durchzusehen, antwortete Lena erneut patzig: »Die trug doch sowieso immer nur dieselben billigen Sachen. Ob ich Ihnen dazu etwas sagen kann …« Annette kochte vor Wut. Normalerweise fiel es ihr leicht, mit jeder Art Mensch umzugehen und gelassen zu bleiben – wenigstens nach außen hin. Doch diese Göre reizte sie aufs Blut und hätte nach Annettes Meinung eine ordentliche Tracht gut vertragen können. Wenigstens bemerkte Lena später bei der Durchsicht des Kleiderschranks, dass einige Sachen fehlten. High Heels, Sneaker. Ansonsten hatte sie das Gefühl, einige Oberteile seien weg. Sie konnte aber nur eine vage Beschreibung der Sachen abgeben. Ganz sicher war sie hingegen, dass Jule Jeans mitgenommen hatte. Eine hellblaue Boot Cut fehlte. Kein Wunder, sagte Lena, Jule zöge sich nie besonders weiblich an. Warum auch, dachte Annette, Jule hatte es schließlich nicht nötig gehabt, anderen Frauen den Freund auszuspannen. Lena hingegen kannte sicher keine Grenzen, wenn sie etwas wollte. Wäre sie ihre Tochter gewesen, Annette hätte ihr erst einmal Ferien auf dem Bauernhof verordnet, wo sie hätte arbeiten müssen, bis die Hände Blasen schlugen! Stall ausmisten, Schubkarre schieben, mit dicken Stiefeln rumlaufen. Dann würde auch diese Lena ihre Marotten ablegen.

Jetzt wartete Annette vor Jules Mietshaus auf der Straße, versuchte sich zu beruhigen und kickte einen kleinen Stein weg, der auf dem Bordstein lag. Sie sah auf die Uhr. Wo blieb Gigi nur wieder?

Er wäre definitiv schneller, wenn er ein paar Kilo weniger auf den Rippen hätte oder sich öfter auf ein Fahrrad statt auf seine Harley schwingen würde. Kurze Beine und ein dicker Bauch waren bei einem schnellen Fußmarsch einfach nicht förderlich. Besonders gut trainiert war ihr Partner nicht. Annette kam es vor, als würde sie schon eine Ewigkeit nach ihm Ausschau halten, dabei lief man nur eine Viertelstunde hierher. Sie frage sich gerade, wie man eigentlich als Vegetarier so eine Plauze bekommen konnte, als ihr Partner endlich um die Ecke bog. Wie immer in seiner Lederkluft. Selbst im Hochsommer trug er schwarze Kleidung. Dann allerdings auch mal eine Jeans. Sie musste lächeln, als er mit seinem Seemannsgang und dem wippenden dünnen Zopf auf sie zukam. Am liebsten hätte sie ihn zur Begrüßung auf seine beginnende Glatze geküsst. Aber das durfte sie sich allenfalls an Weiberfasching herausnehmen.

»Wenn du nicht bald mehr Kondition kriegst, schenke ich dir ein E-Bike, mein Alter«, zog sie ihn auf.

»Halt dein loses Mundwerk, Annette, oder ich drehe gleich wieder um. Ich fasse es nicht: Da komme ich hierher gerannt, um dir zu helfen, und Madame hat nichts als Spott für mich übrig.« Dabei grinste er über das ganze Gesicht. »Also, wo wohnt das Bübchen denn?«

Annette wies nach oben. »Frau Ziegler macht uns auf und dann werden wir dezent in seine Bude reingehen.«

»Aber Annette, du weißt schon, dass das verboten ist.«

»Deshalb habe ich ja auch dich geholt, mein Schatz!«, flötete sie. »Du Meister aller Schlossknacker! Und keiner merkt was. Alles Zauberei!«

Annette klingelte bei Frau Ziegler. Sie selbst war rasch die Treppen hinaufgelaufen. Gigi brauchte etwas länger und musste erst einmal verschnaufen. Frau Ziegler schaute etwas irritiert, als sie Annettes Kollegen sah. Einen Kriminalbeamten hatte sie sich sicher anders vorgestellt. Der unrasierte Motorradfreak sah auch wirklich eher nach jemandem aus, der Gesetze brach, als nach jemandem, der sie hütete.

»Lassen Sie meinen Kollegen einen Moment verschnaufen, Frau Ziegler. Wenn er wieder zu Atem gekommen ist, kann er ausgesprochen freundlich grüßen. Und jetzt schließen Sie besser die Tür, denn Sie sollten nicht unbedingt Zeugin werden, wenn zwei Polizeibeamte die Grenzen der Rechtsprechung ein wenig verschieben.« Annette zwinkerte ihr zu und schob sie in den Flur zurück. In Wahrheit wollte Annette einfach nicht, dass Jules Mutter dabei war, wenn sie Martins Wohnung auf den Kopf stellten. Wenn Jules Mutter richtig lag, wussten sie schließlich nicht, worauf sie dort drin stoßen würden. Obwohl sie sich Martin immer noch nicht als Entführer vorstellen konnte. Da sie jedoch keine andere Spur hatten, konnte sie es sich nicht erlauben, diesen Verdachtsmoment zu ignorieren. Und sie hatte gelernt, dass es wichtig war, skeptisch zu bleiben, nie zu früh dem Schein zu trauen. Seine Theorien immer wieder zu hinterfragen, gerade in einem Fall wie diesem.

Gigi hatte mittlerweile aufgehört zu japsen und sein kleines Ledertäschchen mit den Dietrichen ausgepackt.

»Ein einfaches Zylinderschloss. Wie praktisch«, brummelte er und hielt einen gebogenen Metallstab schräg nach oben fest, während er mit der anderen Hand einen spitzen Stab nahm und in der Schlüsselöffnung herumstocherte. Er brauchte nicht einmal zwei Minuten, dann konnte er die Türe öffnen.

»Voilà«, sagte er und ließ Annette den Vortritt.

Die ging zielstrebig in das Wohnschlafzimmer und nahm sich den Stapel Ausdrucke vor, der dort auf dem Schreibtisch lag. Sie zögerte eine Sekunde. Sie wühlte ungern in den Sachen anderer Menschen herum. Meist erblickte man dadurch eine Seite von ihnen, die man gar nicht kennen wollte. Jeder hatte ein kleines Geheimnis, eine dunkle Ecke in seiner Seele.

Seufzend begann sie schließlich, die Blätter durchzusehen. Irgendwelche Ausdrucke von Computerzubehör. Texte, vermutlich für eine Hausarbeit. Ein Foto einer hügeligen Landschaft, das Annette irgendwie bekannt vorkam, und – wie nicht anders zu erwarten – Bilder von Jule. Martin war gar kein schlechter Fotograf. Einige Bilder kannte sie schon von dem Clip. Viele Aufnahmen waren schwarz-weiß. Er hatte ganz unterschiedliche Facetten von Jules Gesicht eingefangen. Lachend irgendwo in der Uni, nachdenklich über ein Buch gebeugt, verträumt auf einer Parkbank. Mein Gott, den hatte es wirklich erwischt. Sonst war nichts Aufsehenerregendes zu finden.

Sie suchte den Startknopf des Rechners und fuhr ihn hoch. Als sie gerade fluchend feststellte, dass das Gerät mit einem Passwort gesichert war, stieß Gigi einen triumphierenden Schrei aus.

»Was wetten wir, dass dieses T-Shirt nicht unserem Martin gehört?« Er schwenkte ein rosafarbenes T-Shirt mit Rosenaufdruck.

»Aber das heißt doch noch gar nichts, Gigi, und das weißt du.«

Gigi sah sie erstaunt an. »Sag mal, Annette, was hast du denn eigentlich? Bist du blind? Die Mutter eines vermissten Mädchens sagt dir, dass sie ein komisches Gefühl bei dem Nachbarn hat, der offenbar hochgradig in Jule verliebt ist, aber keine Chance hat, je erhört zu werden. Dann findest du eine Fotomontage von den beiden als Paar. Und hier halte ich ein T-Shirt in der Hand, das bei einer DNA-Probe mit hundertprozentiger Sicherheit aus dem Besitz der Vermissten stammt. Und wer weiß, welche Spuren wir noch darauf finden …« Er machte eine vielsagende Pause. »Aber unsere Annette hat in die Glaskugel geschaut und weiß, dass der junge Mann eine reine Weste hat. Jetzt wird es langsam lächerlich.«

Annette sah betroffen auf eines der Fotos, die Jules Gesicht zeigten. Gigi hatte recht: Sie wollte im Grunde nicht, dass Martin ein Böser war. Sie mochte ihn, hatte sogar ein wenig Mitleid mit dem armen Kerl, dem nie die Frauen hinterherlaufen würden – obwohl er ein ganz Netter zu sein schien. Aber die Fakten waren erdrückend.

»Annette, es wird jetzt Zeit, dass wir zu Fehlleitner gehen und ihm reinen Wein einschenken, was du hier treibst. Wir schauen uns um, was wir sonst noch finden. Dann nehmen wir den PC mit. Und danach müssen wir dringend eine Fahndung nach Martin Görner einleiten. Ich hoffe für dich, dass der nicht schon über alle Berge ist.«

Annette nickte und schaltete den Computer aus.

»In Ordnung. Kannst du dann das hier fertig machen? Das Regal müssen wir noch checken. Ich gehe derweil rüber und sage Frau Ziegler Bescheid. Falls Martin doch wieder hier auftauchen sollte, muss sie wissen, was wir vorhaben. Und dann fahren wir zum Big Boss.«

57. Kapitel

1. September 2014

Die Schreie aus dem Keller wurden täglich schlimmer – vor allem seine. Ekstatische, irre Laute drangen durch die Stille. Jule hörte entsetzt zu. Hockte in ihrer Ecke und wünschte, es würde still werden. Hoffte, dass sie selbst nicht auch so schreien würde, er sie in Ruhe ließe. Sie war sich sicher, dass sie in ihrem Leben nie wieder etwas essen würde. Noch immer rumorte ihr Magen. Und sie ekelte sich. Gleichzeitig war sie wütend. Auf ihn, weil er so ein Arschloch war. Auf sich selbst, weil sie sich nicht gewehrt hatte. Sie hätte den Teller wegschmeißen sollen, dass die Kotze durch die Wohnung flog. Oder ihm mitten ins Gesicht. Der Teller hätte eine Waffe sein können. Aber sie hatte es gerochen. Den metallischen Duft des Blutes. Durch alle Gerüche hindurch. Und sie hatte um ihr Leben gebangt. Wollte nicht wieder Schmerzen erleiden. Ihre Wunden heilten langsam.

Verdammt, hörte das denn wirklich niemand hier? Warum kam nie jemand her? Selbst in dieser Einöde musste doch der Postbote mal etwas bringen oder sonst irgendjemand! Sie trat verzweifelt gegen die Wand, fiel um, weil sie nicht an die Fesseln gedacht hatte.

Es war zum Verzweifeln: Drei Tage ging das nun schon so. Dabei musste dieser Frau geholfen werden. Dringend. Viel Zeit blieb ihr sicher nicht mehr. Und sie selbst wusste auch nicht mehr, wie lange sie das noch aushalten würde. Sie fühlte sich so erbärmlich. So hilflos. Und ausgeliefert.

Das letzte Zusammentreffen war weitaus schmerzlicher gewesen, als die Gewalt des nächtlichen Überfalls. Damals hatte er sie körperlich verletzt. Die Wunden würden vernarben. Vorgestern war ihre Seele zerbrochen. Ehre und Würde waren für sie nur abstrakte Begriffe gewesen. Sie wusste nicht, ob diese Verletzung je wieder heilen würde.

Mikes Zustand verschlimmerte sich jeden Tag. Er schluckte ständig Tabletten. Danach beruhigte sich sein Gesicht merklich. Seine Absonderlichkeiten aber veränderten sich nicht. Was sie hörte, klang immer abartiger.

Heute war er nur kurz in der Küche gewesen. Sie hatte in der Ecke gekauert, hatte versucht, keinen Mucks von sich zu geben. Unsichtbar zu werden. Mit der Wand zu verschmelzen. Atmete nur in kurzen Stößen. Hektisch. Sein Sauberkeitsanfall hatte nicht lange angehalten. Er trug immer noch das Hemd von vorgestern. Jetzt begann es wieder. Seine laute Stimme. Ihre Schreie. Ein Krachen. Sie musste sich ablenken. Es war schlimmer als zuvor, hier angekettet zu sein. Zeuge zu sein. Zu ahnen, was vor sich ging. Sie wollte helfen, konnte aber nicht. Wollte weg, war aber vor Angst wie gelähmt. Gleichzeitig wusste sie, wie es unten aussah. Und sie war sich sicher, dass er die andere auch gefesselt hatte. Ob er ihr wenigstens Essen gab? Trinken? Sie wusste es nicht. In jedem Fall war sie tausend Mal schlimmer dran als Jule selbst. Verdammt! Warum konnte sie nur nichts tun? Eine Dose flog krachend gegen die Wand. Sofort duckte sie sich, denn es war plötzlich ruhig. Hatte er sie gehört? Sie zitterte.

Gestern war er Stunden unten gewesen. Heute ebenfalls. Es musste schon Mittag sein. Das schloss sie aus dem Stand der Sonne. Ob er kommen würde, um etwas zu kochen? Sie hoffte nicht und war froh, dass er immer seltener hereinkam.

Wie hatte er diese Frau nur gefunden? War sie auch zu ihm gekommen? War es eine Masche von Bernd und Mike, Frauen anzulocken? Egal. Sie würde es nie herausfinden. Ob es einen Weg gab, hier herauszukommen? Sie beide zu befreien?

Was ging es sie an, fragte die leise innere Stimme der Vorsicht. Immerhin trug sie keine Schuld an deren Schicksal. Oder doch? Vielleicht hatte sie diese Seite an Mike erst zum Klingen gebracht. Konnte das sein?

Wieder war es still unten. Dann hörte sie Schritte im Nachbarzimmer, die sich wieder entfernten. Die Gefahr war gebannt. Sie sank auf den Boden. Schlafen. Die Situation strengte sie massiv an. Sie musste sich erholen, solange Ruhe herrschte.

Es wurde bereits dunkel, als Jule erneut schreckliche Laute vernahm. Kannte er denn gar keine Gnade? Heute war er schon zum zweiten Mal bei ihr. Das konnte die Frau nicht mehr lange aushalten.

Schon bald erstarb das Gestöhne. Die darauffolgende Stille war bleiern und schwer. Jule zählte die Sekunden. War es jetzt vorbei für heute? Schritte. Die Tür ging auf. Sie zog den Kopf ein. Nein, bitte, nicht auch mich!

Eine Schranktüre knallte. Er war außer Atem. Sie sah auf. Seine Hände! Sie konnte den Blick nicht von ihnen abwenden – noch mehr Blut. Er machte sich mit dem Dosenöffner zu schaffen. Seine schmierigen Fingerabdrücke schienen ihn nicht zu stören. Und es war ihr so, als würde er sie überhaupt nicht mehr wahrnehmen. Noch immer hatte sich seine Atmung nicht normalisiert, aber er hauchte schon wieder Worte. Sprach mit seinen inneren Dämonen.

Wieso tat er solche Dinge? Wie konnte er diese Frau so quälen? Und dabei offensichtlich noch Spaß empfinden?

In diesem Moment formte sich in ihr ein Entschluss: Egal, was mit ihr geschehen würde, sie musste etwas tun! Sonst wäre es zu spät. Sie konnte nicht hier sitzen und warten, bis die andere tot war.

Sie musste sie beide befreien. Vor ein paar Tagen hatte sie ein Band gesehen, das er um seinen Hals trug. Daran war bestimmt der Schlüssel für ihre Handschellen. Das musste einfach so sein. Es war ihre einzige Chance.

Heute Nacht würde sie einen Plan schmieden, solang sie noch einen Funken Kraft und Würde in sich trug.

Und dieser Plan musste funktionieren. Er musste einfach!

58. Kapitel

22. September 2014

Annette kam gerade von den Kollegen des K 101 zurück, die die Fahndung nach Martin eingeleitet hatten. Sie suchten ihn als Zeugen im Fall der verschwundenen Jule. Annette hoffte, auf diese Weise Hinweise auf den Aufenthaltsort beider Personen zu bekommen. Zum Glück hatten sie ein Bild von Martin – die Fotomontage. Würde die schließlich helfen, dass sie Jule fanden? Gleichzeitig war sie skeptisch: Wenn sie nicht bald erfuhren, wo Martin war, würden sie seine Spur vielleicht genauso verlieren wie die von Jule.

Gigi hatte in Martins Wohnung noch eine Reihe von Dingen gefunden. Hinter einem Stapel Bücher war ein gerahmtes Bild versteckt gewesen, das Jule zeigte. Damit war klar, dass die beiden sich nicht besonders nah gestanden hatten. Sie hätte es sicher seltsam gefunden, in seinem Zimmer ihr eigenes Konterfei zu sehen. Oder war genau das passiert? Hatte sie ihn ausgelacht und bei Martin war daraufhin eine Sicherung durchgebrannt? Bei manchen Menschen brauchte es weit weniger, um sie unter Druck zu setzen. Zusätzlich hatte er noch ein buntes Tuch gefunden, das nun ebenso wie das T-Shirt bei der Spurenanalyse war, um zu prüfen, ob es Jule gehörte. Frau Ziegler hatte die beiden Sachen zwar nicht gekannt, triumphierte aber, als Gigi ihr den Fundort nannte: Immerhin hatte sie Martins Verhalten von Beginn an seltsam gefunden. Es wunderte Frau Ziegler nicht, dass Martin an Jules Kleidungsstücken schnüffelte. Für sie passte das genau ins Bild. Gigi ließ

Frau Ziegler in dem Glauben, eine so harmlose Handlung wäre der Hintergrund. Annette war froh darüber, denn dass dieser Fund auf weit Schlimmeres hinwies, blieb in Gegenwart der Mutter besser ungesagt. Sie hingegen fragte sich, ob Martin nur ein Fetischist war oder ob sein Liebeswahn tatsächlich weit größere Ausmaße angenommen hatte. Und noch etwas störte Annette. Sie wusste, dass sie etwas in der Wohnung gesehen hatte. Etwas, dass sie stutzen ließ. Sie überlegte ständig, konnte es aber nicht greifen.

Annette saß an ihrem Schreibtisch im Präsidium. Sie starrte auf das Telefon. Gigi schaute noch einmal die Blätter durch, die sie auf Martins Schreibtisch gefunden hatten und gab immer wieder triumphierende Geräusche von sich.

Annette schlug mit der Handfläche auf den Tisch: »Nein, nein und nochmals: Nein. Dieser Junge ist nicht gewalttätig.«

»Und warum ist er dann abgehauen? Warum besitzt er Kleidungsstücke von Jule?«

»Ach, die können doch auch ganz anders in die Wohnung gekommen sein. Zum Beispiel kann sie die dort vergessen haben.«

»Klar, die geht im BH wieder rüber in ihre Wohnung und lässt ihr T-Shirt bei ihm liegen. Natürlich!«

»Herrje, vielleicht hat er ihr mal was mitgewaschen. Oder er hat sich wirklich ein Andenken mitgenommen, meinetwegen. Vielleicht schnüffelt er gerne an ihren Sachen, um sich aufzugeilen. Aber dann wäre auch jeder, der Pornos anschaut auch gleich ein Sexualstraftäter. Glaub mir, der würde keiner Fliege etwas antun.« Sie sprach hektisch. Und merkte selbst, wie wichtig es war, dies alles laut auszusprechen, damit sie selbst überzeugt davon blieb. Sollte sich herausstellen, dass sie alle verdächtigen Hinweise ignoriert hatte, würde das kein gutes Licht auf ihre Ermittlungstätigkeit werfen. Und Fehlleitner, ihr Chef, war ohnehin stocksauer gewesen, als sie ihm alles gebeichtet hatte. Die Einmischung in die Zuständigkeit eines anderen Teams, eigenmächtige Ermittlungen, den Einbruch in Martins Wohnung.

Am meisten hatte ihn aber vermutlich geärgert, dass sie Georg in ihre abwegigen Ermittlungen mit hineingezogen hatte. Bisher war nur sie diejenige gewesen, die von Zeit zu Zeit aus der Spur lief. Nun auch der unfehlbare Georg, das war eindeutig zu viel gewesen. Als sie Fehlleitners Büro verlassen hatte – immerhin mit der Erlaubnis, die Fahndung rauszugeben –, hatte er gebrüllt, dass das ihr letzter gemeinsamer Fall gewesen sei. Und sie sollten zusehen, den schnell zu lösen, vor allem wegen des Medienrummels, der nun auf sie zukam. Diesen Teil des Gespräches hatte sie Gigi bislang verschwiegen.

Leider befürchtete sie, Fehlleitner könnte seine Drohung wahr machen. Sie konnte sich einfach nicht vorstellen, ohne Georg zu arbeiten. Sie waren einander so vertraut und ergänzten sich perfekt. Auch wenn sie nicht immer einer Meinung waren – oder gerade deshalb.

»Komisch, was macht so ein Informatiker eigentlich mit solchen Bildern?«, murmelte Gigi und betrachtete das Bild eines grünen Hügelkammes. »Die gehen doch nie vor die Tür, dachte ich.«

»Musst du gerade fragen. Niemand würde dir als Biker zutrauen, dass du Pilze sammelst und fotografierst.«

»Das ist doch etwas völlig anderes!«

»So?«, fragte Annette gerade, als das Telefon klingelte. Sie sahen sich erwartungsvoll an. Sie ließ Gigi den Vortritt.

»Gruber«, sagte Gigi und hörte intensiv zu, während er zustimmende Geräusche von sich gab. Er zog beide Augenbrauen überrascht hoch und versuchte ein breites Grinsen zu unterdrücken. Dann verabschiedete er sich: »Danke – und schickt uns die Sachen doch bitte gleich hoch. Am besten auf den Computer, damit Annette und ich alles gleichzeitig lesen können.«

»Was?« Sie lag mit dem Oberkörper auf dem Schreibtisch und trommelte mit den Fingern auf die Platte.

»Unser guter Martin ist wohl nicht so heilig, wie du dachtest. Die Kollegen haben gerade minutiöse Aufzeichnungen darüber gefunden, was Jule getan hat, bevor sie verschwunden ist. Er hat alle ihre Gewohnheiten genau analysiert.«

»Ist nicht wahr!« Annette konnte nicht fassen, was sie gerade gehört hatte. Das durfte nicht sein. Sie schlug sich mit der Hand auf den Kopf. »Verdammt!«

»Hey, jetzt reg dich nicht auf. Die Kollegen schicken uns das Dokument gerade hoch. Konzentriere dich und lies das Zeug und suche einen Hinweis. Noch mehr Mist kannst du dir nicht leisten.«

Annette biss die Zähne zusammen. Sie hätte gerne protestiert, aber leider hatte ihr Kollege recht mit seinem Vorwurf. Er war schon der Zweite, der ihr das heute auf die Nase binden musste.

Zwei Stunden später hatten Gigi und Annette mehrfach alle Einträge durchgesehen, die aber doch harmloser waren, als sie gedacht hatten. Im Grunde konnten sie nun die Gewohnheiten der Verschwundenen nachvollziehen: Wann sie gearbeitet hatte, welche Kurse sie besucht und wie sie ihre Freizeit verbracht hatte. Die Aufzeichnungen ergaben das Bild eines Menschen, der sehr zielstrebig war und seine Aufgaben ernst nahm. Jule schien nie eine Vorlesung zu versäumen. Feiern und andere Vergnügungen, die das Studentenleben ausmachten, mied sie. Jedenfalls war sie in den Monaten, die diese Aufzeichnungen widerspiegelten, nur selten ausgegangen. Und dank Martin, der offenbar immer gewartet hatte, bis sie wohlbehalten zu Hause war, wussten sie auch, dass sie es nie spät werden ließ. Das war kein Mensch, der einfach verschwand, ohne eine Nachricht zu hinterlassen. Dafür war sie eindeutig zu gewissenhaft. Jemand musste sie dazu gezwungen haben, sich so zu verhalten.

»Sie hat wirklich keine Freunde – außer den zweien, die wir schon kennen«, stellte Annette fest. Sie druckte die Unterlagen aus.

»Stimmt, aber sie wirkt trotzdem wie ein zufriedener und ausgeglichener Mensch. Lesen im Englischen Garten, Radfahren an der Isar, die Fotos, auf denen sie immer strahlt, die bunte Kleidung. Das alles passt nicht zu einem Menschen, der mit seinem Leben unzufrieden ist oder dem der Anschluss fehlt. Lebensmüde war sie ganz sicher nicht.«

»Diese ganzen Aufzeichnungen bestätigen im Grunde, was uns Frau Ziegler die ganze Zeit sagte. Und ich glaube jetzt auch, dass Jule kein Typ ist, der von selbst verschwindet.« Hätte sie diese Liste doch nur früher gehabt. Sie hätte den Kollegen so lange die Hölle heiß gemacht, bis sie eine Personenfahndung rausgegeben hätten. Nun hatten sie beinahe eine Woche verloren.

»Fragt sich nur, was mit ihr geschehen ist. Und was Martin damit zu tun hat.«

»Wenn wir nur wüssten, wo sie ist.« Annette nahm ihre graue Lederjacke und die Blätter, die gerade aus dem Drucker liefen. »Ich fahre jetzt mit dem Zeug zu Frau Ziegler. Vielleicht sieht die mehr als ich.«

»Und ich melde mich, wenn wir über die Abendzeitung einen Hinweis bekommen«, versprach Gigi und tippte auf das Handy, das Annette beinahe liegengelassen hätte.

59. Kapitel

2. September 2014

Nervös rieb Jule Daumen und Zeigefinger aneinander. Sie hatte einen Plan. Heute musste sie es schaffen, Mike anzulocken. Sie hörte ihn schon laut murmeln, schimpfen und lachen. Verdammt! Es war ein schlechter Tag, was seinen Geisteszustand anbelangte. Das konnte sie mittlerweile einschätzen. Wäre das für sie von Vorteil? Sie hatte eine schwere Aufgabe vor sich und hatte Angst. Sie schauderte schon beim bloßen Gedanken an seinen Anblick, geschweige denn an seinen Geruch. An das geronnene Blut an seinen Händen. Aber es gab keine andere Möglichkeit. Sie musste das tun. Der Sündenfall. Nacktheit, Verlangen. Konnte das ihr Trumpf sein? Oder war sie schon genauso verrückt wie Mike?

Sie knöpfte ihre Bluse auf. Dann zog sie eine Brust aus dem BH. Sie sah an sich herab. Sie fröstelte bei dem Gedanken, was gleich passieren könnte. Vor lauter Ekel stieg ihr immer wieder bittere Gallenflüssigkeit in den Mund auf. Mühselig schluckte sie die wieder herunter. Sie sah keinen anderen Ausweg: Sie musste sich selbst zur Waffe machen. Es würde nicht von selbst besser werden, auch nicht für die andere im Keller. Sie dachte an die Frau, die unten lag, genauso hilflos wie sie selbst, als sie im Keller gefangen gewesen war. Aber jetzt konnte sie etwas tun. Sie musste einfach. Jetzt. Bevor der Mut sie wieder verließ. Sie räusperte sich, atmete tief durch, schickte ein Stoßgebet zum Himmel. Dann bemühte sie sich um einen lockeren Tonfall. Nicht rufen, nicht betteln. Leise gurrte sie: »Mike, ich brauch dich!«

Nichts. Verflixt. Sie dachte daran, was die Schreie ihr über die Situation im Keller verrieten und an ihr eigenes Brandzeichen. Er hatte das verdient. Er war ein Schwein. Das half. Die Vorstellung konnte beginnen. Sie stöhnte ein lautes »Mike!« und lehnte sich an die Spüle. Jetzt hörte sie Schritte, die Tür ging auf. Er brabbelte vor sich hin, schien aber nicht so aggressiv, wie er es an so vielen anderen Tagen war. Sie liebkoste sich mit den Händen, spreizte die Beine, fuhr mit dem Zeigefinger über ihre Brustwarze, die von der Kälte in der Küche schon ganz steif war. Dabei sah sie an sich herunter. Dann hob sie den Kopf. Er glotzte wie von Sinnen, der Mund stand ihm offen.

Das spornte sie an. Sie dachte an Tim und legte all ihre Liebe zu ihm in ihren Blick, schloss die Augen, leckte ihre Lippen und ließ die Hände von der Brust in die Shorts gleiten.

»Mike … ich brauche dich«, stöhnte sie.

»Was … willst du?«, stotterte er.

Es sah aus, als würde ihm Speichel aus dem Mundwinkel rinnen. Seine Augen wanderten immer wieder zu der sich bewegenden Hand. Seine Wange zuckte in unregelmäßigem Rhythmus. Scheiße. Wenn er jetzt wieder seine Schmerzen bekam, brauchte er seine Medikamente. Und die hatte er mittlerweile nicht mehr hier in der Küche deponiert.

Sie musste sich beeilen, er hatte den Köder gefressen. Der Augenblick war da. Sie ließ den Kopf zurückfallen, die Tür der Spüle knallte. Sie dachte an den Film »Harry und Sally« – obwohl ihr keineswegs zum Lachen war. Sie stöhnte auf. Hoffte, es klänge lustvoll.

Er trat einen Schritt auf sie zu.

»Was willst du?«, fragte er wieder. Diesmal leiser, drängender. Er spielte mit der Kette um seinen Hals. Sie sah den Schlüssel daran blitzen. Freiheit, dachte sie. »Dich«, hauchte sie und ließ ihren Blick von seinen Augen langsam zu seinem Hosenschlitz wandern und dort verweilen. Sie konnte sehen, dass ihr Auftritt

Wirkung zeigte. Aber er tat noch nichts. Sie musste ihn zu sich locken. Der schwerste Teil stand ihr noch bevor.

Sie ließ sich zur Seite gleiten, legte sich auf den Boden und schob sich in seine Richtung. Nun lag ihr Kopf beinahe zwischen seinen Füßen. Sie holte die zweite Brust aus dem Körbchen des BHs und bog den Rücken durch.

Ein Speicheltropfen traf sie mitten im Gesicht. Sie würgte an ihrer Gallenflüssigkeit. Streng dich an, schimpfte sie. Dann wandte sie ihr Gesicht zu seinen Füßen, streckte die Zunge so weit heraus, wie es ging, und leckte an ihnen.

»Ich gehöre dir. Nimm mich! Ich brauche endlich einen Mann«, gurrte sie. Nichts. Seine Hose war zwar gespannt, sein Atem ging keuchend, aber er bewegte sich immer noch nicht. Sie musste das Risiko eingehen. »Ich höre doch andauernd, dass du ein echter Kerl bist.« Sie zwinkerte ihm zu, lächelte verführerisch. »Ich will auch was davon ab.«

Sie zählte die Sekunden, räkelte sich mit geschlossenen Augen weiter. Dann hörte sie einen Schrei, er ging neben ihr in die Knie und im gleichen Moment zerriss er ihre Shorts. Sie machte sich innerlich stark. Jetzt galt es!

Er nestelte an seiner Hose herum, sein Glied sprang heraus. Er wollte ihre Beine scheinbar über sie klappen, sie von hinten nehmen, wurde aber auf halber Strecke durch die Fußfessel gebremst. Er hielt inne. Schien nicht zu wissen, was er jetzt tun sollte.

Jule hatte Angst, das würde den Moment zerstören. Sie schrie: »Bitte, fass mich an. Bitte!«

Er blickte kurz auf, grinste ein Lächeln, bei dem ihr das Blut in den Adern gefror, zerrte die Schnur von seinem Hals und machte sich an ihren Fesseln zu schaffen. Er schloss eine Seite auf. Dann begann er zu murmeln. Er zögerte. Nein! Vermutlich waren ihr Anblick und ihr Geruch doch zu schlimm, um ihn anzutörnen. Dennoch konnte Jule sich nicht überwinden, ihn anzufassen oder zu küssen. Also begann sie wieder, ihre Hände an ihrer Scham zu bewegen. Dieses Mal konnte er sehen, was sie tat. Erneut gab sie animalische Laute von sich. Er öffnete auch das zweite Schloss und löste die Fußschelle ab. Damit war der Weg für ihn frei. Er riss ihre Beine auseinander, und stieß ohne zu zögern in sie hinein. Der Schmerz schien sie in zwei Teile zu reißen, ihre Sinne schwanden ihr, so als wolle ihr Geist dieser schrecklichen Situation entfliehen. Sie musste schreien, konnte es aber in letzter Sekunde in ein lautes, lang gezogenes »Aaah!« kanalisieren. Tränen liefen ihr über die Wangen. Davon merkte er nichts. Er war völlig weggetreten, penetrierte sie immer heftiger. Das ging alles viel zu schnell! Nicht so.

Sie wich seinen Bewegungen aus, was ihn noch rasender zu machen schien. Er drückte mit seinem Gewicht auf sie, zwang sie, still zu halten. Verdammt, das lief schief! In letzter Verzweiflung schrie sie ihn an: »Ich will mit dir kommen! Lass mich dich reiten!«.

Er hob den Kopf, Schweiß lief ihm von der hohen Stirn, sein Blick war amüsiert. Atemlos knurrte er: »Doch zu was nütze!« Bereitwillig legte er sich auf den Rücken, ohne dass ihre Körper sich trennten. Zum Glück zur richtigen Seite. Die Kette ließ ihr genug Bewegungsfreiheit. Sie schlug ihm erst eine große Suppendose, die sie bereitgestellt hatte, mitten ins Gesicht. Sie hörte ein dumpfes Knacken, dann strömte Blut aus seiner Nase. Sie ließ ihm keine Zeit, wusste, dass er in Sekundenschnelle aufstehen konnte. Mit aller Gewalt lehnte sie sich auf die Stange ihrer Handfesseln, die sie auf seinem Hals postiert hatte, und legte ihr ganzes Gewicht darauf. Sie wusste nicht, ob ihre Kraft ausreichte. Bei ihrem Plan hatte sie gehofft, dass die Überraschung ihr helfen würde.

Sie hatte nicht mit seinen Armen gerechnet, die nach ihrem eigenen Hals griffen. Nicht damit, dass sie lang genug waren, um sich um ihre Kehle zu legen. Auch nicht damit, welche Kräfte er hatte, obwohl sie ihn würgte. Sie konnte nicht zurückweichen. Wenn es hier zu Ende wäre, dann besser so, besser jetzt. Sie neigte den Oberkörper tiefer – obwohl sie ihm damit das Zudrücken erleichterte. Sie versuchte, in Intervallen stärkeren Druck auf seinen Hals auszuüben. Wippte auf der Stange, legte all ihre Kraft, ihre Verzweiflung, Wut und Hoffnung in dieses Stück Metall.

Sie sahen sich in die Augen. Zwei Kontrahenten, die um ihr Leben kämpften. Jule spürte, wie sich das Blut in ihrem Kopf sammelte. Blitze zuckten vor ihren Augen. Sie ließ nicht los, wollte ihre Macht nicht aufgeben. Niemand sonst konnte sie und die andere Frau retten. Sie *musste* es tun! Jule verlagerte noch einmal ihr Gewicht, bewegte die Stange hin und her. Ihr wurde schwarz vor Augen, sie würde ohnmächtig werden, verdammt! Sie hatte verloren. Es war vorbei. Er würde doch wieder gewinnen. Ihre Kräfte reichten nicht aus. Plötzlich war es, als würde sein Gesicht näher gezoomt, schien ganz nah vor ihren Augen und sie sah Szenen vor sich: das erste Treffen bei Bernd, der Moment, in dem er ihr mit dem glühenden Eisen das Brandzeichen gesetzt hatte. Aus ihrem Inneren löste sich ein Schrei, der nicht hinaus konnte, aber so mächtig war, dass ihr ganzer Körper bebte. Und mit einem Mal brannte Luft durch ihre Lungen, sie hustete, verschluckte sich, wusste nicht, ob sie lachen oder weinen sollte, sah in sein Gesicht, das sich im Kreis drehte, durfte nicht loslassen, er hatte nun die Hände an der Stange, versuchte sie zu lösen, der Mund stand offen, ohne Ton. Nicht loslassen. Nicht nachlassen. Sie sah, wie sich sein Blick veränderte, von Verzweiflung zu Erstaunen zu Starrheit. Leere. Sie hielt fest. Drückte weiter, zitterte am ganzen Leib. Seine Arme fielen schlaff zur Seite. Doch sie blieb auf die Stange gestützt, auch als sie bemerkte, dass er sich nicht mehr bewegte. Sie wollte felsenfest sicher sein. Dann nahm sie die Stange weg und übergab sich auf ihn.

Der Plan hatte funktioniert. Aber sie fühlte keinen Triumph. Sie hatte einen Menschen getötet. Nichts würde mehr so sein wie zuvor. Doch sie würde leben. Dann brach sie bewusstlos zusammen.

60. Kapitel

23. September 2014

Annette klopfte ungeduldig auf die Tischplatte. Sie war noch einmal bei Frau Ziegler gewesen, um gemeinsam mit ihr minutiös Martins Aufzeichnungen durchzugehen. Am Abend zuvor hatte sie das schon einmal versucht, aber die Ärmste war dazu nicht in der Lage gewesen. Nach Martins Flucht kam Frau Ziegler nicht mit dem Gefühl zurecht, Tür an Tür mit demjenigen gewohnt zu haben, der ihre Tochter womöglich entführt hatte. Damit, ihm Tee angeboten zu haben. Frau Ziegler hatte ihr Urteil längst gefällt. Annette war sich da nicht so sicher. Sie wusste, die Lösung war zum Greifen nah. Gestern hatte sie etwas gesehen, sie musste es nur noch in den richtigen Zusammenhang bringen, dann würde sie der Lösung ein Stück näher kommen.

Als sie über den ausgedruckten Blättern saßen, erreichte sie Gigis Anruf. Eine Frau habe sich gemeldet, die Martin auf dem Foto eindeutig erkannt habe. Sie berichtete, ihn am Tag zuvor an einer Raststätte aufgelesen und bis Augsburg mitgenommen zu haben, wo sie einen Geschäftstermin wahrnahm. Am nächsten Morgen war sie in aller Frühe zurückgefahren, um rechtzeitig bei der Arbeit zu sein, und hatte an einer Tankstelle, an der sie sich einen Kaffee besorgen wollte, Martins Bild auf dem Zeitungsstapel an der Kasse erkannt.

Die Frau hatte von Martin erfahren, dass er weiter nach Koblenz wollte. Die Handyortung hatte allerdings keine Aufschlüsse in diese Richtung ergeben. Die letzte Meldung war in München gewesen. Martin hatte sein Gerät offenbar ausgestellt.

Annette hoffte inständig, dass die Frau sich nicht geirrt hatte. Sie wollte gleich in Richtung Norden aufbrechen und versuchen, noch vor Martin dort anzukommen, obwohl der schon einen Tag Vorsprung hatte. Frau Ziegler beharrte darauf mitzufahren.

»Ob Sie es wollen oder nicht. Ich fahre dahin. Sie trauen mir das nicht zu, aber auch ich kann Auto fahren.« Annette war überrascht über den ungewohnt bestimmenden Ton. Als sie das entschlossene Gesicht sah, fürchtete sie, Frau Ziegler würde Opfer eines katastrophalen Unfalls, wenn sie nach all den durchwachten Nächten ein Auto lenken würde. Also nahm sie ihr das Versprechen ab, sich keinesfalls einzumischen, wenn sie bereit war, sie mitzunehmen. Immerhin war Frau Ziegler diejenige gewesen, die den Verdacht auf Martin gelenkt hatte. Damit hatte sie es auch verdient, dabei zu sein. Annettes eigene Liste der Verfehlungen war in diesem Fall so lang, dass es für sie auf diese weitere Untugend auch nicht mehr ankam.

Die Fahndung, die sie in den Medien bisher auf München und Umgebung lokalisiert hatten, wurde nun auf ganz Deutschland ausgeweitet. Wegen des Taxis waren sie bislang davon ausgegangen, dass er sich noch in und um München aufhielt. Offenbar hatte er sich aber nur zum nächsten Rastplatz fahren lassen, um von dort zu trampen. Ein gutes Ablenkungsmanöver. Insofern stellte Annette sich wiederum die Frage, ob die beabsichtigte Fahrt nach Koblenz nicht wieder ein solches war. Oder ob Martin wirklich ahnungslos sein Ziel verraten hatte. Vielleicht würde er irgendwann doch sein Handy benutzen und sie hätten genauere Daten zu seinem Aufenthaltsort. Aber darauf zu warten, das konnte sie einfach nicht. Sie wollte es versuchen und schon einmal nach Koblenz fahren, um dann rasch an Ort und Stelle zu sein. Sie hoffte, dass bald weitere Anrufe hereinkommen würden. Mit den wenigen Verdachtsmomenten und ohne eine Ahnung, wo sie genau suchen sollten, konnten sie keine bundesweite Suche anzetteln. Da sie nicht sicher wussten, wo Martin sich aufhielt, konnten sie auch die Kollegen vor

Ort nicht auf den Plan rufen. Wenn sie Pech hatten, würden sie weder Martin noch Jule wiederfinden. Und sie selbst trug daran eine nicht unerhebliche Schuld. Weil sie ihn nicht zum Kreis der Verdächtigen gezählt und damit die Aufklärung des Falles erschwert hatte. Gigi hatte doch recht gehabt.

Annette war ungeduldig, wollte dringend los. Vielleicht würde sie Martin abfangen können. Es war noch früh am Tag und sie würden in etwas mehr als fünf Stunden dort sein – vorausgesetzt, sie hatten mit dem Verkehr Glück. Es war immerhin denkbar, dass sie ihn noch finden würden. Tramper waren selten geworden und kamen oft nur langsam vorwärts. Sie würde an jeder Raststätte auf dem Weg rausfahren müssen, um zu schauen, ob er dort stand und auf die Weiterfahrt hoffte. Ein Strohhalm, aber immerhin eine Spur.

»Frau Ziegler, bitte, ich kann Sie nicht mitnehmen, wenn Sie nicht bald fertig sind! Wir müssen los! Sonst hat das keinen Zweck mehr.« Annette ärgerte sich, dass sie der Frau nicht ein klares Nein entgegnet hatte. Ungeduldig lief sie in der kleinen Wohnung auf und ab.

»Ich braue uns nur noch eine Kanne Kaffee. Dann können wir los.«

Annette verdrehte die Augen. Schwieg aber. Die Frau hatte recht. Schaden würde ein Koffeinstoß sicher nicht. Wenn sie doch nur hellsehen könnte. Ungeduldig ließ Annette den Blick durch den Raum schweifen, beobachtete, wie Frau Ziegler umständlich den Mantel anzog. Annette betrachtete die Bilder von Jule an der Pinnwand, um ruhig zu werden und dann sah sie es: die Postkarte auf der Anrichte. Diese Landschaft kannte sie. Sie drehte sie um: Dauner Maare, Eifel. Verdammt! Sie war ein solcher Idiot! »Kursänderung, Frau Ziegler, wir fahren in die Eifel. Ich weiß zwar nicht wohin, aber ich bin mir sicher, dass das die richtige Richtung ist.«

»In die Eifel? Seltsam. Martin hatte mich neulich schon angesprochen, ob Jule da sein könnte!«

»Wann hat er Sie das gefragt?«

»Vor ein paar Tagen, als er in Jules Wohnung war. An dem Tag, als ich sein Verhalten so merkwürdig fand. Er fragte mich, ob Jule in die Eifel gefahren sein könnte. Aber ich verneinte. Sie hatte sich auf dem Land nie so wohl gefühlt wie in der Stadt.«

Annette erinnerte sich. Sie hatte Frau Ziegler auch nach diesem Bild gefragt, ihm aber keine Bedeutung beigemessen.

»Den Kaffee sparen wir uns, Frau Ziegler.«

Sie tippte energisch auf die Karte, schnappte sich Frau Zieglers Handtasche und zog die Frau hinter sich her.

Als sie gerade auf die A8 auffuhren, klingelte erneut das Telefon. Annette schaute auf das Display. Gigi.

»Gibt es Neuigkeiten?«

»Annette, wo bist du?«, fragte er mit dringlichem Ton.

»Sind gerade auf die A8 gefahren. Wir müssen nach Daun, Gigi, ich bin mir ganz sicher! Dieses Mal passt alles.«

Am anderen Ende der Leitung herrschte Stille.

»Gigi? Bist du noch da?«

»Ich habe keine Ahnung, woher du das weißt, aber das stimmt. Bist du noch vor dem Westkreuz?«

»Ja, wieso ...«

»Keine Fragen: Fahr auf die A99, dann auf die 92 Richtung Flughafen. Und dann Gas geben, meine Liebe. Um 10.05 Uhr geht dein Flieger mit Germanwings nach Köln/Bonn«, unterbrach Gigi sie barsch. »Fahr einfach zum Abflugschalter, die Kollegen wissen Bescheid und kümmern sich um dein Auto. Du musst das schaffen, denn das ist heute der einzige Direktflug, den es noch gibt. Mach hin und sieh zu, dass du den Flieger nicht verpasst. Alle weiteren Details erzähle ich dir, wenn du gelandet bist. Ich versuche hier derweil noch mehr Details rauszubekommen. Und ich organisiere dir gleich noch einen Wagen dort.«

»Und noch ein Ticket.«

»Wieso?«

»Frau Ziegler ist bei mir.«

»Das ist jetzt nicht dein Ernst, Annette.«

»Keine Diskussionen. Wenn es so drängt, dann sieh zu, dass das gebucht ist. Ich muss jetzt fahren.« Mit diesen Worten drückte sie das Gespräch weg.

Was um Himmels willen hatte Gigi in der knappen letzten Stunde herausgefunden? Ulrike Ziegler sah sie erwartungsvoll an.

»Wie viel Uhr ist es genau?«, fragte Annette.

»Viertel nach neun. Was ist denn los?«

»Kleine Programmänderung, Frau Ziegler. Wir fahren nicht – wir fliegen. Jetzt muss der Silberne zeigen, was er kann, damit wir rechtzeitig dort ankommen.«

61. Kapitel

2. September 2014

Jule setzte sich auf. Benommen betrachtete sie minutenlang den bewegungslosen Mann auf dem Küchenboden. Sie dachte an den Kampf, erinnerte sich an seine Spucke in ihrem Gesicht. Wischte wieder und wieder mit dem Handrücken über ihre Wange, grob, als müsste sie die Haut ablösen, um das Gefühl loszuwerden. Rieb immer weiter, bis endlich die Anspannung wich und Tränen der Erschöpfung und der Erleichterung über ihre Wangen rannen, in ihren Mundwinkeln brannten, die sie sich bei ihrem Kampf aufgebissen hatte. Sie schmeckte Blut in ihrem Mund. Offenbar hatte sie auch ihre Zunge verletzt, die sich geschwollen anfühlte und höllisch schmerzte. Sie hatte es geschafft! Noch immer schaute sie ihn voller Angst an, befürchtete, er könne sich wieder aufrappeln wie die Monster in schlechten Filmen. Sie wollte seine Spuren von ihrem Körper wischen. Noch immer fühlte sie seine Hände, seinen Körper, musste ihn aus sich heraus waschen. Aber dafür mussten die Fesseln weg.

Sie wollte über ihn hinweglangen, zuckte zurück, als ihre bloßen Knie seinen noch warmen Körper berührten. War er doch noch am Leben? Sie betrachtete seinen Brustkorb, seine aufgerissenen Augen. Keine Bewegung. Zur Sicherheit wartete sie noch einige Minuten. Schaute ihn an, konnte ihr Glück nicht fassen. Triumphierend brüllte sie:

»Er ist tot! Du hast nichts mehr zu befürchten!« Und noch einmal. Lauter. Dann schrie sie. Minutenlang. Die Anspannung floss mit ihrem Schrei aus ihr. Bis sie hustend zur Seite fiel. Sie rappelte sich auf, trank. Ihr Kehlkopf schmerzte. Aber sie hatte jetzt nichts mehr zu befürchten. Sie betrachtete ihn. Er sah mit einem Mal klein aus, nicht mehr bedrohlich, und sie bemerkte, wie viel Gewicht er offenbar verloren hatte. Seine Augen starrten gebrochen zur Decke. Es gab keinen Zweifel. Sie kniete sich neben ihn, hielt noch einmal ihre Hand über den geöffneten Mund. Kein Hauch. Nichts. Sie schloss seine Augen. Dann holte sie den Lappen aus der Spüle und wischte ihr Erbrochenes aus seinem Gesicht, von seiner Brust. Sie hatte ihn getötet. Was war nur mit ihr geschehen? Sie saß lange regungslos neben ihm, betrachtete ihre Hände. Als ihr Blick die Handschellen streifte, kam wieder Leben in sie. Sie krabbelte durch die enge Lücke zwischen der Spüle und Mikes Körper und machte sich so lang sie konnte. Ja, sie erreichte mit den Fingerspitzen die Kordel und zog sie zu sich. Sie konnte ihr Glück kaum fassen. Da hingen sie: zwei kleine Schlüssel. Ihr Weg zurück in die Freiheit.

Sie gab nicht auf, nahm den Schlüssel zwischen die Zähne. Das musste doch klappen. Aber da das Schloss an der Innenseite angebracht war, direkt unterhalb der Stange, erreichte sie mit dem Mund zwar die Nähe des Schlüssellochs, bekam den Schlüssel aber nicht hinein. Sie versuchte es immer und immer wieder. Ohne Erfolg. Sie konnte nicht sehen, was sie tat, und verfehlte immer wieder den kleinen Schlitz, der ihr die Freiheit beschert hatte. Sie wurde immer ungeduldiger und fahriger, nahm den Schlüssel zwischen die Zehen an ihrem rechten Fuß, der ohne die Fußschelle wieder beweglich war. Aber auch damit hatte sie keine Chance.

Verfluchter Mist! Erneut versuchte sie es bei den Fußfesseln. Keine Chance.

Es musste einen dritten Schlüssel geben, denn mit drei Fesseln hatte er sie festgesetzt – also fehlte einer. Hektisch untersuchte sie das Band. Es war nicht gerissen. Also hatte er den nie um den Hals getragen. Er musste woanders sein.

Sie durchsuchte seine Taschen. Überwand ihre Skrupel und wälzte ihn mit aller Macht auf den Bauch. Der leblose Körper schien zentnerschwer. Dann endlich fiel er zur Seite. Jule zerrte an den Taschen. Nichts. Dieser Schlüssel musste doch irgendwo sein. Verdammt, wo war der denn? Die Handschellen waren im Grunde kein Hindernis. Sie konnte auch mit denen rennen. Aber sie brauchte den dritten Schlüssel für die Fußkette. Ohne den kam sie nicht los.

Aber sosehr sie auch suchte, da war nichts. Vor lauter Wut schlug sie mit ihren Fäusten auf seinen toten Leib ein. Verdammt, dieser Idiot! Das konnte doch einfach nicht sein? Das durfte nicht alles umsonst gewesen sein. Sie nahm eine Dose vom Schrank, hämmerte wie wild auf die Kette ein, die sich nicht verbog. Die Dose war verbeult, ging aber nicht entzwei.

»Ich hasse dich, ich hasse dich …«, Tränen schossen aus ihren Augen. Sie trat ihm so fest, wie sie konnte, in die Nieren. Schlug ihn, zog ihm Büschel seiner Haare aus. Als ihre Raserei zur Ruhe kam, schob sie seinen Körper von sich fort. Alle Schmerzen und all die verlorene Hoffnung legte sie in diese Bewegung, um ihn so weit von sich weg zu bekommen, wie es ging. Sie lehnte sich mit dem Rücken an die Spüle, trat ihn in Richtung des Tisches, der immer weiter wegrutschte. Der schwere Körper wich nur langsam. Doch ihre aufgestaute Wut ließ ihre Füße immer weiter trampeln. Mit einem Bein hatte sie nun auch mehr Reichweite. Wie schon in dem Keller.

Dieses Arschloch hatte wieder gewonnen. Sie gehörte ihm. Sogar jetzt. Rasend vor Verzweiflung schrie und trat sie, bis ihr irgendwann ihre Kräfte versagten. Was sollte nun geschehen? Ohne den Schlüssel könnte sie sich nie befreien.

Und auch die Frau im Keller nicht.

Sie riss die Augen auf. Der Gedanke an das andere Mädchen lenkte sie kurz ab. Was war mit ihr?

Sie nahm den Topfdeckel und schlug gegen den Schrank. Sie lauschte dem verklingenden Echo. Wartete auf ein Zeichen von unten. Nichts. Die Minuten verstrichen. Sie versuchte es erneut. Ohne Erfolg. Keine Antwort aus dem Keller. Da war nur Stille.

Plötzlich bemerkte sie ihren Fehler. Die andere war gefesselt. Sie konnte gar nicht antworten! Also schrie sie erneut, so laut sie konnte. Lauschte auf eine Antwort. Sie hörte ihr Blut, das in ihren Adern rauschte. Sonst nur Stille.

Ob die andere bewusstlos war? Es wäre kein Wunder nach allem, was er ihr dort unten wahrscheinlich angetan hatte. Die Schreie hatten eine zu deutliche Sprache gesprochen. Den Gedanken, dass das Schweigen noch einen anderen Grund haben könnte, schob Jule weit von sich. An so etwas wollte sie nicht denken. Sie hätte früher reagieren sollen, schon, als er die andere hergebracht hatte.

Sie hatte es versaut. Ihrer beider Leben.

Sie war zu nichts in der Lage.

Sie hasste sich für ihre Kurzsichtigkeit. Warum hatte sie sich nicht losbinden lassen? In seiner schwachen Minute.

Nun waren sie beide verloren.

Denn an Wunder glaubte Jule nun nicht mehr.

62. Kapitel

23. September 2014

Martin saß pfeifend in dem kleinen Nissan, den er gemietet hatte. Seine Fahrt war besser als erwartet verlaufen: Erst war da die Frau gewesen, die bereits nach wenigen Minuten angehalten hatte, um ihn nach Augsburg mitzunehmen. Eine Geschäftsfrau, die freundlich und unterhaltsam war. Dann von Augsburg nach Stuttgart die Studenten, die ihn und seinen Seesack noch in ihr Auto gequetscht hatten. Anschließend dauerte es lange, bis er eine Mitfahrgelegenheit fand. Stuttgart war kein gutes Pflaster für Tramper. Die Leute hatten aus ihren Autos gegafft, ihn gemustert und dann schnell Gas gegeben. Er war nicht einmal zur nächsten Autobahnauffahrt gekommen. Schließlich hatte er ein Taxi genommen, als gar nichts zu gehen schien. Und damit ein empfindlich großes Loch in seinen Geldbeutel gerissen. Als er endlich die nächste Raststätte erreicht hatte, war es schon sehr spät. Dort war er mit einem LKW-Fahrer ins Gespräch gekommen, der ihm angeboten hatte, ihn bis Koblenz mitzunehmen – allerdings erst am nächsten Morgen. Der Mann hatte seine Fahrzeit bereits überschritten, hatte aber gleich in der Frühe wieder aufbrechen wollen. Als er Martins finstere Miene gesehen hatte, war er bereit gewesen ihm einen Schlafplatz auf dem Beifahrersitz im LKW zu bieten. Ein Glückstreffer! Denn dadurch hatte er wieder etwas Geld gespart und sein ohnehin schon knappes Budget geschont. Er hatte im LKW zwar wenig geschlafen, aber es war besser gewesen, als noch einmal viel Geld für ein Hotelzimmer auszugeben. Und so hatte er sich ein ordentliches Frühstück gegönnt und einen Wagen mieten können. Den hätte er ohnehin gebraucht, denn spätestens ab Koblenz hatte er nicht mehr trampen wollen. Die Gegend schien nicht allzu dicht bevölkert. Das hatte er schon auf Google Maps gesehen. Dass er es aber so schnell bis Koblenz schaffen würde, hätte er nie und nimmer gedacht. Jetzt war früher Morgen und er war bereits unterwegs Richtung Daun. Er war unglaublich dankbar für sein Navigationssystem, denn so konnte er sicher sein, dass er in die richtige Richtung fuhr. Er kannte keine der Städte und hätte hier sicher schnell die Orientierung verloren. Wieso hatte Jule sich ausgerechnet diesen komischen Vogel beim Internet-Date geangelt? Noch dazu aus dieser Gegend? Martin brauchte nicht viele Menschen um sich, aber hier war es ihm definitiv zu einsam. Und auch Jule hatte das Stadtleben gerne.

Der Mann beim Autoverleih war in Begeisterungsstürme ausgebrochen, als er gehört hatte, wohin Martin reisen wollte. Gleich hatte er ausschweifend von der Besonderheit der Geotope in der Vulkaneifel, der Einzigartigkeit der Landschaft und den vielen Wandermöglichkeiten erzählt. Martin hatte nur mit halbem Ohr zugehört. Das war nichts für ihn. Aber er hatte ihn nicht unterbrechen wollen, immerhin war das alles freundlich gemeint gewesen. Vermutlich hatte er es auch diesem kurzen Gespräch zu verdanken, dass er ohne Aufpreis ein Auto mit eingebautem Navigationsgerät erhalten hatte. Auf das hätte er wegen seiner knappen Finanzlage sonst verzichten müssen.

Schön war es hier wirklich, das musste er zugeben. Jule konnte er sich dennoch hier in dieser Gegend nicht recht vorstellen. Ihre Mutter lag absolut richtig damit, dass sie eher ein südlicher Typ war: Sie saß gerne in Cafés, um dort Menschen zu beobachten, lag mit Wonne im Park in der Sonne oder las dort, und auch ihr Temperament passte hier nicht recht her.

Das hatte er zumindest geglaubt. Aber er hätte auch nie gedacht, dass Jule via Internet einen Mann suchen würde. Martin schüttelte den Kopf. Er verstand es immer noch nicht. Obwohl er unterwegs viel Zeit gehabt hatte, darüber nachzugrübeln. Sie sah so toll aus, war so natürlich, und konnte fast jeden haben, wenn sie wollte. Er hatte oft genug gesehen, wie die Männer sie ansahen, wenn sie auf einer Parkbank saß. Sie setzten sich auch gerne dazu. Jule hingegen war immer so sehr in ihrer eigenen Welt versunken, dass sie das gar nicht zu bemerken schien.

Martin spürte, wie die Hoffnung wieder in ihm aufkeimte. Wenn sie sich so einsam fühlte, sich sogar auf diesem seltsamen Weg einen Mann suchte, und das nur wenige Tage nach dem Bruch mit Tim – vielleicht hatte er doch noch eine Chance, sie für sich zu gewinnen.

Mit einem Mal wurde ihm bewusst, was er bei seiner Unternehmung völlig außer Acht gelassen hatte. Frau Ziegler hatte ihn so sehr eingelullt mit ihren Befürchtungen, Jule könne etwas passiert sein, dass er es schon selbst glaubte. Hätte er doch die Polizei rufen sollen?

»So ein Quatsch!«, schimpfte er lautstark. Was, wenn es gar nicht so war? Wenn sie gar nicht aus einer Notsituation gerettet werden musste? War es nicht wahrscheinlicher, dass sie wochenlang ohne eine Meldung in der Eifel blieb, weil sie sich unsterblich verliebt hatte? Alles um sich herum vergessen hatte?

Er hielt am Straßenrand an. Riss die Tür auf, sprang aus dem Wagen und rannte einige Schritte in das angrenzende Wiesenstück. Er dachte wieder an den Ton der Emails, die Liebesschwüre, die er gelesen hatte. Was für ein Narr er doch war. Er hatte sein gesamtes Geld dabei und war bereit, all sein Gespartes auszugeben. Für sie. Und was, wenn er sich nun endgültig lächerlich machte?

Sein Brustkorb wurde eng, er betrachtete seine Fußspitzen. Nach einer Weile ging er zum Wagen zurück, lehnte sich an und betrachtete die Landschaft. Ein Weiher lag ein Stück weiter in der frühen Nachmittagssonne. Die Wolken schienen in dieser Gegend tiefer zu hängen. Er dachte nach. Sollte er umdrehen?

Er konnte der Polizei sagen, was er herausgefunden hatte. Er zog sein Handy aus der Tasche, das er ausgeschaltet hatte, um den Akku zu schonen. Auch dies war seinem übereilten Aufbruch zu verdanken. Sein Zeigefinger ruhte auf dem Einschaltknopf. Dann schüttelte er den Kopf, steckte es resolut in die Tasche und nahm wieder hinter dem Steuer Platz. Zum Umdrehen war es jetzt zu spät. Und vielleicht musste er ihr neues Glück mit eigenen Augen sehen. Dann würde es ihm endlich gelingen, sie loszulassen. Jule war längst eine Sucht für ihn geworden. Und es wurde Zeit, mit dem Entzug zu beginnen.

63. Kapitel

9. September 2014

Aus der Ferne hörte sie Donnergrollen. Das Tageslicht hatte sich so stark verdunkelt, als wäre die Nacht binnen weniger Sekunde hereingebrochen. Ein Unwetter zog auf. Das geschah in den letzten Tagen häufiger, obwohl sie sonst eher nachts tobten. Durch das unruhige Gezwitscher der Vögel hindurch hörte sie leise das Bellen eines Hundes. Sie stellte sich vor, dass irgendeine Familie dort draußen lebte. Nicht weit entfernt. Wahrscheinlich holten sie gerade die Wäsche von der Leine, damit der Regen sie nicht durchnässte. Und der Hund trieb sie an, rasch ins Haus zu gehen, weil er instinktiv spürte, dass das Gewitter nahte. Wenn die ersten Tropfen niederprasselten, würde er sie nach drinnen begleiten. Ein warmer Ofen in der Ecke und der Duft einer Suppe würden die Bewohner heimelig umfangen. Ganz schlicht. Einfach. Diese Gedanken waren für Jule irgendwie tröstlich – immerhin waren da draußen Menschen. Sie war also nicht ganz alleine. Aber ihre Stimmung schlug dann schnell ins Gegenteil um, weil sie nicht mehr daran glaubte, noch einmal nach draußen zu kommen. Jeden Tag hatte sie den Hund gehört. Und immer, wenn sein Gebell ertönte, erfand sie eine neue Geschichte. Über sein Heim. Seine Besitzer. Ihr Herz wurde schwer.

Wieso nur hatte sie zuvor nicht zu schätzen gewusst, was sie besaß? Auf der Suche nach der großen Liebe war sie blind gewesen für alles, was ihr jetzt kostbar erschien: Ihre Familie, vor allem ihre Mutter, die immer für sie dagewesen war. Sie hätte sich andere Freunde suchen sollen, statt irgendeinem romantischen Traum nachzujagen.

Ein Lichtblitz erhellte plötzlich die Küche.

Dann ein ohrenbetäubendes Krachen, als wäre der Blitz eingeschlagen. Jule erschrak. Die Temperatur fiel schlagartig um ein paar Grad in der ohnehin immer klammen, kalten Küche. Sie zog die Beine wieder näher an sich heran, hielt sie umklammert, so gut das mit den Fesseln ging. Erneut krachte ein Donner über dem Haus. Jule spürte ihren rasenden Herzschlag. Ironie des Schicksals: Sie saß hier fest und fürchte sich vor einem Gewitter! Wäre die Situation nicht so tragisch, wäre das wirklich ein guter Witz. So blieb ihr nichts anderes übrig, als den Kopf zwischen die Knie zu stecken und darauf zu hoffen, die Zeit möge einfach vergehen.

In den ersten Stunden nach Mikes Tod hatte sie nichts anderes getan, als sich zu waschen. Wieder und wieder. Aber die Erinnerung blieb und sie spürte ihn immer noch auf sich, bekam dann kaum mehr Luft. Hatte Angst zu ersticken. Oder durchzudrehen. Die Tage zogen sich ereignislos hin und sie merkte, wie sie schwächer wurde.

Irgendwann hatte sie damit begonnen, sich neu in der Küche einzurichten. Sie versuchte, das innere Chaos durch äußere Ordnung in den Griff zu bekommen, irgendwie in dieser absurden Situation zu einer wie auch immer gearteten Normalität zurückzufinden. Sie benutzte das eine Waschbecken nun konsequent als Toilette. Aus dem anderen trank sie oder sie wusch sich dort. Jetzt, wo sie immer nackt bleiben konnte, verheilten auch die letzten wunden Stellen.

Aber nachts wurde es immer kälter und ihre dünne Bluse konnte sie nicht wirklich wärmen. Die Reste ihrer Unterhose legte sie wie ein Kissen unter sich, wenn sie versuchte, zu schlafen. Oder sie hielt sie vor ihr Gesicht, um dem Geruch des verwesenden Körpers von Mike zu entfliehen. Sie hatte darüber nachgedacht, ihn wieder zu sich heranzuziehen und seine Sachen anzuziehen. Aber das brachte sie beim besten Willen nicht fertig. Ihre Exkremente hatte sie aus dem Eimer in einen Topf mit Deckel geschüttet. So konnte sie wenigstens diesen Geruch eindämmen, indem sie einen Deckel darauf legte und ihn im Schrank verstaute. Obwohl es sie jedes Mal würgte, wenn sie wieder ihr Geschäft auf diesen Haufen verrichtete.

Seltsamerweise halfen ihr diese vielen Kleinigkeiten, nicht komplett durchzudrehen. In einem Zimmer mit einer Leiche.

Sie wusste, dass sie noch eine ganze Weile überleben würde. Nur krank werden durfte sie nicht. Drei Paracetamol waren noch in der Packung. Jule hütete sie wie einen kostbaren Schatz. Sie hatte zwar nichts zu essen und konnte sich lediglich die bunten Bilder auf den Dosen anschauen, die sie trotz aller Versuche nicht aufbekam. Sie hatte sie mit ihren Fußschellen traktiert, aber sie ließen sich beim besten Willen nicht öffnen. Aber sie hatte Wasser. Im Gegensatz zu der anderen unten im Keller. Jule machte sich nichts vor: Sie konnte nicht mehr am Leben sein. Eine Woche war es nun her, dass sie Mike umgebracht hatte.

Sie fühlte alles Mögliche, wenn sie ihn ansah. Manchmal schrie sie noch einmal laut. Schrie sich die Verzweiflung heraus, die Wut sowie die Genugtuung, ihren Widersacher zur Strecke gebracht zu haben. Er hatte nicht gewonnen, sie nicht kleingekriegt. Dann wieder fragte sie sich, was hier in diesem Haus aus ihr geworden war: Sie war wie eine Wilde. Sie hätte mittlerweile alles dafür getan, etwas Essbares zu bekommen, und verhielt sich in ihren Augen grotesk, wenn sie sich selbst Witze erzählte. Und sie wollte gar nicht wissen, wie sie aussah. Halbnackt. Die Fingernägel kürzte sie, indem sie an ihnen kaute. Dann hatten ihre Zähne wenigstens etwas zu tun und ihr Magen die Illusion von Essen.

Sie hatte einen Menschen getötet. War zur Schlimmsten aller Taten bereit gewesen und hatte sie durchgeführt. Und ganz am Ende, als sie noch einmal versucht hatte, mehr Druck auszuüben, da hatte sie kein Mitleid gespürt. Sie hatte es gewollt. War selbst eine Bestie. Unmenschlich.

Sie hasste sich dafür und war sich selbst fremd. Hätte das jeder andere auch getan? Sie zweifelte daran.

Am Ende hatte sie damit nicht viel erreicht: Sie würde noch eine Weile weiterleben, wusste jedoch nicht, wie lange sie durchhalten konnte. Und zwei Menschen hatten bereits sterben müssen.

Sie schlug den Kopf gegen den Schrank. Sie hatte Schuld an dem Tod der anderen Frau. Denn ihr scheinbar so genialer Plan war nur naiv gewesen.

Wie die Fahrt hierher.

Wie ihr ganzes Leben.

Wie ihr Glaube an die perfekte Liebe.

An eine perfekte Welt.

Jule schrie ihre Verzweiflung aus sich heraus. Doch damit wurde es nicht besser. Nichts schien die Schuld von ihr zu nehmen. Und die bräunlich verfärbte Haut von Mike, sein aufgedunsener Körper und der daraus entweichende, barbarische Gestank, erinnerte sie immer an das, was sie getan hatte. Jede Sekunde.

Sie stand auf, holte eine Dose aus dem Schrank und warf sie mit aller Kraft durch das Fenster. Mit einem riesigen Knall zertrümmerte die Dose die Scheibe und flog in hohem Bogen nach draußen. Scherben stoben glitzernd in den Himmel, an dem wütend das Gewitter tobte. Eine einzelne, kleine Scherbe landete auf Mikes totem Leib, verscheuchte ein paar Fliegen, die sich dort tummelten. Sie stoben auf, ließen sich aber bereits wenige Sekunden später wieder auf ihm nieder. Der tosende Sturm draußen wehte nun auch durch die Küche und der Regen sprühte in Böen hinein.

Sie würde sowieso hier verrecken. Niemand würde kommen. Seit Wochen war sie hier. Jetzt war es auch egal, ob sie erfrieren würde. Wenigstens würde der Gestank jetzt entweichen. Plötzlich wollte Jule nur noch eines: Einschlafen und sterben.

64. Kapitel

23. September 2014

In der Halle des Flughafens Köln/Bonn wartete bereits ein Polizist, der nach ihr Ausschau hielt. Annette eilte im Laufschritt auf ihn zu und bekam den Schlüssel zu einem Polizeiwagen. Er hatte den Wagen gleich vor der Halle abgestellt. Annette war Frau Ziegler dankbar, dass sie nach etwas gutem Zureden die Provianttasche und Wechselklamotten am München Flughafen gelassen hatte, denn so konnten sie einfach mit ihren Handtaschen zum Ausgang eilen. Alles lief perfekt. Bevor sie losfuhr, musste sie nun Gigi anrufen. Es wunderte sie nur, dass der hiesige Kollege sie nicht begleitete. Wäre ein wenig Unterstützung nicht besser gewesen? Was um Himmels willen hatte er über Jule herausgefunden?

Auf dem Flug hatten beide Frauen kein Wort gesprochen. Jede war in ihren Gedanken versunken. Frau Ziegler, der Annette den Platz am Fenster überlassen hatte, war völlig in sich versunken gewesen. Sie hatte nicht mehr gesprochen, hatte nichts trinken wollen. Annette selbst war froh über den kurzen Moment der Ruhe und hatte Verständnis für die arme Frau. Sie hätte nicht in ihrer Haut stecken wollen und bezweifelte, dass es richtig war, sie mitgenommen zu haben. Sie hatte Frau Zieglers Fragen, die im Wagen wie Hammerschläge auf sie eingedroschen waren, nicht parieren können. Wie denn auch? Gigi hatte ihr nichts weiter gesagt. Nur, dass er vermutlich wusste, wohin Jule gefahren war.

Annette war mit ihren eigenen Gedanken beschäftigt gewesen. Und die waren ernüchternd. Sie hatte immer gedacht, sie wäre eine gute Polizistin. In diesem Fall hatte sie mehr als eine Sache verbockt. War sie nicht mehr in der Lage, Menschen einzuschätzen? Unfassbar, dass Martin sie so hinters Licht geführt hatte. Dieses Bürschchen. Sie hatte sich Vorwürfe gemacht, war auf ganzer Linie unzufrieden mit ihrer Leistung. Sie dachte an Fehlleitners Standpauke. Vielleicht war sie nicht mehr richtig in ihrem Job. Aber konnte sie überhaupt etwas anderes tun? Ihr war nichts Gescheites eingefallen. Auch wenn sie durch ihre Arbeit viel von ihrer Blauäugigkeit verloren hatte, war es immer noch ihr Traumjob. Sie half dabei, die Welt zu verbessern. Zwar nur minimal, aber immerhin. Zumindest bisher. Wenn sie das nun offensichtlich nicht mehr konnte, war sie dann an diesem Platz richtig? Sie musste das Mädchen finden. Lebend. Sonst würde auch ihre eigene Zukunft in Frage stehen.

Annette wählte Gigis Nummer. Der meldete sich sofort.

»Ich sitze im Wagen. Wohin soll ich?«, fragte sie. Sie war froh, dass er jetzt in dem Fall mitmischte und sie so hoffentlich vor weiteren Fehlern bewahrte.

»Die Adresse liegt etwas außerhalb von Daun«, er nannte ihr die Straße, die sie gleich ins Navigationssystem eingab. »Dort muss das Haus von Bernd Neuenhaus stehen.«

»Wer um Himmels willen ist denn das?« Annette startete den Wagen fuhr mühelos aus der engen Parkmulde.

»Ein Spätstudent, der dort in einem alten Hof wohnt. Jule hat ihn über eine Kontaktbörse im Internet kennengelernt.«

»Ist nicht dein Ernst!«, Annette hatte mit viel gerechnet, aber nicht damit, dass sie nun eine Lovestory zu hören bekäme.

»Doch. Ist es. Wir erhielten auf das Fahndungsfoto hin einen anonymen Hinweis, dass sich Martin wohl für eine E-Mail-Adresse interessierte. Die fing mit »Jule« an. Da hat es bei mir gleich klick gemacht. Die Kollegen aus dem Internetbereich hatten eine Datei, die auf Martins Computer geschützt war, nicht öffnen können. Die war mit einem Passwort gesichert. Als wir diese Adresse probierten, klappte es. Martin muss von der Geschichte gewusst haben und hat sich irgendwie – die Kollegen waren da auch überfragt – ihren elektronischen Briefkasten runtergeladen. Dort fanden wir Unmengen von Mails, die Jule fast zwei Wochen lang mit diesem Bernd austauschte. Details erspare ich dir. Aber er sprach von ernsten Gefühlen und malte ihnen beiden eine romantische Zukunft aus. In einem Tonfall wie aus dem letzten Jahrhundert.«

Annette schwieg und kämpfte mit dem Straßenverkehr, den sie neben den Ausführungen ihres Kollegen zu bewältigen hatte.

»Bist du noch dran?«, hörte sie Gigi fragen.

»Ja. Erzähl weiter.«

»Nichts weiter. Wir vermuten, dass Jule zu ihm gefahren ist und nun dort turtelnd im neuen Liebesnest sitzt. Das ist mitten im Niemandsland – wer weiß, ob sie nicht einfach in einem Funkloch sitzt und sich deshalb nicht gemeldet hat. Ihr neuer Lover hat jedenfalls kein Telefon.«

»Deshalb ist also keiner der Kollegen von hier mitgefahren. Hatte mich schon gewundert. Ich beginne zu verstehen.« Annette spürte, wie sich der Blick von Frau Ziegler in ihr Gesicht bohrte. Aber sie konnte nicht schalten, lenken, fahren, telefonieren und der Frau auch noch Erklärungen abgeben. Die musste jetzt warten. Immerhin gab es ja gute Neuigkeiten. Sie lächelte sie beschwichtigend an.

»Einen Haken gibt es allerdings«, merkte Gigi an.

»Welchen?« Annette hoffte, dass Gigi ihr jetzt nicht von einem ellenlangen Vorstrafenregister dieses Bernd Neuenhaus erzählen würde.

»Wir haben keine Ahnung, warum Martin dorthin will. Und ich kann mir nicht vorstellen, dass es ein Zufall ist, dass er nach Koblenz wollte. Ist immerhin dieselbe Richtung. Er ist in sie verliebt – und wir wissen nicht, wozu ihn diese Liebe treibt. Insofern: Gib trotzdem mal ein bisschen Gas. Vielleicht haben wir Glück und du bist vor ihm da.«

65. Kapitel

23. September 2014

Ein Geräusch riss Jule aus dem Dämmerschlaf. Die unerbittliche Kälte, die seit zwei Wochen nachts in der Küche herrschte und der Mangel an Nahrung bewirkten, dass sie kaum mehr richtig zu sich kam. Jede Bewegung war eine Anstrengung und ermüdete sie. Sie hatte keine Verdauung mehr. Und auch kaum mehr Kraft, aufzustehen. Jede Bewegung war eine Mühsal.

Der Anblick des mittlerweile bräunlichen Körpers, den verschiedenste Kleintiere bewohnten, verursachte ihr Übelkeit. Sie hatte nicht gewusst, was der Tod mit einem Menschen machte. Welche Stadien ein Körper durchlief. Jetzt konnte sie live miterleben, wie es bald mit ihr selbst zu Ende gehen würde, wenn sie endlich verhungert wäre. Doch bisher hatte sich ihr Wunsch nach dem Tod nicht erfüllt.

In ihrer Einsamkeit ertappte sich manchmal dabei, wie sie, von dem toten Körper abgewandt, mit ihm zu sprechen begann: Wie anders alles hätte laufen können. Wenn sie gleich kehrtgemacht hätte. Sie erzählte ihm, was ihr durch den Kopf ging. Und erschrak gleichzeitig über sich selbst.

Das Klappen einer Autotür riss sie aus ihrem Dämmerzustand und ließ sie erstarren. Sie richtete sich auf und lauschte. Hörte aber nichts mehr. Hatte sie sich das Motorengeräusch eingebildet? Spielte ihr der Verstand nun schon Streiche?

Mühsam richtete sie sich auf, versuchte etwas zu sehen. Konnte aber nichts ausmachen. Der Boden unter ihr schien nachzugeben und sie fühlte, wie eine unerbittliche Schwärze sie in die Tiefe zog, über ihr zusammenzuschlagen drohte. Sie ließ sich auf den Boden sinken und wollte am liebsten die Augen schließen. Zu groß war die Müdigkeit.

Nein, nicht jetzt! Sie musste auf sich aufmerksam machen! Wenn da jemand war, könnte das ihre Chance sein. Vermutlich ihre endgültig letzte!

Jule holte tief Luft, öffnete den Mund. Da war nur ein leises Krächzen. Nein! Das reichte nicht.

Sie setzte sich auf, kämpfte mit der Ohnmacht, lauschte weiter, denn der Mensch war noch da. Sie spürte seine Anwesenheit. Sie konnte nichts mehr sehen vor lauter Lichtpunkten, die wie irre vor ihren Augen tanzten. Mit letzter Kraft versuchte sie es erneut. Und es gelang: Ein kurzer Schrei gellte durch die Küche, suchte seinen Weg durch das Fenster, brach sich draußen in den Hügeln.

Dann fiel sie bewusstlos zur Seite.

Das Heulen ging Martin durch Mark und Bein. Er war gerade aus dem Auto gestiegen, als er es hörte. Sogleich wandte er seinen Blick nach oben in die Richtung, aus der der Schrei gekommen war und sah eine eingeschlagene Fensterscheibe. Er blickte auf den Boden darunter und sah eine Konservendose, die offenbar durch das zertrümmerte Fenster geflogen war. Die Banderole war zerrissen und ausgewaschen. Seltsam.

Er schaute sich weiter um. Nichts bewegte sich. Sonst sah das Haus völlig normal aus. Dennoch fühlte er sich nicht wohl in seiner Haut. Wenngleich nun alles ruhig blieb. Schon bei Bernd hatte alles wie in einem Horrorfilm gewirkt und er hatte schon umdrehen wollen. Jule wäre nie freiwillig in diesem verwahrlosten Gebäude geblieben. Bernd, den er an seinem Schreibtisch vor sich hinbrabbelnd bei offener Tür vorgefunden hatte, hatte nicht viel besser ausgesehen als das Haus. Die Jeans hatte ihre besten Tage hinter sich, das Sweatshirt war an den Ellenbogen fadenscheinig und nur noch schwach blau, eher schon grau vom häufigen Waschen.

»Hallo. Ich bin ein Nachbar von Jule aus München. Du kennst sie doch, oder?«

Bernd hatte erstaunt zu ihm aufgesehen und genickt.

»Sie war hier«, hatte er dann zögerlich begonnen. »Stand plötzlich vor der Tür, obwohl ich es doch beendet hatte. Dann ist sie wieder weg. Mit dem Wagen. Hat kein Wort gesagt. Sie wollte sich melden, hat er gesagt. Aber sie hat nicht geschrieben.«

Martin hatte nie gezweifelt, dass er hier eine Spur finden würde. »Weißt du, wohin sie wollte? Hat sie was gesagt?«

»Ich dachte, sie ist zurück nach München.« Bernd hatte ihm offen in die Augen geschaut. Also hatte Martin ihm von der Suche der Mutter in München erzählt, von der Polizei und dass er sich in Jules Account eingehackt hatte. Bernd hatte daraufhin nur die Schultern gezuckt.

»Ich weiß, wie ich aussehe. Als ich Jules Bild bekam, war klar, dass das mit uns nie eine Chance hätte. Nie. Und dann stand sie hier.« Er hatte Martin offen ins Gesicht gesehen. »Ich habe mich geschämt. Ich war nicht der, den sie suchte. Als dann Mike kam, bin ich einfach nicht mehr aus dem Keller rauf gekommen. Habe ihm das Reden überlassen. Der kann besser umgehen mit Menschen.«

»Mike? Wer ist das?«

»Ihm gehört der nächste Bauernhof, gute zehn Minuten von hier entfernt.«

Martin hatte gegrübelt. Dann musste Jule irgendetwas auf der Fahrt passiert sein. Vielleicht war sie von der Fahrbahn abgekommen. Aber hätte sie dann nicht längst jemand gefunden?

»Und du hast keine Ahnung, wo sie sein kann?«

»Nein. Sorry.«

»Wie lange hat dieser Mike denn mit ihr gesprochen? Hast du gehört, worüber sie geredet haben?« »Nein. Aber sie gefiel Mike. Der hatte schon vorher oft nach ihr gefragt. Wenn er sie auf dem Bildschirmschoner sah.«

Martin hatte in Richtung des Computers gesehen, wo genau in diesem Moment ein Bild der strahlenden Jule aufgetaucht war. Er hatte gespürt, dass er hier seine Zeit vertat. Bernd war auch so ein hoffnungsloser Fall wie er selbst.

»Meinst du, ich kann ihn treffen, diesen Mike? Vielleicht weiß er etwas, was mir weiterhilft.«

»Ich habe ihn schon einige Zeit nicht mehr gesehen, aber er ist eigentlich immer auf seinem Hof. Wenn er weg ist, dann geht er jagen, aber das eher am Abend. Ich kann dir den Weg zeigen, wenn du willst.«

Sie waren gemeinsam aufgebrochen, aber bisher war Bernd keine besondere Hilfe. Er stand noch immer neben der offenen Wagentür und starrte zu dem zerbrochenen Fenster.

Die Sache hier war faul. Martin machte Bernd jetzt ein Zeichen und schlich erst einmal rund um das Haus. Vielleicht konnte er dort etwas sehen. Aber er fand nichts außer einem großen Aschehaufen direkt hinter dem Haus. Ein Drahtgestell lag mitten darin, dessen verkohlte Spiralen wie ein bizarres Kunstwerk wirkten. Zweifellos ein altes Bett. Er war froh, dass er noch bei Tageslicht angekommen war. Auch hier fand er nichts von der Idylle, die ihm der Autoverleiher beschrieben hatte. Nur Trostlosigkeit. Er ging zurück zur Hausfront. Eine gespenstische Stille lag über dem Haus. Kein Geräusch. Aber er hatte sich den Schrei nicht eingebildet, dessen war er sich sicher. Und das war definitiv kein Tier gewesen. Er lauschte. Nichts.

Er ging weiter zu dem Stall gegenüber, an dem eine Tür offen stand. Er rief leise hinein. Sah einige Geräte und ein Auto. Netze und Haken, die von der Decke hingen. Ein dicker Holzklotz stand in der Ecke, in dem eine Axt steckte. Alles machte einen halbwegs normalen Eindruck und war sogar einigermaßen aufgeräumt. Er sah in das Auto hinein. Der Schlüssel steckte. Er hätte das nicht vermutet, aber mitten in diesem Chaos schien die Welt hier doch noch irgendwie in Ordnung zu sein. Das hätte man in der Großstadt nie tun können. Das machte ihm Mut.

Alles hier schien ihm seltsam und unheimlich, aber vielleicht spielte ihm auch nur seine Fantasie einen Streich. Mike war der letzte Anhaltspunkt, um herauszufinden, wohin Jule gefahren war, nachdem sie Bernd besucht hatte.

»Ich gehe jetzt rein«, raunte er Bernd zu.

Als er die wenigen Stufen zur Eingangstür hochgestiegen war, nahm er einen intensiven, unangenehmen Geruch wahr. »Pfui Teufel!« Er hielt sich den Ärmel seines Pullis vor die Nase. Erneut überlegte er, ob er lieber gehen sollte. Aber da war dieser Schrei gewesen …

Er überwand sich und schellte, es ertönte aber kein Klingelton. Geduldig wartete er dennoch einen Moment. Dann klopfte er. Wartete erneut. Die Sekunden verstrichen.

Als nichts geschah, blickte er sich zu Bernd um, der sich noch immer keinen Millimeter bewegt hatte, nickte ihm zu und öffnete die Tür. Er musste sich zunächst an die Dunkelheit des Raumes gewöhnen, die im krassen Gegensatz zum Sonnenschein draußen stand. Es schien ein Wohnzimmer zu sein, war aber völlig unaufgeräumt und dreckig. Der Gestank hier drin war bestialisch. Er hielt sich angewidert seinen Pullover vor das Gesicht.

Er ging auf den Tisch zu und schaute auf die Zeitungen, die dort wild durcheinander lagen. Sie waren älteren Datums. Dann wand er sich ab, ging einen langen Flur entlang, der unbewohnt zu sein schien, vorbei an einem Glasschrank, in dem er eine Reihe von Gewehren sah. Mike war Jäger, hatte Bernd gesagt. Er ging weiter, schaute in jeden Raum. Die Zimmer waren nur spartanisch möbliert und eine dicke Staubschicht lag auf den wenigen Habseligkeiten, die darin standen. In einem fand er ein riesiges nacktes Bettgestell, über dem ein großes Kreuz hing. Er ging wieder zurück und blieb unschlüssig in dem Wohnzimmer stehen. Das ganze Gebäude wirkte auf ihn, als wäre es länger verlassen. War der Typ auch verschwunden? Die Geschichte wurde immer seltsamer.

Sein Blick fiel auf zwei weitere Türen. Bevor er wirklich etwas sah, merkte er, dass der widerwärtige Geruch noch an Intensität zunahm. Als er die eine Tür aufgeschoben hatte, sah er auch gleich, woher der rührte: Unter dem Tisch lag in einer abstrusen Haltung die Leiche eines Mannes. In seinen Augenhöhlen wanden sich Maden. Seine Haut war tief braun.

Martin schnappte nach Luft. Wo war er hier gelandet? Er kämpfte mit seinem Mageninhalt, konnte aber den Blick nicht von dem seltsam angelaufenen, unecht wirkenden Gesicht wenden. Es war das erste Mal, dass er einen Toten sah.

Er wollte langsam, einen Schritt nach dem anderen, nach hinten aus dem Haus gehen. Obwohl ihm von diesem Menschen längst keine Gefahr mehr drohte, brachte er es nicht über sich, ihm den Rücken zuzuwenden. Als er beinahe aus der Küche heraus war, nahm er aus den Augenwinkeln noch eine zweite Kontur wahr. Er verharrte und konzentrierte sich. Und nach einem Moment erkannte er sie: Jule. War sie auch tot? Er lief auf sie zu, betrachtete sie. Dünner war sie geworden. Man sah die Rippen durch die blasse Haut, die von seltsamen Flecken übersät war. Dann nahm er die Kette an ihrem Fußgelenk wahr und eine seltsame Handschelle, mit einer festen Stange und breiten Metallschließen. Sein Gehirn verarbeitete das, was er sah, nur langsam. Sie war festgebunden. Wie ein Hund. Jemand hielt sie hier gefangen. Und dieser Jemand musste noch irgendwo sein. Der hatte vermutlich auch den Toten auf dem Gewissen.

Dennoch stand er einfach nur da. Konnte den Blick nicht von ihrer halbnackten Haut abwenden. Lebte sie noch? War sie es gewesen, die so entsetzlich geschrien hatte? Aber warum? Langsam kniete er sich nieder. Er zitterte, als er ihr am Hals den Puls fühlen wollte. Die Bluse wurde nur mit einem Knopf zugehalten. Der ehemals weiße BH war ergraut, aber er konnte ihre Brustwarzen erkennen. Er stierte sie an, brachte es aber nicht über sich, sie anzufassen, ihren Herzschlag zu prüfen.

Sein Blick wanderte immer wieder zu ihrer Scham, die völlig nackt vor ihm lag. Trotz ihres erbärmlichen Zustands war sie immer noch schön. Wirkte so zerbrechlich und dünn, beschützenswert. Er betrachtete wieder ihren Busen. Dieses Mal bemerkte er, dass sich der Brustkorb hob und senkte. Zwar nur sacht, aber sie lebte. Langsam verstand er. Sie lebte! Er musste jemanden anrufen. Dringend! Einen Krankenwagen. Sein Handy lag im Auto. Er musste – aber er konnte nicht. Etwas in ihm kämpfte. Er hatte sie sich so oft nackt vorgestellt und nun lag sie hier vor ihm.

Schließlich gab er nach: Nur einmal wollte er ihre Haut fühlen. Er streckte seine Hand aus und wollte nur kurz ihre Haut berühren.

»Lass sie in Ruhe!«, hörte er ein tiefes Knurren hinter sich. Er drehte sich um und sah Bernd in der Tür stehen. Er hielt ein Gewehr in der Hand. Martin richtete sich langsam auf, den Blick unverwandt auf Bernd gerichtet. Verdammt. Bernd und Mike steckten unter einer Decke und er war so blöd gewesen, ihnen in die Falle zu gehen, hatte dem harmlos wirkenden Bernd geglaubt. Martin hob instinktiv langsam die Hände.

Bernd stutzte. Sah an sich herunter, auf das Gewehr. Ließ es sinken. »Das habe ich aus dem Schrank geholt, als ich Mike …«, er deutete mit dem Kopf auf den Toten. Dann schaute er zu Jule, Tränen standen ihm in den Augen. »Lebt sie noch? Was ist hier passiert?«

Martin sah ihn irritiert an. Der Tote war Mike? Aber wer hatte ihn getötet? Er ließ die Hände zur Sicherheit oben. Er war verwirrt und wusste er nicht, ob er Bernd trauen konnte.

»Sie lebt. Bist du sicher, dass der da Mike ist?«

»Ich denke schon.« Bernd sah sich um, schien völlig die Orientierung verloren zu haben. Martin musste ihm einfach trauen. Jule atmete zu flach und ihre Haut war so kalt gewesen. Die Zeit drängte. Sie brauchte dringend Hilfe.

»Wir benötigen Decken. Sie braucht dringend Wärme.« Er spürte, dass es empfindlich kalt und zugig in der Küche war.

»Kannst du das machen? Ich habe mein Handy im Wagen. Wir brauchen dringend einen Krankenwagen und die Polizei.«

»In Ordnung.« Bernd legte das Gewehr hin und verschwand in dem hinteren Flur. Martin seufzte erleichtert auf. Bis zuletzt hatte die Waffe ihn irritiert. Aber jetzt musste es schnell gehen. Er hoffte, er könnte Jule retten.

66. Kapitel

23. September 2014

Als Annette fast am Ziel war, bemerkte sie den Schein von Blaulichtern, deren Licht über den Baumkronen blitzte. Nicht an der angegebenen Adresse, aber ganz in der Nähe. »Nanu? Wieso sind hier Kollegen im Einsatz?«, rutschte es ihr heraus. Ein ungutes Gefühl breitete sich in ihr aus. Das konnte kein Zufall sein.

Sie spürte mehr, als dass sie es sah, wie Frau Ziegler in sich zusammensackte, wie ein Ballon, der Luft verlor. Was sie der Frau zumutete, war einfach zu viel. Sie verfluchte sich endgültig, sie mitgenommen zu haben. Sie fuhr vorbei an der Einfahrt, an der das Navi »Sie haben Ihr Ziel erreicht« verkündete. Folgte den Lichtern, die sie deutlich sah. Bereits als sie um die nächste Ecke bog, sah sie ein Haus mit einer Stallung gegenüber, neben dem verschiedene Einsatzwagen standen und unverkennbar ein Leichenwagen. Eine Reihe uniformierter Menschen stand zwischen den Fahrzeugen. Was um Himmels willen war hier geschehen?

Auch Frau Ziegler hatte den Leichenwagen gesehen. Sie bewegte sich nicht und versuchte anscheinend, das, was sie sah, mit ihrem Verstand zu erfassen.

Annette sah einen Polizisten, der ihrem langsam näherkommenden Fahrzeug entgegeneilte und sagte rasch: »Bitte, bleiben Sie hier sitzen. Ich werde hören, was los ist, und komme dann wieder zu Ihnen.«

Frau Ziegler hörte ihr nicht zu. Ihr Blick war auf das Haus

gerichtet, aus dem zwei Männer gerade einen Leichensack auf einer Trage heraustrugen. Stille Tränen liefen der Frau aus den Augenwinkeln.

Annette stieg aus und zeigte dem Polizeibeamten ihren Dienstausweis. Sie erklärte, dass sie auf der Suche nach einer jungen Frau wäre, die sich hier aufhalten sollte. Der Mann stellte sich kurz vor und wollte sofort den Einsatzleiter holen, der noch im Haus beschäftigt war. Annette sah zum Haus, als ein weiterer Toter herausgebracht wurde. Sie waren zu spät gekommen.

Sie drehte sich zum Auto um. Frau Ziegler war ausgestiegen. Sie schaute fassungslos zu dem Fahrzeug, in dem nun die Trage verschwand.

»Wir brauchen noch eine Dritte!«, schrie von oben jemand aus dem Haus.

Annette traute ihren Ohren nicht. Sie hatte versagt.

In diesem Moment kam ein gutaussehender Mann auf sie zu. Er trug einen schwarzen Anzug, ein blaues Hemd, dessen oberster Knopf lässig offen stand, elegante Schuhe und sah aus, als wäre er gerade einer Hochglanz-Broschüre entsprungen. Zu einem anderen Zeitpunkt hätte Annette sich gefreut, ihn zu sehen. Genau ihr Beuteschema. Aber im Moment interessierte sie nur, was hier geschehen war.

Der Beamte, der sich als Guido Scholz vorstellte, wollte zuerst genau wissen, was Annette hierhergeführt hatte, bevor er ihr Näheres über den Tatort verriet. Sie berichtete von der Fahndung nach einem Zeugen, der Martin Görner hieß, und warum sie annahm, dass Jule Ziegler sich in diesem Haus aufhielt.

»Könnten Sie vielleicht erst einmal mit rein kommen, Kollegin? Da ist eine weibliche Leiche, die wir bisher nicht identifizieren konnten.« Resigniert nickte Annette und folgte Scholz. Sie war also zu spät gekommen.

»Wir haben drei Tote in dem Haus gefunden, bislang jedoch nur zwei identifizieren können. Ich erzähle Ihnen danach gerne alles, was wir bisher wissen«, teilte er ihr auf dem Weg ins Haus mit. Auf der Treppe warf Annette noch einmal einen Blick zu dem Wagen und stellte erleichtert fest, dass Frau Ziegler sich wieder ins Auto gesetzt hatte. Gut so. Besser sie würde die schlechte Nachricht von Annette selbst als von jemand anderem erfahren.

Im Haus stank es so sehr nach Verderbnis, dass Annette sicher war, gleich jemanden zu sehen, der hier schon vor langer Zeit den Tod gefunden hatte. Sie folgte Scholz in den Keller. In einem feuchten, modrigen Raum lag, von Scheinwerfern beleuchtet, eine an Armen und Beinen gefesselte junge Frau, die ganz offensichtlich eine Menge zu erleiden gehabt hatte, bevor sie gestorben war. Ihr Gesicht war schief und seltsam entstellt von Schlägen, die sie hatte einstecken müssen. Ihr Körper, der in zerrissenen Kleidungsresten steckte, wies weitere, blutverkrustete Verwundungen auf. In dem Raum lagen verschiedene Instrumente – Brustklammern und Ähnliches – die eindeutig auf ein Sexualverbrechen hindeuteten. In einer anderen Ecke war man gerade dabei, einen Toten in einen Leichensack zu stecken. Die Wand wie allerdings völlig frische Blutspuren auf.

Wie schon so oft an Tatorten war Annette wieder einmal entsetzt von der Brutalität, mit der sich die Gewalt entladen hatte. Nicht einmal. Das hier sah nach Tagen der Folter aus. Ihr graute davor, mit Frau Ziegler zu sprechen. Scholz riss sie aus ihren Gedanken: »Kennen Sie diese Frau?« Für einen Moment hatte Annette vollkommen vergessen, warum sie hier stand. Sie trat noch näher an die Leiche heran. Nein. Die Verletzungen hatten die Frau sehr entstellt. Aber sie war sich sicher, dass es sich nicht um Jule handelte. Diese Frau hatte eindeutig schwarze Haare.

Sie schüttelte den Kopf. »Ich habe keine Ahnung, wer sie ist. Aber es ist definitiv nicht Jule Ziegler.«

»Ach so, sorry, das weiß ich. Wir haben Frau Ziegler ins Krankenhaus Maria Hilf nach Daun gebracht, nachdem die Feuerwehr sie aus ihren Ketten geschweißt hatte.«

Annette verstand erst nicht richtig. »Sie lebt?«, fragte sie.

Scholz nickte. »Sie war stark unterernährt und schwach, aber die Sanitäter sind sich sicher, dass sie durchkommen wird«, fuhr er fort. »Ihre Verletzungen sind längst nicht so schlimm wie die von dieser armen Kreatur hier.« Scholz berichtete, dass Martin Görner die Beamten angerufen hatte und von einem Toten und einer Verletzten sprach.

»Als wir hier ankamen, saß Görner heulend auf der Treppe und sagte uns, er habe sich umgebracht. Bernd Neuenhaus wäre in der Zeit bis zu unserer Ankunft in den Keller gegangen, habe dort die zweite Leiche gefunden und sich dann selbst das Leben genommen. Görner habe einen Schuss gehört und die beiden dann gefunden. Warum er sich umgebracht hat, können wir im Moment nicht sagen.« Annette sah die glitzernden frischen Spuren in der Kellerecke, die somit von Bernd Neuenhaus stammten. Scholz klärte Annette weiter über den bisherigen Ermittlungsstand auf. Sie konnte kaum fassen, was sie gerade hörte. Drei Tote waren zu viel und sie war sich nun sicher, dass sie wenigstens den Tod von Bernd Neuenhaus hätte verhindern können, wenn Martin sie einbezogen hätte.

Annette löste sich aus ihrer Starre. »Sie entschuldigen mich kurz. Ich habe die Mutter im Auto und muss ihr dringend sagen, was mit ihrer Tochter passiert ist.«

»Sie haben – *was?*«, hörte sie Scholz noch entgegnen. Sie hatte keine Lust, sich mit ihm über ihre Methoden zu unterhalten. Sie musste Frau Ziegler sagen, dass ihre Tochter nicht in einem dieser Leichenwagen lag. Die Frau kam sicher schon um vor Sorge!

Annette rannte nach draußen. Beide Leichenwagen waren in der Zwischenzeit abgefahren. Frau Ziegler saß auf dem Beifahrersitz und wiegte sich mit leerem Blick hin und her. Ihr Gesicht war kreidebleich.

»Frau Ziegler, bitte sehen Sie mich an«, Annette legte ihr die Hand auf die Schulter. Langsam drehte sie Annette ihr Gesicht zu, hörte aber nicht auf, sich vor und zurück zu bewegen.

»Frau Ziegler, ich habe gute Nachrichten! Ich habe sie nicht gesehen, aber alles deutet darauf hin, dass Jule lebt! Sie war bereits abtransportiert worden, als wir hier ankamen, und wird nun im Krankenhaus versorgt. Haben Sie mich verstanden? Jule lebt! Es wird alles gut, Frau Ziegler!«

Die Augen von Ulrike Ziegler weiteten sich. »Sie lebt? Aber was ist hier passiert? Ist für all das hier Martin verantwortlich?«

»Martin hat sie gefunden. Er hat die Hilfskräfte verständigt«, sagte Annette knapp. Sie machte eine Pause und schluckte ihre Betroffenheit herunter. »Es ist noch nicht wirklich klar, was in dem Haus genau passiert ist. Ich werde gleich noch einmal mit den Einsatzleitern reden. Aber ich wollte Ihnen zuerst die gute Nachricht überbringen.« Sie schilderte Frau Ziegler kurz, was sie über Jules Gesundheitszustand erfahren hatte. »Und jetzt fahren Sie erst einmal mit einem Beamten ins Krankenhaus und schließen Ihre Tochter in die Arme. Alles Weitere klären wir später.«

»Warten Sie. Ich möchte zuerst mit Martin sprechen. Ich muss mich bei ihm entschuldigen …«

Annette unterbrach sie: »Das können Sie später, Frau Ziegler. Jetzt braucht Sie erst einmal Ihre Tochter.«

Erneut fühlte Annette eine schwere Schuld auf ihren Schultern: die bleierne Erkenntnis, dass sie es hätte verhindern können. Wäre sie nur ein wenig früher hier eingetroffen! Die Karte. Sie hätte ihr den Weg weisen können. Schon Tage zuvor. Vielleicht wären dann nicht so viele Menschen gestorben. Annette seufzte und straffte die Schultern.

»Sie müssen los, Frau Ziegler. Nur eins möchte ich Ihnen noch sagen: Bewahren Sie sich Ihre Intuition. Sie lagen mit Ihrer Vermutung, Jule sei in Schwierigkeiten, die ganze Zeit richtig.« Annette sah ihr in die Augen. Frau Ziegler wirkte mit einem Mal verändert. So, als hätte die Suche nach ihrer Tochter sie in einer seltsamen Weise gestärkt.

»Sie genauso, Frau Kirchgessner. Immerhin waren Sie diejenige, die Martin bis zuletzt für unschuldig hielt. Ich schäme mich dafür, dass ich so über ihn gedacht habe. Dabei hat Jule ihm ihr Leben zu verdanken.«

Ja, stimmte Annette in Gedanken zu, sie wäre einige Zeit später vermutlich genauso elend zugrunde gegangen wie die Frau im Keller. Martin war gerade rechtzeitig gekommen.

Frau Ziegler schenkte Annette ein Lächeln und ging dann zu dem Beamten, der sie ins Krankenhaus bringen würde.

Bevor Annette wieder zu Scholz ging, um mit ihm den Tathergang zu rekonstruieren, angelte sie in ihrer Jackentasche nach dem Handy. Sie musste endlich Gigi anrufen.

Liebe Leserinnen und Leser,

ich freue mich, dass Sie *Engelsschmerz* gelesen haben und hoffe, Sie haben kurzweilige Stunden mit meinem ersten Kriminalroman verbracht. Für mich war die Entstehung des Buches mit weit mehr Zeit verbunden. Zeit, in der es euphorische, zweifelnde, überraschende und unglaublich befriedigende Momente gab. Auch wenn das Schreiben meist ein einsames Handwerk ist, haben viele Menschen einen Beitrag zur Entstehung dieses Buches geleistet und haben es zu dem gemacht, was Sie heute in Händen halten. Es ist mir eine besondere Ehre, diesen Menschen heute zu danken, die mich mit viel Engagement und Wissen unterstützt haben – und ich bemühe mich, es trotz der großen Zahl kurz zu halten.

Annette Kirchgessner gibt es auch im wirklichen Leben. Allerdings ist sie weder Kommissarin noch lebt sie in München. Ihr möchte ich danken, dass Sie mir erlaubte, ihren Namen zu verwenden, der mich zu der Figur in diesem Buch inspirierte. Annette, ich hoffe, du magst Dein zweites Ich! Alle anderen Figuren entspringen alleine meiner Fantasie.

Dr. Anina Stecay und Dr. Ursula Mahr-Göding möchte ich für ihre Hinweise aus dem medizinischen Bereich danken. Sollte ich Fehler gemacht haben, liegt es daran, dass ich die präzisen Ausführungen nicht verstanden habe.

Kriminalhauptkommissar Ludwig Waldinger führte mich einmal durch das BLKA – und konnte nicht ahnen, was er sich damit aufhalste. Ihm möchte ich für seine kompetenten Beiträge zum Thema Vermissungen und den allgemeinen Abläufen in der Polizeiarbeit herzlich danken.

Sehr hilfreich war das Buch der Autorin Judith Herrmann ebenso wie die Schilderungen von Natascha Kampusch, durch die ich einen Einblick bekam, was eine Gefangenschaft ausmacht und welche Traumata ein Mensch in einer solchen Situation erleidet.

Meinem Verlag möchte ich für die schnelle und konstruktive Zusammenarbeit, das großartige Cover und die schnelle Realisierung von Herzen danken. Ich ziehe den Hut vor der Arbeit von Katrin Fieber und Karina Elm, die mir jederzeit mit Rat und Tat zur Seite standen.

Henrike, Ingrid, Regine und Sabine zolle ich Respekt, weil sie die Masse von Worten in der ersten Fassung sezierten, kritisierten und hinterfragten. Besonders erwähnen möchte ich meine älteste und immer noch beste Freundin Petra, die meine Fehler humorig korrigierte, mich vorantrieb und mir beistand, wenn mich Zweifel plagten oder mich eine Schreibblockade unerbittlich stoppen wollte. Elisabeth, Du Gute! Für Deine immerwährende Ermutigung und Deinen Einsatz bin ich Dir ewig dankbar!

Meinen restlichen Freunden bin ich sehr verbunden, dass sie mich weiterhin in ihrer Mitte dulden, auch wenn ich zeitweise recht eingeschränkt in der Wahl meiner Gesprächsthemen war und bin. Ich gelobe Besserung!

Meine Eltern haben mich so gut es ging entlastet und für mein körperliches und geistiges Wohl gesorgt. Ich hoffe, ihr seid stolz auf mich – auch wenn ich jetzt *ausgerechnet solche Krimis* schreibe.

Last, but niemals least danke ich meinem Mann, der immer ein offenes Ohr für mich hatte. Der akzeptierte, dass sich in eine Reihe von Romanfiguren uneingeladen in unser Leben geschlichen haben. Du glaubst immer an mich. Nicht nur dafür bist Du tief verankert in meinem Herzen.

Zuletzt möchte ich Ihnen, lieber Leser, DANKE sagen, dass Sie dieses Buch gekauft und gelesen haben! Ich hoffe, ich konnte Sie mit dieser Geschichte gut unterhalten. Jede Rückmeldung zu meinem Buch ist mir wichtig – egal ob Sie eine Rezension schreiben oder mir ganz persönlich Ihre Leseeindrücke schildern. Besuchen Sie mich doch einfach auf meiner Facebook-Seite, auf der Sie alle News zu meiner Arbeit finden oder schicken Sie einfach eine Email an krimi@anna-martens.de.

Bleiben Sie mir als Leser treu und empfehlen Sie mich gerne weiter!

Ihre Anna Martens